COURS

DE BELLES-LETTRES.

COURS
DE BELLES-LETTRES,
OU
PRINCIPES
DE LA LITTERATURE.

NOUVELLE EDITION.
TOME III.

A PARIS,

Chez $\left\{\begin{array}{l}\text{DESAINT \& SAILLANT, ruë S. Jean de Beauvais.}\\ \text{DURAND, ruë S. Jacques, au Griffon.}\end{array}\right.$

M. DCC. LIII.

LES PRINCIPES

DE LA

LITTERATURE.

TROISIÉME SECTION.

SUR LA POESIE LYRIQUE.

I.

La Poësie lyrique est soumise au principe de l'imitation.

QUAND on n'examine que superficiel-lement la Poësie lyrique, elle paroît se prêter moins que les autres especes au

Tome III.   A.

principe général qui ramene tout à l'imitation.

Quoi ! s'écrie-t-on d'abord ; les cantiques des Prophetes, les pseaumes de David, les odes de Pindare & d'Horace ne feront point de vrais poëmes ? Ce font les plus parfaits. Remontez à l'origine. La poësie n'est-elle pas un chant, qu'infpire la joie, l'admiration, la reconnoiffance ? N'est-ce pas un cri du cœur, un élan, où la nature fait tout, & l'art rien ? Je n'y vois pourtant point de tableau, de peinture. Tout y est feu, fentiment, ivresse. Ainfi deux chofes font vraies : la premiere, que les poësies lyriques font de vrais poëmes : la feconde, que ces poëfies n'ont point le caractère de l'imitation. Voilà l'objection proposée dans toute fa force.

Avant que d'y répondre, je demande à ceux qui la font, fi la Musique, les Opéra, où tout est lyrique, contiennent des paffions réelles, ou des paffions imitées ? fi les chœurs des anciens, qui reténoient la nature originaire de la poëfie, ces chœurs qui étoient l'expreffion du feul fentiment, s'ils étoient la nature elle-même, ou feulement la nature imitée ? fi

Rousseau dans ses pseaumes étoit pénétré aussi réellement que David ? enfin, si nos acteurs, qui montrent sur le théâtre des passions si vives, les éprouvent sans le secours de l'art, & par la réalité de leur situation ? Si tout cela est feint, artificiel, imité ; la matiere de la poësie lyrique, pour être dans les sentimens, n'en doit donc pas être moins soumise à l'imitation.

L'origine de la Poësie ne prouve pas plus contre ce principe. Chercher la poësie dans sa premiere origine, c'est la chercher avant son existence. Les élémens des arts furent créez avec la nature. Mais les arts eux-mêmes, tels que nous les connoissons, que nous les définissons maintenant, sont bien différens de ce qu'ils étoient, quand ils commencerent à naître. Qu'on juge de la Poësie par les autres arts, qui, en naissant, ne furent ou qu'un cri inarticulé, ou qu'une ombre crayonnée, ou qu'un toît étayé. Peut-on les reconnoître à ces définitions ?

Que les cantiques sacrez soient de vraies poësies sans être des imitations ; cet exemple prouveroit-il beaucoup contre les poëtes, qui n'ont que la nature pour les inspirer ? Etoit-ce l'homme qui chantoit

A ij

dans Moyſe, n'étoit-ce point l'Eſprit de Dieu qui dictoit ? Il eſt le maître : il n'a pas beſoin d'imiter, il crée. Au lieu que nos poëtes dans leur ivreſſe prétendue, n'ont d'autre ſecours que celui de leur génie naturel, qu'une imagination échauf-fée par l'art, qu'un enthouſiaſme de com-mande. Qu'ils aient en un ſentiment réel de joie : c'eſt dequoi chanter, mais un couplet, ou deux ſeulement. Si on veut plus d'étendue ; c'eſt à l'art à coudre à la piéce de nouveaux ſentimens qui reſſem-blent aux premiers. Que la nature allu-me le feu ; il faut au moins que l'art le nourriſſe & l'entretienne. Ainſi l'exemple des Prophetes, qui chantoient ſans imi-ter, ne peut tirer à conſéquence contre les poëtes imitateurs.

D'ailleurs, pourquoi les cantiques ſa-crez nous paroiſſent-ils, à nous, ſi beaux ? N'eſt-ce point parce que nous y trouvons parfaitement exprimez les ſentimens qu'il nous ſemble que nous aurions éprouvez dans la même ſituation où étoient les Pro-phetes ? Et ſi ces ſentimens n'étoient que vrais, & non pas vraiſemblables, nous devrions les reſpecter ; mais ils ne pour-roient nous faire l'impreſſion du plaiſir.

Deforte que, pour plaire aux hommes, il faut, lors même qu'on n'imite point, faire comme si l'on imitoit, & donner à la vérité les traits de la vraifemblance.

La Poëfie lyrique pourroit être regardée comme une efpece à part ; fans faire tort au principe où les autres fe réduifent. Mais il n'eft pas befoin de la féparer : elle entre naturellement & même néceffairement dans l'imitation ; avec une feule différence, qui la caractérife & la diftingue : c'eft fon objet particulier.

Les autres efpeces de poëfie ont pour objet principal les actions : la Poëfie lyryque eft toute confacrée aux fentimens, c'eft fa matiere, fon objet effentiel. Qu'elle s'élève comme un trait de flamme en frémiffant, qu'elle s'infinue peu à peu, & nous échauffe fans bruit, que ce foit un aigle, un papillon, une abeille ; c'eft toujours le fentiment qui la guide ou qui l'emporte.

I I.

La nature & les regles de la Poëfie lyrique.

La Poëfie lyrique, en général, eft deftinée à être mife en chant. C'eft pour cela qu'on l'a appellée lyrique, & parce

A iij

qu'autrefois, quand on la chantoit, la lyre accompagnoit la voix. Le mot *ode* a la même origine : il signifie *chant*, *chanson*, *hymne*, *cantique*.

Il suit de-là que la Poësie lyrique & la Musique doivent avoir entr'elles un rapport intime, fondé dans les choses mêmes ; puisqu'elles ont l'une & l'autre les mêmes objets à exprimer. Et si cela est, la Musique étant une expression des sentimens du cœur par les sons inarticulez ; la Poësie musicale, ou lyrique, sera l'expression des sentimens par les sons articulez, ou, ce qui est la même chose, par les mots. Il ne s'agit que de développer cette idée.

Les hommes ont en eux une intelligence & une volonté, deux facultez dont les opérations font des connoissances & des mouvemens. Ces opérations ne se séparent guères plus les unes des autres, que les facultez mêmes qui les produisent ne se séparent dans notre ame. Quand nous pensons, nos goûts se mêlent dans nos pensées. Quand nous sentons, nos pensées se mêlent dans nos goûts. Ainsi, soit que nous parlions, ou que nous écrivions, il y a ordinairement dans ce que

nous difons, de la lumiere & de la chaleur : de la lumiere, elle tient à l'intelligence & à la penfée : de la chaleur, elle
tient à la volonté, au fentiment, au goût.

J'ai dit *ordinairement*, parce qu'il y a
des genres, où la lumiere eft feule : par
exemple, la Géométrie ; & qu'il y en a
d'autres où la chaleur eft feule auffi,
comme la Mufique. Mais ici nous ne
parlons que des ouvrages en vers ou en
profe, qui ont pour objet de plaire &
d'inftruire en même tems ; des ouvrages
qu'on appelle, ouvrages de goût. Il y a
néceffairement dans ces fortes d'ouvrages,
lumiere & chaleur ; parce que fans l'une
le lecteur pourroit s'égarer : & que fans
l'autre il s'ennuïroit.

Ces deux qualitez ne doivent être
unies l'une à l'autre que dans des degrez
proportionnez, & à la matiere qu'on traite, & à la fin qu'on fe propofe.

Si c'eft la vérité qu'il s'agit de préfenter
à l'efprit, ce fera la lumiere qui domi-
nera. Si c'eft le cœur qu'on entreprend de
toucher, ce fera la chaleur.

L'Hiftoire, les Differtations, les Ar-
gumentations demandent fur-tout à être
claires & lumineufes. L'Oraifon, l'Epo-

pée, les Drames feront le mélange des deux qualitez, en proportion tantôt égale, tantôt inégale, selon le ton & le caractère des différentes parties du sujet qui sera traité. Mais dans la poësie faite pour être chantée, ce sera toujours à la chaleur à dominer ; & il n'y aura que du plus ou du moins, selon les sujets. En un mot, plus les genres approcheront de la Géométrie, plus ils seront clairs, nuds, froids. Plus ils approcheront de la Musique, plus ils seront chauds, passionnez, énergiques : le cœur en pareil cas s'emparera de tout le sujet, & la lumiere sera presque toute absorbée dans le sentiment.

On pourra donc définir la Poësie lyrique, celle qui exprime le sentiment. Qu'on y ajoute une forme de versification qui soit chantante, elle aura tout ce dont elle a besoin pour être parfaite.

De cette théorie abrégée sortent toutes les regles de la Poësie lyrique, aussi-bien que ses privileges. C'est là ce qui autorise la hardiesse des débuts, les emportemens, les écarts. C'est de-là qu'elle tire ce sublime qui lui appartient d'une façon particuliere, & cet enthousiasme qui l'approche de la divinité.

Enthoufiafme de l'Ode.

L'Enthoufiafme ou fureur poëtique, eft ainfi nommée, parce que l'ame qui en eft remplie, eft toute entiere à l'objet qui le lui infpire. Ce n'eft autre chofe qu'un fentiment quel qu'il foit, amour, colere, joie, admiration, triftesse, &c. produit par une idée.

Ce fentiment n'a pas proprement le nom d'enthoufiafme, quand il eft naturel, c'eft-à-dire, qu'il exifte dans un homme qui l'éprouve par la réalité même de fon état; mais feulement quand il fe trouve dans un artifte, poëte, peintre, muficien; & qu'il eft l'effet d'une imagination échauffée artificiellement par les objets qu'elle fe repréfente dans la compofition.

Ainfi l'enthoufiafme des artiftes n'eft qu'un fentiment vif, produit par une idée vive, dont l'artifte fe frappe lui-même.

Comme les objets que repréfentent les idées font plus ou moins grands, beaux, bons, importans, intéreffans; qu'ils font petits, difformes, mauvais, plus ou moins; ils peuvent produire des fentimens diffé-rens & d'efpece & de degrez, & par conféquent différentes fortes d'enthoufiaf-

mes. Chaque artiste, s'il a véritablement
droit à ce nom, a le sien, & dans chaque
sujet.

Celui du poëte lyrique est tantôt sublime, tantôt doux & paisible, mais le
plus souvent, dans un certain milieu qui
est entre le sublime & le doux : & il est
tel, soit par la nature même du sujet, soit
par le sentiment du poëte, soit par l'un &
par l'autre. Car si le sujet a sa couleur, le
poëte a aussi la sienne. Quelquefois celle
du poëte gâte celle du sujet ; quelquefois
aussi le sujet doit presque tout au poëte.

Le Sublime.

Le Sublime, en général, est tout ce qui
nous éleve au-dessus de ce que nous étions,
& qui nous fait sentir en même tems cette
élévation.

Il ne s'agit point ici de ce qu'on appelle
style sublime, lequel ne consiste que dans
une suite d'idées nobles, exprimées noble-
ment. Le sublime dont nous parlons, est
un trait qui éclaire, ou qui brûle.

Il y en a de deux sortes, le sublime
des images & le sublime des sentimens.

Les images sont sublimes, quand elles
élévent notre esprit au-dessus de toutes

les idées de grandeur qu'il pouvoit avoir.

Les fentimens font fublimes, quand ils paroiffent être prefque au-deffus de la condition humaine, & qu'ils font voir, comme l'a dit Seneque, dans la foibleffe de l'humanité la conftance d'un dieu. L'U-nivers tomberoit fur la tête du jufte, fon ame feroit tranquille dans le tems même de la chûte. L'idée de cette tranquillité comparée avec le fracas d'un monde en-tier qui fe brife, eft une image fublime ; & la tranquillité du jufte eft un fentiment fublime.

Il faut bien diftinguer entre le fublime du fentiment & la vivacité du fentiment. Le fentiment peut être d'une vivacité ex-trême, fans être fublime : la colere qui va jufqu'à la fureur, eft dans le plus haut de-gré de vivacité, & cependant elle n'eft pas fublime. Au contraire le fentiment qui eft fublime, eft fans vivacité : il confifte dans le mouvement moins que dans le repos : & une grande ame eft plûtôt celle qui voit tout ce qui affecte les ames ordi-naires, qui le fent même, fans en être émûe, que celle qui fuit aifément les im-preffions des objets. Et peut-être qu'on pourroit dire en général, que le fentiment

fublime n'eft pas vif, & que le fentiment
vif n'eft pas fublime. Régulus s'en re-
tourne paifiblement à Carthage, pour y
fouffrir les plus cruels fupplices, qu'il fait
qu'on lui apprête : ce fentiment eft fublime, fans être vif. Le poëte Horace fe repréfente la tranquillité de Régulus dans
l'affreufe fituation où il eft : ce fpectacle
le frappe, l'emporte, il fait une ode magnifique ; fon fentiment eft vif, mais il
n'eft point fublime.

Cette diftinction fuppofée, voici la génération du fublime lyrique. Un grand
objet frappe le poëte : fon imagination
s'éleve, & s'allume : elle produit des fentimens vifs, qui agiffent à leur tour fur
l'imagination, & augmentent encore fon
feu. De-là les plus grands efforts pour
exprimer l'état de l'ame : de-là les termes
riches, forts, hardis, les figures extraordinaires, les tours finguliers. C'eft alors
que les Prophetes voient les collines du
monde qui s'abbaiffent fous les pas de
l'éternité ; que la mer fuit ; que les montagnes treffaillent. C'eft alors qu'Homere
voit le figne de tête que Jupiter fait à
Thétis, & le mouvement de fon front
immortel qui fait balancer l'Univers.

Voilà le sublime qui appartient à l'Ode, le sublime des images, celui qui produit le sentiment vif, & que le sentiment vif reproduit & augmente aussi à son tour.

Le sublime des sentimens n'a ni passions, ni emportemens, ni images fortes, ni expressions hardies. Tout est tranquille chez lui & simple. L'ame pleinement maîtresse d'elle-même, ne voit les choses que comme elles sont, & ne se met point en peine d'y rien changer. Une raison éclairée & affermie sur elle-même la guide dans tous ses mouvemens : & la solidité de ses motifs lui fournit un appui que rien ne peut ébranler. Quand elle parle, c'est toujours simplement & sans chaleur : Arie se donne un coup de poignard, pour donner à son mari l'exemple d'une mort héroïque : elle retire le poignard, & le lui présente en disant : *Patus, cela ne fait point de mal.*

On disoit à Horace fils, allant combattre contre les Curiaces, que peut-être il faudroit le pleurer : il répond :

Quoi, vous me pleureriez mourant pour mon païs ?

Et à Médée : *Que vous reste-t-il contre tant d'ennemis* ? Elle répond froidement : *Moi.*

Cette espece de sublime ne se trouve point dans l'Ode, parce qu'il tient ordinairement à quelque action, & que dans l'ode il n'y a point d'action. C'est dans le dramatique qu'on le trouve principalement : Corneille en est rempli.

D'après ces idées on pourroit donc définir l'ame foible ou basse, celle qui est abbatue, ou emportée par une secousse médiocre de quelque passion, colere, crainte, joie, tristesse, &c.

L'ame commune, celle qui résiste à cette secousse médiocre, mais qui ne peut y résister, quand il y a quelques degrez de force de plus.

L'ame vraiment sublime, celle qui a en soi un ressort qui la met non-seulement au-dessus de cette ame foible, qu'une seule secousse médiocre terrasse, ou déplace; mais encore au-dessus de cette vertu qui résiste jusqu'à un certain point. C'est le rocher tant vanté dans les allégories des poëtes, aux pieds duquel les vagues viennent se briser inutilement.

Il y a dans cette sphere sublime des degrez dont une ame médiocre ne peut se former aucune idée, quand même on les lui montreroit dans des exemples.

La vérité de ces notions femble être prouvée fuffifamment par les traits fublimes que nous avons déja citez. En voici quelques autres encore qui achéveront de les mettre dans le jour dont elles ont befoin.

La reine Henriette d'Angleterre dans un vaiffeau, au milieu d'un orage furieux, raffuroit ceux qui l'accompagnoient, en leur difant d'un air tranquille : *Que les Reines ne fe noyoient pas.*

Curiace allant combattre pour fa patrie, difoit à Camille fa maîtreffe, qui, pour le retenir, faifoit valoir fon amour :

Avant que d'être à vous, je fuis à mon païs.

Augufte ayant découvert la conjuration que Cinna avoit formée contre fa vie, & l'ayant convaincu, lui dit :

Soyons ami, Cinna, c'eft moi qui t'en convie.

Voilà des fentimens fublimes : la Reine étoit au-deffus de la crainte; Curiace au-deffus de l'amour; Augufte au-deffus de la vengeance; & tous trois ils étoient au-deffus des paffions, & des vertus communes. Il en eft de même des autres traits de fentimens fublimes.

Mais pour que le fentiment foit vraiment sublime, il faut qu'il soit fondé sur une vraie vertu, sans quoi il n'est que férocité, ou stupidité. Celui qui ne craint pas Dieu, n'a pas pour cela l'ame sublime. Catilina ne sauroit être un héros, quoiqu'il eût une certaine force dans l'ame. Par la même raison une pensée ne sauroit être vraiment sublime, si elle n'est fondée sur la vérité. Et quand Lucain met d'un côté tous les Dieux dans la balance, & de l'autre Caton seulement, à qui il donne cependant l'avantage,

Victrix caufa Diis placuit, SED victa Catoni.

il fait presque rire ceux qui savent distinguer l'or d'avec le clinquant. Sa pensée est d'un sublime qui retombe dans le puéril.

Revenons au sublime de l'ode. Nous avons dit qu'il consistoit dans l'éclat des images & dans la vivacité des sentimens. C'est cette vivacité qui produit la hardiesse des débuts, les écarts, &c. dont nous parlerons dans un moment, après avoir donné l'idée de l'enthousiasme doux, & du médiocre.

L'enthousiasme doux est celui qu'on éprouve quand on travaille sur des sujets gracieux, délicats, & qui ne produisent que des sentimens paisibles.

II

Il est aisé de se former une idée de l'enthousiasme qui tient le milieu entre le sublime & le doux. C'est celui qui produit ce qu'on appelle le style sublime, c'est-à-dire, la continuité des pensées relevées, les expressions fortes, riches, les sons harmonieux, les tours serrez, hardis, les figures brillantes : la verve est soutenue & toujours pleine. Dans le sublime ce ne sont que des transports, des élans, des fureurs, des traits. Dans le doux, ce ne sont que des jeux, des ris folâtres, une molle paresse, une indolence où l'ame n'a d'action que ce qu'il lui en faut pour sentir. Du mélange de ces deux genres il résulte une force mêlée de graces, qui fait la troisiéme espece d'enthousiasme dont nous parlons.

Début de l'Ode.

Le début de l'Ode est hardi, parce que quand le poëte saisit sa lyre, on le suppose fortement frappé des objets qu'il se représente. Son sentiment éclate, part comme un torrent qui rompt la digue : & en conséquence il n'est guères possible que l'ode monte plus haut que son début ; mais aussi le poëte, s'il a du goût, doit

Tome III.   B

s'arrêter précisément à l'endroit où il
commence à descendre.

Ecarts de l'Ode.

Les Ecarts sont une espece de vuide
entre deux idées, qui n'ont point de liai-
sons immédiates. On sait quelle est la
vîtesse de l'esprit. Quand l'ame est échauf-
fée par la passion, cette vîtesse est incom-
parablement plus grande encore. La fougue presse les pensées & les précipite. Et
comme il n'est pas possible de les exprimer toutes, le poëte saisit seulement les
plus remarquables, & les exprimant dans
le même ordre qu'elles avoient dans son
esprit, sans exprimer celles qui leur ser-
voient de liaison, elles ont l'air disparar-
tes & décousues. Elles ne se tiennent que
de loin, & laissent par conséquent entr'elles quelques vuides, qu'un lecteur
remplit aisément, quand il a de l'ame, &
qu'il a saisi l'esprit du poëte. Par exemple, Moïse fait dire à Dieu : J'ai parlé,
Dixi : où sont-ils ? *Ubinam sunt ?* „J'ai
„ *parlé* à mes ennemis dans ma colere :
„ ma seule parole les a fait disparoître :
„ vous qui êtes témoins de ma victoire,
„ répondez : „ *Où sont-ils ?* Les deux pen-

fées du poëte facré font , *J'ai parlé, où
font-ils* ? Toutes les autres idées qui font
entre ces deux mots , fe font trouvées dans
fon efprit ; mais n'ayant pas jugé à propos de les exprimer , il a laiffé ce vuide
qu'on appelle écart.

Les Écarts ne doivent fe trouver que
dans les fujets qui peuvent admettre des
paffions vives , parce qu'ils font l'effet
d'une ame troublée , & que le trouble
ne peut être caufé que par des objets importans.

Digreffions.

Les Digreffions font des forties que
l'efprit du poëte fait fur d'autres fujets
voifins de celui qu'il traite , foit que la
beauté de la matiere l'ait tenté , ou que
la ftérilité de fon fujet l'ait obligé d'aller
chercher ailleurs de quoi l'enrichir.

Il y a des digreffions de deux fortes,
les unes qui font des lieux communs,
des véritez générales , fouvent fufcepti-
bles des plus grandes beautez poëtiques :
comme dans l'ode où Horace , à propos
d'un voyage que Virgile fait par mer , fe
déchaîne contre la témérité facrilége du
genre humain que rien ne peut arrêter.
L'autre efpece eft des traits d'hiftoire ou

de la fable que le poëte emploie pour prouver ce qu'il a en vûe. Telle est l'histoire de Régulus, & celle d'Europe dans le même poëte. Ces digressions sont plus permises aux lyriques qu'aux autres, pour la raison que nous avons dite.

Désordre de l'Ode.

Le désordre poëtique consiste à présenter les choses brusquement & sans préparation ; ou à les placer dans un ordre qu'elles n'ont point naturellement : c'est le désordre des choses. Il y a celui des mots, d'où résultent des tours qui, sans être forcez, paroissent extraordinaires & irréguliers.

En général les écarts, les digressions, le désordre, ne doivent servir qu'à varier, animer, enrichir le sujet. S'ils l'obscurcissent, le chargent, l'embarrassent, ils sont mauvais. La raison ne guidant pas le poëte, il faut au moins qu'elle puisse le suivre : sans cela, l'enthousiasme n'est qu'un délire, & les égaremens qu'une folie.

Des observations précédentes, on peut tirer deux conséquences.

La premiere est que l'ode ne doit

avoir qu'une étendue médiocre. Car si elle est toute dans le sentiment & dans le sentiment produit à la vûe d'un objet, il n'est pas possible qu'elle se soutienne long-tems : *Animorum incendia*, dit Ciceron, *celeriter restinguuntur*. Aussi voit-on que les meilleurs Lyriques se contentent de présenter leur objet sous les différentes faces qui peuvent produire, ou entretenir la même impression, après quoi ils l'abandonnent presque aussi brusquement qu'ils l'avoient saisi.

La seconde conséquence est, qu'il doit y avoir dans une ode unité de sentiment, de même qu'il y a unité d'action dans l'épopée & dans le drame. On peut, on doit même varier les images, les pensées, les tours, mais de maniere qu'ils soient toujours analogues à la passion qui regne. Cette passion peut se replier sur elle-même, se développer plus ou moins, se retourner ; mais elle ne doit ni changer de nature, ni ceder sa place à une autre. Si c'est la joie qui a fait prendre la lyre, elle pourra bien s'égarer dans ses transports, & aborder au hazard, mais ce ne sera jamais à la tristesse : ce seroit un défaut impardonnable. Si c'est par un sen-

timent de haine qu'on débute , on ne finira point par l'amour , ou bien ce fera un
amour de la chofe oppofée à celle qu'on
haïffoit : & alors c'eft toujours le premier
fentiment , qui eft feulement déguifé.
Il en eft même des autres fentimens.

I I I.

Différentes efpeces d'Odes.

Il y a des Odes de quatre efpeces. L'o-
de facrée qui s'adreffe à Dieu , & qui s'appelle hymne , ou cantique. C'eft l'expreffion d'une ame qui admire avec tranf-
port la grandeur, la toute-puiffance, la fageffe de l'Etre fuprême , & qui lui témoi-
gne fon raviffement. Tels font les cantiques de Moyfe , ceux des Prophetes , &
les pfeaumes de David.

La feconde efpece eft des odes hé-
roïques , ainfi nommées parce qu'elles
font confacrées à la gloire des héros. Telles font celles de Pindare fur-tout, quelques - unes d'Horace , de Malherbe , de
Rouffeau.

La troifiéme efpece peut porter le nom
d'ode morale ou philofophique. Le poëte
frappé des charmes de la vertu , ou de
la laideur du vice , s'abandonne aux fen-

timens d'amour ou de haine que ces objets produifent en lui.

La quatriéme efpece naît au milieu des plaifirs, c'eft l'expreffion d'un moment de joie. Telles font les odes Anacréontiques, & la plûpart des chanfons françoifes.

I V.

La forme de l'Ode.

La forme de l'Ode eft différente fuivant le goût des peuples, où elle eft en ufage. Chez les Grecs elle étoit ordinairement partagée en ftances, qu'ils appelloient *formes*, ἤδη. Ces ftances avoient différens noms. Il y avoit la ftrophe, l'antiftrophe, & l'épode. Les ftrophes fymmétrifoient avec les antiftrophes, & les épodes fymmétrifoient entr'elles. La ftrophe commençoit, l'antiftrophe fuivoit, enfuite venoit l'épode, puis c'étoit à recommencer fur la même forme. Le chant de ces vers étoit accompagné de danfes. Les danfeurs tournoient dans un fens pendant la ftrophe; ςρίφα, fignifie *tourner*. Et pendant l'antiftrophe, ils tournoient dans un fens contraire, en revenant fur eux-mêmes. Pendant le chant de

l'épode, qui étoit toujours plus courte,
les danseurs faisoient leurs mouvemens
sans tourner ni d'un côté, ni de l'autre.
C'est dans cette forme que sont faites les
odes de Pindare & la plûpart des chœurs
dramatiques.

Alcée, Sappho, & d'autres Lyriques
avoient inventé avant Pindare d'autres
formes, où ils mêloient des vers de différentes especes, avec une symmétrie qui
revenoit beaucoup plus souvent. Ce sont
ces formes qu'Horace a suivies. Il est aisé
de s'en faire une idée d'après ses poësies
lyriques.

Les François ont des odes de deux
sortes ; les unes qui retiennent le nom
générique, & les autres qu'on nomme
Cantates, parce qu'elles sont faites pour
être chantées, & que les autres ne se chantent pas.

Dans la premiere espece l'assortiment
& le nombre des vers est à-peu-près au
choix & à la disposition du poëte. Mais
la premiere strophe une fois assortie, elle
sert de regle à toutes les autres.

Dans les Cantates on distingue deux
parties : le récitatif, & l'air. Le récitatif
commence, l'air suit. Puis un autre ré-

citatif, puis encore un autre air. Le récitatif présente l'objet à l'esprit, l'air exprime le sentiment qu'a dû produire la vûe
de l'objet. Ce qui produit deux sortes de
musique, & aussi deux sortes de poësie.
Le récitatif est plus doux, plus simple ;
l'air est plus vif, plus animé.

Ces deux especes de musique & de
poësie dans la même piéce lyrique, pré-
sentent l'occasion d'examiner une sorte de
problême, qui est de savoir pourquoi la
musique, étant toute dans le sentiment,
il y a une espece de poësie lyrique qui
est fondante par sa douceur, & une autre
espece qui demande au contraire toute la
force & toute l'énergie imaginable.

Il est certain, en général, que plus la
poësie est douce, molle, foible même,
pourvû qu'elle ne soit point lâche, mieux
elle se prête à la musique. Il semble alors
que les inflexions & les intervalles du
chant sont à demi formez dans les mots,
& qu'il ne faut qu'un peu d'art pour les
développer. Telle est, par exemple, la
poësie de Quinaut, qui est le poëte peut-
être le plus chantant & le plus lyrique qui
fût jamais.

Cependant les odes qui sont destinées

à être chantées admettent, exigent même des images fortes, foncées, des métaphores hardies : Pindare en est rempli. Il y a des odes entieres d'Horace qui ne sont qu'un tissu d'allégories : les chœurs de Sophocle, d'Euripide, de Seneque, sont d'une force extraordinaire. C'est la plus forte poësie qu'il y ait. Les Pseaumes de David, les Cantiques des Prophetes, ont le même caractère. D'où vient cette différence ?

Pour réduire la difficulté en un mot : Tout ce qui est fait pour être chanté doit être plein de sentiment : tout ce qui est l'ouvrage du sentiment est aisé, libre, naïf. Cependant les odes & les cantiques sont forts, serrez, travaillez, & ont l'air de l'avoir été.

Il ne s'agit, pour expliquer cette difficulté, que de regarder les choses de près, & de se rappeller ce que nous avons déja dit.

Il est vrai que la Musique n'exprime que le sentiment. Il est vrai aussi que le sentiment est toujours libre & naïf. Mais cette liberté, ce naïf, n'excluent point la force de l'expression, au contraire ils y menent. Quand le sentiment est dans sa

plus grande vivacité , il s'affranchit de
l'expreſſion vulgaire : il parle par des choſes , plûtôt que par des mots , parce que
les mots ſont trop foibles pour lui. Il ne
dit point : *Mon mal eſt cruel*, mais , *c'eſt
un tigre impitoyable*. De-là naiſſent les métaphores , les allégories , les comparai-
ſons. La naïveté n'exclut que ce qui eſt
trop penſé , trop réfléchi , ou qui n'a
qu'une ſechereſſe hiſtorique , les pointes
d'eſprit , les épigrammes , les tranſitions
ſubtiles , les expoſitions ſyſtématiques.
Auſſi n'en trouve-t-on point dans aucune
piéce vraiment lyrique. Mais les expreſſions les plus énergiques , peuvent s'y
trouver. C'eſt même là qu'on doit les
trouver plus qu'ailleurs ; puiſque c'eſt là
ſur-tout que l'imagination montre toute
ſa force , & que voyant les choſes d'une
maniere paſſionnée , elle porte l'ame toute
entiere vers l'expreſſion.

D'où vient donc que la poëſie de Quinault eſt ſi molle & ſi douce ?

C'eſt 1°. que Quinault n'a chanté que
les jeux , les plaiſirs , l'amour , dont le
fonds eſt la pareſſe & l'indolence.

2°. C'eſt que dans les ouvrages de Quinault la plus grande partie eſt en réci-

tatif : ce font des Tragédies. Or la poëfie en pareil cas, quelque lyrique qu'elle
foit, n'eft point toute entiere à la paf-
fion. Les idées arrivant continuellement
donnent à l'ame une occupation qui l'empêche de s'abandonner au fentiment. Elle
eft obligée d'être attentive. Et dès-lors
point d'emportemens, point de fougue ;
& par conféquent point de ces expreffions qui annoncent l'ivreffe, ou la fureur : en un mot les fentimens fuivent les
idées. Au lieu que dans les airs, ce font
les idées qui fuivent les fentimens. Il y
a un fentiment fondamental qui remplit
l'ame, & qui en fait jouer toutes les facultez à fon gré : & comme alors l'ame
ne raifonne point ; elle s'occupe beaucoup
plus de la force que de la juftefle des
mots ; ce ne font que des fecouffes à exprimer : par conféquent on peut, on doit
même, admettre tout ce qui contribue
à la force & à l'énergie.

V.

Origine de la Poëfie lyrique.

La premiere exclamation de l'homme
fortant du néant, fut une expreffion lyrique. Quand il ouvrit les yeux fur l'uni-

vers, qu'il sentit sa propre existence par les impressions agréables qu'il recevoit par tous ses sens, il ne put s'empêcher d'élever la voix : & ce cri fut à la fois un cri de joie, d'admiration, d'étonnement, de reconnoissance, causé par une multitude d'idées aussi frappantes par elles-mêmes que par leur nouveauté. Ayant ensuite reconnu avec plus de loisir & moins de confusion, les bienfaits dont il étoit comblé, & les merveilles qui l'environnoient, il voulut que tout l'univers l'aidât à payer le tribut de gloire qu'il devoit au souverain Bienfaiteur. Il anima le soleil, les astres, les fleuves, les montagnes, les vents. Il n'y eut pas un seul être qui ne parlât, pour s'unir à l'hommage que l'homme rendoit : voilà l'origine des cantiques, des hymnes, des odes, en un mot de la poësie lyrique.

Le genre humain se multiplie ; Dieu fait éclater sa puissance en faveur du juste contre l'injuste ; les peuples reconnoissans immortalisent le bienfait par des chants qu'une religieuse tradition fait passer à la postérité. De-là les cantiques de Moïse, de Debora, de Judith, ceux des Prophetes.

David rempli de l'esprit de Dieu, em-

braſſe dans ſes vûes ſublimes non-ſeule-
ment les merveilles de la nature, mais
encore les prodiges de la Grace. Il ſe repréſente tantôt la main du Créateur qui
tire des tréſors de ſa puiſſance tout l'u-
nivers, qui regle, qui ordonne, qui diſ-
poſe toutes choſes avec une force & une
ſageſſe infinie : tantôt la bonté ineffable
de ce même Dieu qui ſe revêt d'une chair
mortelle, pour rétablir l'ordre & ramener l'homme à ſa fin légitime : & il donne
l'exemple d'une élévation proportionnée
aux ſujets qu'il traite, & à l'eſprit qui l'a-
nime.

Les Payens ſe trompoient dans l'objet
de leur culte ; cependant ils avoient dans
le fond de leurs fêtes le même principe
que les adorateurs du vrai Dieu. Ce fut
la joie & la reconnoiſſance qui leur fit
inſtituer des jours ſolemnels pour célébrer les dieux auxquels ils ſe croyoient
redevables de leur récolte. De-là vinrent
ces chants de joie qu'ils conſacroient au
dieu des vendanges. Ces fêtes qui arri-
voient dans l'automne, lorſque tous les
travaux champêtres étoient finis, dans un
tems fait pour jouir, furent beaucoup
plus célébres que celles des autres dieux,

parce que le plaisir des adorateurs se trouvoit lié avec la gloire du dieu qu'on adoroit.

Après avoir chanté le dieu du vin, on chanta bientôt celui de l'amour. Ces deux divinitez avoient trop de liaison pour être séparées long - tems par des cœurs corrompus.

Si les dieux bienfaisans étoient l'objet naturel de la poësie lyrique, les héros enfans des dieux devoient naturellement avoir part à cette espece de tribut. Sans compter que leur vertu, leur courage, leurs services rendus, soit à quelque peuple particulier, soit à tout le genre humain, étoient des traits de ressemblance avec la divinité. C'est ce qui a produit les poëmes d'Orphée, de Linus, d'Alcée, de Pindare, & de quelques autres, dont nous allons marquer les caractères.

V I.
Caractères des principaux Poëtes lyriques.

P I N D A R E.

Le nom de Pindare n'est guères plus le nom d'un poëte, que celui de l'enthousiasme même. Il porte avec lui l'i-

dée de tranfports, d'écarts, de défordre,
de digreffions lyriques. Cependant il fort
beaucoup moins de fes fujets qu'on ne le
croit communément. La gloire des héros
qu'il a célébrez n'étoit point une gloire
propre au héros vainqueur. Elle appartenoit de plein droit à fa famille, & plus
encore à la ville dont il étoit citoyen.
On difoit une telle ville a remporté tous
les prix aux jeux olympiques. Ainfi lorfque
Pindare rappelloit des traits anciens, foit
des ayeux du vainqueur, foit de la ville
à laquelle il appartenoit, c'étoit moins
un égarement du poëte, qu'un effet de
fon art.

Horace parle de Pindare avec un enthoufiafme d'admiration, qui prouve bien
qu'il le trouvoit fublime. Il prétend qu'il
eft téméraire d'entreprendre de l'imiter.
Il le compare à un fleuve groffi par les
torrens, & qui précipite fes eaux bruyan-
tes du haut des rochers. Il ne méritoit pas
feulement les lauriers d'Apollon par fes
dithyrambes, & par fes chants de victoire; il favoit encore pleurer le jeune
époux enlevé à fa jeune époufe, peindre
l'innocence de l'âge d'or, & fauver de l'oubli les noms qui avoient méritez d'être
immortels.

immortels. Malheureusement il ne nous reste de ce poëte admirable que la moindre partie de ses ouvrages, ceux qu'il a faits à la gloire des vainqueurs. Les autres dont la matiere étoit plus riche & plus intéressante pour les hommes en général, ne sont point parvenus jusqu'à nous.

Ses poësies nous paroissent difficiles pour plusieurs raisons : la premiere est la grandeur même des idées qu'elles renferment : la seconde, la hardiesse des tours : la troisiéme, la nouveauté des mots, qu'il fabrique souvent pour l'endroit même où il les place. Enfin il est rempli d'une érudition détournée, tirée de l'histoire particuliere de certaines familles & de certaines villes qui ont eû peu de part dans les révolutions connues de l'Histoire ancienne.

M. Perrault a voulu tourner en ridicule la premiere strophe de sa premiere ode olympique : en voici la traduction.

» L'eau est le plus excellent de tous » les élémens : l'or brille parmi les ri-» chesses des rois, comme le feu dans » les ténébres. Muse, si tu veux chanter » les victoires, ne cherche point d'astre

Tome III.   C

» plus brillant que le foleil, qui éclate feul
» dans le vuide des airs, ni de combats
» plus illuftres que ceux d'Olympie (*a*),
» d'où naiffent ces chants glorieux que
» les plus beaux génies confacrent au fils
» de Saturne, en entrant dans le fuperbe
» palais du roi de Syracufe (*b*).

Il ne s'agit point ici de s'arrêter ni aux
tours, ni aux figures, foit de penfées, foit
des mots. Vouloir reprocher à Pindare ce
que les Grecs ne lui ont pas reproché du
côté du ftyle, c'eft prouver qu'on n'eft pas
juge compétent. Nous n'avons droit de
prononcer que fur le fonds & les chofes :
encore ne devons-nous le faire qu'avec
timidité.

Eft-il rien de plus grand, de plus noble, de plus lyrique que ce morceau. Qui
croiroit que M. Perrault auroit pû traduire ainfi le premier vers : *L'eau eft bonne
à la vérité* ? Cette traduction eft plate &
ne fait point de fens ; & dans le poëte

(*a*) Olympie ville du Pé-
loponèfe, auprès de laquel
le on célébroit, tous les
quatre ans les jeux Olym-
piques. Ils avoient été in-
ftituez par Hercules, en
l'honneur de Jupiter. Ils
fervirent à fixer les dattes
dans l'hiftoire de la Grece,
comme les Confulats dans
celle de la République Romaine.

(*b*) C'étoit Hieron, celui
qui vainquit les Carthaginois
auprès d'Himère. Il mourut
dans la 78 Olympiade.

grec elle contient la base d'un système philosophique, qui étoit celui de Thalès, lequel regardoit l'eau comme le premier principe, le premier élément dont se formoient tous les autres êtres dans la nature. Qu'on réunisse cette idée avec celles qui l'accompagnent : *Le premier des élémens, le plus précieux des métaux, le plus brillant des astres*, voilà les symboles de la victoire que le poëte veut célébrer. L'or brille entre les autres métaux, comme le feu dans la nuit : le soleil seul efface tous les autres astres, & fait de tout le ciel un désert quand il y est : on ne voit que lui. Ainsi une victoire Olympique est au-dessus de toutes les victoires : elle efface toutes les autres. Ce n'est qu'aux plus grands génies qu'il appartient de chanter des hymnes en action de graces, & d'entrer ainsi dans le palais du Prince vainqueur. On n'a pas besoin d'efforts, ni de préjugez favorables aux Grecs pour sentir la hardiesse, l'élévation & la richesse de ces pensées. Et on doit supposer qu'elles ont été mises en œuvre comme elles le méritoient, & dans le goût de la nation pour laquelle l'auteur travailloit.

Mais comment eſt loué le prince dont il s'agit ?

» Ce Prince qui porte le ſceptre de la » Juſtice dans ſon empire, qui cueille la » fleur de toutes les vertus, qui n'excelle » pas moins dans les arts que les plus » chers favoris des Muſes, lorſqu'ils chan- » tent dans les feſtins : Prends ta lyre ſa- » vante, livre-toi aux plus doux tranſports » que t'inſpire le généreux Courſier, qui » voloit ſur les bords de l'Alphée, & » qui ſans être preſſé de l'aiguillon, plaça » ſon maître dans le ſein de la victoire. » Sa gloire brille dans les contrées de » Pelops (a), &c.

On peut remarquer l'art avec lequel le poëte propoſe ſon ſujet. On voit Hieron, ſon courſier, ſa victoire, tout cela paroît comme environné de gloire. Le ſceptre du héros eſt celui de Thémis. Il préſente les vertus comme des tiges qui portent une fleur, & c'eſt cette fleur que moiſ- ſonne Hieron : ſon courſier vole ſur les bords de l'Alphée (b) : le voilà dans le ſein de la victoire.

(a) C'eſt le Péloponèſe, aujourd'hui la Morée.
(b) Alphée, riviere qui paſſe dans le Péloponèſe au- près du lieu où ſe célébroient les Jeux.

Pindare naquit à Thèbes en Bœotie la 65 Olympiade; 500 ans avant J. C. Quand Alexandre ruina cette ville, il voulut que la maison où ce poëte avoit demeuré fût conservée.

Avant Pindare la Grece avoit eu plufieurs Lyriques, dont les noms font encore fameux, quoique les ouvrages de la plûpart ne subfistent plus. Alcman fut célébre à Lacédémone : Stefichore en Sicile : Sappho fit honneur à fon fexe, & donna fon nom au vers fapphique, qu'elle inventa. Elle étoit de l'ifle de Lefbos, auffibien qu'Alcée, qui fleurit dans le même tems, & qui fut l'inventeur du vers alcaïque, celui de tous les vers lyriques qui a le plus de majefté.

ANACRÉON.

Anacréon de Téos ville d'Ionie, s'étoit rendu célébre plufieurs fiécles auparavant. Il fut contemporain de Cyrus, & mourut la 6 Olymp. âgé de quatre-vingt trois ans. Il nous refte encore un affez grand nombre de fes piéces qui ne refpirent toutes que le plaifir & l'amufement. Elles font courtes. Ce n'eft le plus fouvent qu'un fentiment gracieux, une idée douce, un compliment délicat tourné en allégorie : ce sont des graces simples, naïves, demi-vêtues.

Sa Colombe est un chef-d'œuvre de délicatesse. M. Le-Febvre disoit qu'il ne sembloit pas que ce fût l'ouvrage d'un homme, mais celui des Muses mêmes & des Graces.

» D'où viens-tu, aimable Colombe ?
» d'où viens-tu ? D'où viennent ces odeurs
» dont tu es parfumée ? Pourquoi fends-
» tu les airs ? Je désire de l'apprendre.
» Anacréon m'envoie vers Bathylle son
» ami. J'étois à Venus. Cette déesse me
» donna à ce poëte pour avoir un de ses
» hymnes. Maintenant c'est lui que je
» fers. Ce font ses lettres que je porte.
» Il veut bientôt me mettre en liberté.
» Mais quand il me renverroit, je reste-
» rois toujours pour le servir. Irois-je vo-
» ler fur les montagnes, me percher fur
» les arbres, manger quelque graine fau-
» vage ? Avec lui, je mange du pain, que
» je lui prends dans les doigts : je bois
» fon vin, dans fa coupe. Quand j'ai bû,
» je danfe, je le couvre de mes aîles,
» puis je m'endors fur fa lyre. Voilà tout.

» Adieu, vous m'avez fait caufer plus
» qu'une corneille.

Autrefois on fe fervoit d'oifeaux pour
porter les lettres. La colombe qui parle
dans cette piéce, eft un de ces couriers
aîlez. Quelle naiveté dans fon difcours !
que de graces ! Quel agrément dans l'image qu'elle préfente de fa vie , & de celle
de fon maître , de la douce liberté qui
regne chez lui ! Mais ces beautez ne fe
démontrent point, il faut être né pour
les fentir.

Quelquefois fes chanfons ne préfen-
tent qu'une fcene gracieufe , que l'image
d'un gazon qui invite à fe repofer.

» Mon cher Bathylle , affeyez-vous à
» l'ombre de ces beaux arbres. Les zé-
» phirs agitent mollement leurs feuilles.
» Voyez cette claire fontaine qui coule
» & qui femble nous inviter. Hé qui pour-
» roit , en voyant un fi beau lieu , ne point
» s'y repofer ?

Quelquefois c'eft un petit récit allégorique :

» Un jour les Mufes firent l'Amour

C iv

» prisonnier. Elles le lierent aussitôt avec
» des guirlandes de fleurs, & le mirent
» sous la garde de la Beauté. La déesse
» de Cythere vint pour racheter son fils ;
» mais les chaînes qu'il porte ne sont plus
» des chaînes pour lui ; il veut rester dans
» sa captivité.

Rien n'est plus ingénieux, & en même
tems plus délicat, que cette fiction. L'A-
mour apparemment avoit dressé des em-
bûches aux Muses : l'ennemi est pris, lié,
mis en prison. C'est la beauté qui est
chargée d'en répondre. On veut lui rendre la liberté, il n'en veut plus, il aime
mieux être prisonnier. On sent combien
il y a de choses vraies, douces & fines
dans cette image. Rien n'est si galant.

HORACE.

Horace, le premier & le seul des Latins
qui ait réussi parfaitement dans l'ode,
s'étoit rempli de la lecture de tous ces
Lyriques grecs. Il a, selon les sujets, la
gravité & la noblesse d'Alcée & de Stesi-
chore, l'élévation & la fougue de Pindare, le feu, la vivacité de Sappho, la

moleſſe & la douceur d'Anacréon. Néanmoins on ſent quelquefois qu'il y a de
l'art chez lui , & qu'il ſonge à égaler
des modéles. Anacréon eſt plus doux ,
Pindare plus hardi, Sappho dans les deux
morceaux qui nous reſtent , montre plus
de feu , & probablement Alcée avec ſa
lyre d'or , étoit plus grand encore & plus
majeſtueux. Il ſemble même qu'en tout
genre de littérature & de goût , les Grecs
aient eu une ſorte de droit d'aîneſſe. Ils
ſont chez eux , quand ils ſont ſur le Par-
naſſe. Virgile n'eſt pas ſi riche , ſi abon-
dant , ſi aiſé qu'Homere. Térence , ſelon
toutes les apparences , ne vaut pas tout
ce que valoit Ménandre. En un mot , s'il
m'étoit permis de m'exprimer ainſi , je
dirois que les Grecs paroiſſent nez riches ,
& que les autres au contraire reſſemblent
un peu à des gens de fortune.

On peut appliquer au lyrique d'Horace ce qu'il a dit lui-même du deſtin :
qu'il reſſemble à un fleuve qui tantôt pai-
ſible au milieu de ſes rives , marche ſans
bruit vers la mer ; & tantôt , quand les
torrens ont groſſi ſon cours , emporte
avec lui les rochers qu'il a minez , les arbres qu'il déracine , les troupeaux & les

maisons des laboureurs, en faisant reten-
tir au loin les forêts & les montagnes (*a*).

Quoi de plus doux que son ode sur la
mort de Quintilius !

Jules Scaliger admiroit tellement cette
piéce, qu'il disoit qu'il aimeroit mieux
l'avoir faite que d'être roi d'Arragon.

Le sentiment qui y domine est *l'ami-*
tié compatissante. Virgile avoit perdu un
excellent ami. Pour le consoler, Horace
commence par pleurer avec lui : & ensuite il lui insinue qu'il faut mettre fin à
ses larmes. Il y a des réflexions très-déli-
cates à faire sur ce tour adroit du poëte
consolateur.

Le ton de la piéce est celui de la douleur, mais d'une douleur qui fait pleurer ; c'est-à-dire, qu'elle doit être mêlée
de foiblesse, de langueur, d'abattement.

(*a*) . . . . . . nunc medio alveo
Cum pace delabentis Etruscum
   In mare, nunc lapides adesos
Stirpesque raptas, & pecus, & domos,
   Voluentis unà; non sine montium
    Clamore, vicinæque sylvæ
     Cum fera diluvies quietos
Itritat amnes.

Tout fera trifte, négligé. Les idées s'arrangeront felon qu'elles arriveront.

» Peut-on rougir de pleurer, & de
» pleurer long-tems une tête fi chere?
» O vous, à qui Jupiter accorda les char-
» mes de la voix & les accords de la
» lyre, Melpomène, infpirez-moi des
» fons de douleurs. C'en eft donc fait:
» Quintilius eft enfeveli dans un fommeil
» qui ne finira point. La Pudeur, la
» Bonne foi, fœur incorruptible de la
» Juftice, la Candeur retrouveront-elles
» jamais un mortel qui lui reffemble?
« Tous les gens de bien l'ont pleuré (a).

Quis defiderio fit pudor, aut modus
   Tam cari capitis? præcipe lugubres
Cantus, Melpomene, cui liquidam pater
   Vocem cum cithara dedit.
Ergo Quintilium perpetuus fopor
   Urget! cui Pudor, & Juftitiæ foror
Incorrupta Fides, nudáque Veritas,
   Quando ullum invenient parem?

(a) Nous avons traduit *Fiebilis* dans le même fens qu'il a, ode II. liv. 4. *Fiebilis fponfæ juvenem:* c'est-à-dire: le jeune époux enlevé à l'époufe qui pleure. On ne dira pas à l'époufe qui mérite d'être pleurée. Il a paru d'ailleurs que cette maniere de traduire faifoit un fens plus naturel & plus convenable à la douleur.

» Mais, cher Virgile, il n'y en a point
» qui le pleure p'us amèrement que vous.
» Hélas ! c'est en vain que votre tendreſſe
» le redemande aux dieux. Ils ne l'ont
» pas voulu ainſi. Vous tireriez de votre
» lyre des accords plus touchans que ceux
» d'Orphée, dont les arbres entendirent
» la voix ; vous ne rappellerez pas à la
» vie l'ombre vaine, que Mercure a une
» fois remiſe avec ſa verge fatale, dans
» le noir troupeau. Ce dieu exécute les
» deſtins, ſans écouter nos vœux. Deſtins
» cruels ! Mais la patience adoucit les
» maux qu'on ne ſauroit guérir.

Toute cette ode ſe réduit à ces deux
mots : *Vous avez raiſon de pleurer un ami*

Multis ille bonis flebilis occidit :
Nulli flebilior, quàm tibi, Virgili.
Tu fruſtrà pius, heu ! non ita creditum,
Poſcis Quintilium deos.
Quòd ſi Threicio blandiùs Orpheo
Auditam moderere arboribus fidem :
Non vanæ redeat ſanguis imagini,
Quam virgâ ſemel horridâ
Non lenis precibus fata recludere,
Nigro compulerit Mercurius gregi.
Durum, ſed levius fit patientiâ,
Quicquid corrigere eſt nefas.

auſſi parfait que l'étoit Quintilius ; mais apres tout , vos larmes ne lui rendront point la vie : en voila l'analyſe.

Ne rougiſſons point.... C'étoit préciſé-ment le contraire qu'Horace vouloit faire entendre à ſon ami, *ſpecie excuſantis ex-probrat.* La douleur d'un homme ſenſé a ſes bornes, *flagrantior æquo non debet do-lor eſſé viri.* Horace veut le faire ſentir indirectement à Virgile. Cependant il pleure avec lui.

Muſe , inſpirez-moi des ſons de douleur. Elle lui en inſpire. Il voit le tombeau de Quintilius : il gémit : il regrette ſes ver-tus , en peu de mots. La vraie douleur parle peu. Enſuite il ſe tourne doucement vers ſon ami , & lui repréſente la volonté ſuprême des dieux : *Ils ne l'ont point voulu ainſi , non ita creditum.* La phraſe latine enveloppe l'idée. La douleur eſt ſi tendre, que les expreſſions les plus douces doi-vent être adoucies encore , de peur de l'irriter. Et ce ſeroit mal traduire que de développer la penſée , comme la plûpart des traducteurs l'ont fait. Elle ne doit être qu'apperçue.

Le conſolateur cite un exemple d'un malheur pareil à celui de ſon ami. C'eſt

une diftraction adroite. Virgile ne voit
plus alors fon malheur, ou s'il le voit,
c'eft dans le malheur d'Orphée. Peu à peu
on l'apprivoife, & on le méne à une vérité, qu'on a généralifée exprès, de peur
que l'application qu'on lui en eût faite à
lui-même n'eût été trop fenfible.

Il faut remarquer que les articulations
& les jointures qui uniflent les différentes
parties de cette ode, ne font que dans
les chofes, & point du tout dans les mots.
Cette liaifon fuffit.

Il prend un ton bien différent, lorfqu'il
fait parler Nerée, & que dans l'enthoufiafme des oracles il voit les bataillons
innombrables qui viennent brifer le fcep-
tre antique de Priam :

» Dieux ! de quelles fueurs font cou-
» verts les guerriers & les chevaux ! Que
» de morts parmi les enfans de Dardanus !
» Déja Pallas apprête fon cafque, fon égi-
» de, fon char & toute fa fureur.

Ou lorfqu'il fe déchaîne contre le premier qui ofa franchir les mers.

Heu quantus equis, quantus adeft viris
Sudor ! quanta moves funera Dardanæ
Genti ! Jam galeam Pallas, & ægida,
Currufque & rabiem parat.

» Il n'est point de forfaits, où la race
» humaine ne se précipite hardiment. Le
» fils de Japet (*a*) osa dérober le feu dont
» il fit présent aux nations. Mais aussi,
» après ce funeste larcin, fait dans les
» demeures des dieux, la maigreur, la fié-
» vre, tous les maux vinrent désoler la
» terre. Et la mort qui auparavant s'ap-
» prochoit avec lenteur, hâta ses pas.
» Dédale (*b*) essaya de fendre les airs avec
» des aîles que la nature n'a point données
» à l'homme. Hercule (*c*) a forcé l'Ache-

Audax omnia perpeti
    Gens humana ruit per retitum nefas.
Audax Iapeti genus
    Ignem fraude mala gentibus intulit.
Post ignem ætheriâ domo
    Subductum, macies, & nova febrium
Terris incubuit cohors:
    Semotíque prius tarda necessitas
Leti corripuit gradum.
    Expertus vacuum Dædalus aëra
Pennis non homini datis.
    Perrupit Acheronta Herculeus labor.

(*a*) Promethée qui ayant figuré un homme de limon, alla dérober le feu du ciel pour l'animer.

(*b*) Dédale enfermé dans le labyrinthe de Créte, dont il avoit été lui-même l'architecte, se fit des aîles de cire avec lesquelles il se sauva.

(*c*) Hercule descendit aux enfers pour en tirer Alceste, & la rendre à son mari Admète roi de Thessalie.

» ron. Rien n'est difficile aux mortels.
» Nous escaladons les cieux même dans
» notre folie, & nos crimes ne permet-
» tent point à Jupiter de quitter un in-
» stant sa foudre vengeresse.

Et quand il donne des leçons à l'am-
bitieux pour le ramener à la modération :

» Souvenez-vous, Dellius, de conser-
» ver l'égalité d'ame dans les disgraces :
» & de même, dans les succès, de ne pas
» vous livrer aux transports d'une joie ex-
» cessive, parce que vous mourrez. Vous
» mourrez ; soit que vous passiez tout le
» tems de votre vie dans la tristesse ; ou
» que, dans les jours de fêtes, vous alliez
» quelquefois à l'écart, sur le gazon, vous

Nil mortalibus arduum est.
  Coelum ipsum petimus stultitia : neque
Per nostrum patimur scelus
  Iracunda Jovem ponere fulmina.

AD DELLIUM.

ÆQUAM memento rebus in arduis
Servare mentem : non secus ac bonis
  Ab insolenti temperatam
    Lætitia, moriture Delli :
Seu moestus omni tempore vixeris ;
Seu te in remoto gramine per dies
  Festos reclinatum beatis

égayer

» égayer avec une excellente bouteille de
» Falerne. Faites apporter du vin, des par-
» fums & des rofes, qui durent, hélas !
» fi peu, dans cet endroit charmant, où
» de hauts pins & des peupliers blancs
» aiment à entrelacer leurs rameaux, pour
» vous faire un ombrage, & où les petits
» flots d'un ruiffeau font mille circuits
» pour s'échapper : votre fortune, votre
» âge, vous le permettent encore, & les
» fœurs noires qui filent vos jours (*a*). Il
» faudra quitter ces parcs immenfes, que
» vous avez achetez, cette maifon, cette

(*a*) Les Parques.

Interiore nota (*a*) Falerni.
Quà pinus ingens, albaque populus,
Umbram hofpitalem confociare amant
    Ramis, & obliquo laborat
      Lympha fugax trepidare rivo,
Huc vina, & unguenta, & nimiùm breves
Flores amœnæ ferre jube rofæ ;
    Dum res, & ætas, & fororum
      Fila trium patiuntur atra.
Cedes coëmptis faltibus, & domo,

(*a*) *Nota interior* : chaque bouteille portoit fur une forte d'écriteau, la date & la qualité du vin. *Interior :* le tas le plus enfoncé dans le cellier, eft celui du vin le plus vieux.

» métairie, que le Tibre baigne de ſes
» eaux : il faudra les quitter ; & un héri-
» tier jouira des biens que vous aurez en-
» taſſez. Riche , pauvre, ſoyez du ſang
» d'Inachus (a) , ou ſorti d'un vil mortel,
» qui n'a pas de toit pour ſe retirer, il
» n'importe , vous ſerez la victime du
» dieu ſans pitié (b). Nous allons tous
» au même terme. Le ſort de tous tant
» que nous ſommes, s'agite dans l'urne
» fatale, pour en ſortir tôt ou tard, &
» nous faire paſſer dans la barque (c),
» & de-là dans un exil qui ne finira point.

(a) Le plus ancien roi | (b) Pluton.
d'Argos. | (c) De Caron.

Villaque, flavus quam Tiberis lavit :
    Cedes ; & exſtinctis in altum
        Divitiis potietur heres.
Diveſne priſco natus ab Inacho
Nil intereſt , an pauper , & infima
    De gente ſub Dio (a) moreris ,
        Victima nil miſerantis Orci.
Omnes eodem cogimur ; omnium
Verſatur urna ſerius ocyus
    Sors exitura , & nos in æternum
        Exilium impoſitura cymbæ.

(a) Sub Dio , c'eſt la même choſe que ſub Jove, expoſé
aux injures de l'air.

MALHERBE.

Malherbe est le premier en France qui ait montré l'Ode dans sa perfection. Avant lui, nos Lyriques faisoient paroître assez de génie & de feu. La tête remplie des plus belles expressions des poëtes anciens, ils faisoient un galimathias pompeux de latinismes & d'hellénismes cruds & durs, qu'ils lardoient de pointes, de jeux de mots, de rodomontades. Aussi vains & aussi romanesques sur leurs pégases que nos preux chevaliers l'étoient dans leurs joustes & dans leurs tournois, *ils décochoient leurs tempêtes poëtiques dessus la longue infinité ; & vainqueurs des siécles, monstres à cent têtes, ils gravoient les conquêtes sur le front de l'éternité.*

Malherbe réduisit ces Muses effrenées aux regles du devoir. Il voulut qu'on parlât avec netteté, justesse, décence ; que les vers tombassent avec grace. Il fut en quelque sorte le pere du bon goût dans notre poësie : & ses loix, prises dans le bon sens & dans la nature, servent encore de regles, comme l'a dit M. Despréaux, même aux auteurs d'aujourd'hui. Malherbe avoit beaucoup de feu ; mais de ce

D ij

feu qui eſt chaud , & qui dure. Il travailloit ſes vers avec un ſoin infini , & ména-
geoit la chûte des ſtances , de maniere que
leur éclat fut à demi envelopé dans le tiſſu
même de la période. Ce n'eſt point un
trait épigrammatique qui eſt tout en ſail-
lie. C'eſt une penſée ſolide qui ne ſe montre à la fin de la ſtance , qu'autant qu'il
le faut pour l'appuyer & empêcher qu'elle
ne ſoit traînante.

Pour trouver Malherbe ce qu'il eſt,
il faut avoir la force de digerer quelques
vieux mots , & d'aller à l'idée , plûtôt que
de s'arrêter à l'expreſſion. Ce poëte eſt
grand, noble, hardi, plein de choſes ; tendre, gracieux, quand la matiere le demande. Eſt-il rien de plus hardi & de plus harmonieux que ces deux ſtances où il compare Henri le grand à un fleuve débordé ?

Tel qu'à vagues épandues
Marche un fleuve impérieux
De qui les neiges fondues
Rendent le cours furieux.
Rien n'eſt sûr en ſon rivage ,
Ce qu'il trouve il le ravage ;
Et traînant comme buiſſons
Les cheſnes & leurs racines ,
Oſte aux campagnes voiſines
L'eſpérance des moiſſons.

Tel & plus épouvantable
S'en alloit ce conquérant,
A son pouvoir indomptable
Sa colere mesurant.
Son front avoit une audace
Telle que Mars en la Thrace ;
Et les éclairs de ses yeux
Etoient comme d'un tonnerre
Qui gronde contre la Terre
Quand elle a fâché les Cieux.

Quelle différence entre ce ton superbe & celui qu'il emploie pour consoler Du Perrier de la mort de sa fille ?

TA douleur, Du Perrier, sera donc éternelle ?
Et tes tristes discours
Que te met en l'esprit l'amitié paternelle
L'augmenteront toujours ?

Cette strophe est tendre, & paroît avoir cette négligence que demande la douleur.

Le malheur de ta fille au tombeau descendue
Par un commun trépas,
Est-ce quelque dédale où ta raison perdue
Ne se retrouve pas ?

L'idée de dédale ou de labyrinthe, car l'un est pris pour l'autre, est vive & peint fortement les égaremens d'une raison qui ne peut se retrouver. *Commun trépas,* est

D iij

latinifme ; il n'eft plus d'ufage. Il nous
faut à préfent une circonlocution, & dire,
le trépas dont perfonne n'eft exemt.

> Mais elle étoit du monde où les plus belles chofes
> Ont le pire deftin.
> Et, rofe, elle a vécu ce que vivent les rofes,
> L'efpace d'un matin.

C'eft à la fin de cette piéce que fe trouvent ces ftances fameufes où la mort per-
fonifiée eft repréfentée comme un tyran
qui n'épargne perfonne.

> La mort a des rigueurs à nulle autre pareilles :
> On a beau la prier,
> La cruelle qu'elle eft, fe bouche les oreilles,
> Et nous laiffe crier.
>
> Le pauvre en fa cabane, où le chaume le couvre,
> Eft fujet à fes loix ;
> Et la garde qui veille aux barrieres du Louvre
> N'en défend pas nos rois.
>
> De murmurer contre elle & perdre patience
> Il eft mal à propos.
> Vouloir ce que Dieu veut, eft la feule fcience
> Qui nous met en repos.

C'eft la penfée d'Horace : *durum : fed*
levius fit patientia quidquid corrigere eft
nefas.

Nous n'avons point de piéce lyrique

où il y ait plus de beauté, de force, de
feu & d'esprit, que dans celle qu'il adresse
à Louis XIII. partant pour aller soumettre les Rochellois. Le début seul l'annonce.

Donc, un nouveau labeur à tes armes s'apprête,
Prens ta foudre, Louis, & va comme un lion,
Donner le dernier coup à la derniere tête
    De la rébellion.

Ce début est d'une grande beauté. On
peut lui appliquer ce que Pindare disoit
des siens : c'est un frontispice auguste qui
annonce un palais magnifique. *Donc* est
latinisme, mais il est si beau, si vif, qu'on
seroit fâché de le perdre. On l'aime avec
son air étranger ; & peut-être même que
cela ajoute à son mérite. *Labeur* ne se dit
plus en prose ; mais en vers il est fort bon,
& ne sauroit être remplacé par *travail.*
Prens ta foudre, Louis. Voilà Louis armé
en dieu, c'est une métaphore : *& vas comme un lion*, ici c'est une comparaison ;
par conséquent on a tort de dire que la
métaphore n'est pas soutenue, & que *foudre* ne s'accorde pas avec *lion. Donner le
dernier coup*.... Ce vers est très-heureux,
aussi-bien que la chûte. La pensée est
juste, l'idée est forte. Qu'on relise la stro-

phe ; on la trouvera aussi belle qu'aucune
de celles d'Horace.

Fais choir en sacrifice au Démon de la France
Les fronts trop élevez de ces ames d'enfer.
Et n'épargne contre eux pour notre délivrance
    Ni le feu, ni le fer.

Quelle force ! *fais cheoir* est vieux,
mais il est vif. *Ames d'enfer* est fort ; nous
le trouvons dur aujourd'hui : il faut aller
jusqu'à l'idée.

Assez de leurs complots l'infidéle malice
A nourri le désordre & la sédition.
Quitte le nom de juste, ou fais voir ta justice
    En leur punition.

Cela est élevé, serré & aisé ! *Assez* est
un tour très poëtique.

Marche : va les détruire, éteins-en la semence :
Et suis, jusqu'à leur fin, ton courroux généreux,
Sans jamais écouter ni pitié ni clémence
    Qui te parle pour eux.

Ils ont beau vers le ciel leurs murailles accroître,
Beau d'un soin assidu travaillet à leurs forts,
Et creuser leurs fossez jusqu'à faire paroître
    Le jour entre les morts.

Le poëte ne languit point dans la car-
riere, il court. Cette derniere strophe est
très-forte, celle qui suit sera plus douce.

Laisse-les espérer : laisse-les entreprendre ;
Il suffit que ta cause est la cause de Dieu,
Et qu'aveque ton bras elle a pour la défendre
    Les soins de Richelieu. . . .

Cette transition est très-heureuse. Il n'est pas difficile de passer adroitement d'un objet à un autre, quand on a de l'espace pour s'y préparer. Mais quand on n'en a point, il est bien rare que le passage soit naturel, comme il l'est ici. Il loue Richelieu ; il lui dresse des autels, & il termine son éloge par cette stance, qui est d'une parfaite beauté, aussi-bien que d'une parfaite simplicité :

Le Ciel qui doit le bien selon qu'on le mérite,
Si de ce grand oracle il ne t'eût assisté,
Par un autre présent n'eût jamais été quitte
    Envers ta piété.

Le poëte a fait connoître es ennemis du Roi ; il a montré les ressources qu'il a contre eux. On doit espérer la victoire.

Certes, ou je me trompe, ou déja la Victoire,
Qui son plus grand honneur de tes palmes attend,
Est aux bords de Charente en son habit de gloire
    Pour te rendre content.

Je la vois qui t'appelle, & qui semble te dire :
Roi, le plus grand des rois, & qui m'est le plus cher,
Si tu veux que je t'aide à sauver ton empire,
    Il est tems de marcher.

Que sa façon est brave & sa mine assurée !
Qu'elle a fait richement son armure étoffée,
Et qu'il se connoît bien, à la voir si parée,
    Que tu vas triompher !

Telle en ce grand assaut, où des fils de la Terre
La rage ambitieuse à leur honte parut :
Elle sauva le ciel, & rua le tonnerre,
    Dont Briare mourut.

Déja de tous côtez s'avançoient les approches :
Ici couroit Mimas ; là Typhon se battoit :
Et là suoit Euryte à détacher les roches
    Qu'Encelade jettoit.

A peine cette Vierge eut l'affaire embrassée,
Qu'aussi-tôt Jupiter en son trône remis,
Vit, selon son désir, la tempête cessée,
    Et n'eut plus d'ennemis.

Ces colosses d'orgueil furent tous mis en poudre,
Et tous couverts des monts qu'ils avoient détacher :
Phlégre, qui les reçut, put encore la foudre
    Dont ils furent touchez.

Tout ce morceau est plein de cet enthousiasme pindarique qui ravit les ames faites pour sentir. Quoi de plus grand, & en même tems de plus riant que l'image de la victoire qui est sur les bords de la Charente, en son habit de gloire, pour combler tous les vœux du Roi ! Elle l'appelle : elle lui parle : elle ne lui dit qu'un

mot, mais il eſt digne du roi & d'elle,
Que ſa façon eſt brave! Le poëte ſe plaît
à la contempler, il en tire des augures
certains. *Telle en ce grand aſſaut...* Cette
digreſſion eſt fort admirée. Elle eſt dans
le genre noble, & outre cela, allégorique. Rien n'eſt plus aiſé que d'en faire
l'application au roi, & à ſes ennemis.
Le poëte la fait ſur-tout aux Anglois;
il les peint tremblants, fuyants à la vûe des
guerriers qui vont combattre pour Louis.

> Par cet exploit fatal en tous lieux va renaître
> La bonne opinion des courages François,
> Et le Monde croira, s'il doit avoir un maître,
> Qu'il faut que tu le ſois.

L'ode auroit pû finir ici, & un autre
que Malherbe auroit cru la matiere épui-
ſée. Mais on va voir combien il lui reſtoit
encore de belles choſes à dire.

Une juſte confiance mêlée de joie lui
a inſpiré tout ce qu'il a dit juſqu'ici. Il ſe
repréſente les victoires de ſon Prince;
il voudroit y avoir part, mourir pour
lui; mais ne le pouvant, à cauſe de l'âge,
il chantera au moins ſa gloire.

> O que pour avoir part en ſi belle avanture,
> Je me ſouhaiterois la fortune d'Eſon,
> Qui, vieux comme je ſuis, revint contre nature
> En ſa jeune ſaiſon!

De quel péril extrême est la guerre suivie,
Où je ne fisse voir que tout l'or du Levant
N'a rien que je compare aux honneurs d'une vie
    Perdue en te servant ?

Toutes les autres morts n'ont mérite ni marque :
Celle-ci porte seule un éclat radieux
Qui fait revivre l'homme, & le met de la barque
    A la table des dieux.

Mais quoi ! Tous les pensers dont les ames bien nées
Excitent leur valeur, & flattent leur devoir,
Que sont-ce que regrets, quand le nombre d'années
    Leur ôte le pouvoir ?

Ceux à qui la chaleur ne bout plus dans les veines,
En vain dans les combats ont des soins diligens.
Mars est comme l'amour : ses travaux & ses peines
    Veulent des jeunes gens.

Je suis vaincu du tems : je cede à ses outrages :
Mon esprit seulement exemt de sa rigueur
A de quoi témoigner en ses derniers ouvrages
    Sa premiere vigueur.

Le poëte ne releve le prix de ses vers
que par un orgueil poëtique, pour les
rendre plus dignes de celui à qui il veut
les offrir.

Les puissantes faveurs dont Parnasse m'honore,
Non loin de mon berceau commencerent leur cours,
Je les possedai jeune, & les possede encore
    A la fin de mes jours.

Ce que j'en ai reçu, je veux te le produire,
Tu verras mon adresse, & ton front cette fois
Sera ceint des rayons qu'on ne vit jamais luire
    Sur la tête des rois

Cette tête ceinte de rayons lumineux présente une très-belle image de la gloire. La beauté du sujet emporte le poëte : il se croit au-dessus d'Amphion, ses vers feront des miracles : tout l'univers admirera son héros.

Soit que de tes lauriers ma lyre s'entretienne,
Soit que de tes bontez je la fasse parler,
Quel rival assez vain prétendra que la sienne
    Ait de quoi m'égaler ?

Le fameux Amphion dont la voix nompareille
Bâtissant une ville étonna l'Univers,
Quelque bruit qu'il ait eu, n'a point fait de merveille
    Que ne fassent mes vers.

Par eux de tes beaux faits la terre sera pleine,
Et les peuples du Nil qui les auront ouïs,
Donneront de l'encens, comme ceux de la Seine,
    Aux autels de Louis.

Si on relit ces morceaux d'un bout à l'autre, voici à quoi toute l'ode se réduit. *Allez, Louis, contre vos ennemis, ils méritent d'éprouver votre colere, vous avez dequoi les vaincre ; la victoire vous attend. Que ne puis-je aller combattre & mourir pour vous ? Je chanterai au moins votre victoire.* Voilà le fond, les chofes. Ce n'est pas, comme on le voit, la partie la plus difficile dans les ouvrages de goût. Le bon fens feul fuffit prefque pour le fournir. Mais il y a l'élocution, & l'élocution poëtique & mefurée, qui n'appartient qu'aux génies heureux. Il y a l'efprit de vie qui anime tous les membres, qui les unit, les fait jouer. On le fent dans cette piéce : elle eft toute d'une haleine. Le poëte court jufqu'au but, fans s'arrêter.

RACAN.

Racan, difciple de Malherbe, a fait auffi quelques odes. Les chofes n'y font point auffi ferrées que dans celles de fon maître. C'étoit affez le défaut de fes piéces. La forme en étoit douce, coulante, aifée ; c'étoit la nature feule qui le guidoit. Mais comme il n'avoit point étudié les fources ; il n'y avoit pas toujours au fond affez de ce poids qui donne la confiftence.

Il a traduit les Pfeaumes : & quoique fa traduction foit médiocre ordinairement, il y a des endroits d'une très-grande beauté : tel eft celui-ci, Pf. 92.

L'empire du Seigneur est reconnu par-tout,
Le monde est embelli, de l'un à l'autre bout,
   De sa magnificence.
Sa force l'a rendu le vainqueur des vainqueurs ;
Mais c'est par son amour, plus que par sa puissance,
   Qu'il regne dans les cœurs.

Sa gloire étale aux yeux ses visibles appas :
Le soin qu'il prend pour nous fait connoître ici bas
   Sa prudence profonde :
De la main dont il forme & le foudre & l'éclair,
L'imperceptible appui soutient la terre & l'onde
   Dans le milieu des airs.

De la nuit du chaos, quand l'audace des yeux
Ne marquoit point encore dans le vague des lieux
   De zénit, ni de zône,
L'immensité de Dieu comprenoit tout en soi,
Et de tout ce grand Tout, Dieu seul étoit le trône,
   Le royaume & le roi.

On vante son ode au Comte de Bussy de Bourgogne. Elle est toute philosophique. Il invite ce Seigneur à mépriser la vaine gloire & à jouir de la vie.

Bussy, notre printems s'en va presque expiré,
Il est tems de jouïr du repos assuré,
   Où l'âge nous convie.
Fuyons donc ces grandeurs qu'insensez nous suivons,
Et sans penser plus loin, jouïssons de la vie
   Tandis que nous l'avons.

Que te sert de chercher les tempêtes de Mars,
Pour mourir tout en vie au milieu des hazards
  Où la gloire te mene ?
Cette mort qui promet un si digne loyer,
N'est toujours que la mort qu'avecque moins de peine
  L'on trouve en son foyer. &c.

ROUSSEAU.

Après Malherbe & Racan, est venu le célébre Rousseau, qui par la force de ses vers, la beauté de ses rimes, la vigueur de ses pensées, a fait presque oublier nos anciens, sur-tout à ceux dont la délicatesse s'offense d'un mot suranné. Le vieux Corneille pouvoit-il tenir contre le jeune Racine ? Rousseau est, sans doute, admirable dans ses vers, son style est sublime & parfaitement soutenu, ses pensées se lient bien : il pousse sa verve avec la même force depuis le début jusqu'à la fin : je le veux : mais a-t-il toujours assez de ce pliant, de cette souplesse qui donne la grace & qui fait jouer les membres avec facilité ? L'a-t-il souvent ? Sa force n'est-elle jamais que de la force ? Pour en juger facilement, qu'on le compare avec les endroits de Quinault qui approchent de l'ode. Qu'on compare l'ode qui commence par ces mots : *J'ai vû mes tristes trifles journées*, qui est, fans contredit, une de celles où il y a le plus de moëlleux, avec le chœur de Racine dans Esther : *Pleurons & gémissons.* C'est le même fentiment qui regne dans l'un & dans l'autre morceau : les deux poëtes ont tiré l'un & l'autre, beaucoup de chofes de l'Ecriture fainte. Il ne fera point difficile de fentir ce que nous difons : & on verra que fi M. Roussfeau a eu un grand nombre des parties néceffaires pour former les grands lyriques ; il y en a quelques-unes qu'il n'a point eues, ou qu'il n'a eues que dans un degré ordinaire.

Quand on veut trouver les défauts des grands écrivains, il faut les chercher dans l'excès de la qualité qui fait leur caractère propre. On met toujours trop de ce qui ne coûte rien. Si c'est la force qui domine chez eux, ils feront quelquefois durs. Si c'est la grandeur, ils feront quelquefois outrez & romanefques. S'ils veulent être fins, délicats, ils feront de tems en tems fubtils & rafinez. Doux, ils feront moux, lâches, prefque infipides. Homere nous a peint cette vérité dans fes Héros. Leurs caractères font dans une

Tome III. E

vertu ; & leurs vices dans l'excès de cette vertu.

Nous ne citerons de lui aucun morceau, parce qu'il est assez connu, & que d'ailleurs nous n'avons déja que trop de citations (*a*).

VII.

On examine le Pseaume 103 sur la création du monde.

On ne nous pardonneroit pas de terminer cette partie, sans avoir donné aucun exemple du lyrique sacré, qui l'emporte infiniment sur tous les profanes. David, disoit S. Jerôme, peut nous tenir lieu de tous les Grecs & de tous les Latins : *David Simonides noster*, *Pindarus*, *Alcæus*, *Flaccus quoque.* C'est là qu'on trouve le beau idéal de l'ode, réalisé. Le grand, le doux, le triste, le véhément, tout y est dans la plus haute perfection. Que seroit-ce si nous pouvions le goûter parfaitement, & dans la langue originale, qui est la plus énergique de toutes les langues ?

Nous aurions placé ici le fameux cantique de Moïse sur le passage de la Mer

_____

(*a*) On a les meilleures pièces de cet auteur dans un petit volume élégamment imprimé, chez Desaint & Saillant, rue Saint-Jean de Beauvais.

rouge, tel que l'a donné M. Rollin, d'après M. Herfan. Le public en eût été mieux fervi : mais comme il a été examiné fur les regles de l'Eloquence, nous avons cru qu'il falloit en donner un autre morceau qui fut examiné fur les regles de la poëfie lyrique.

Le poëte facré exprime dans le Pfeaume 103 fon admiration & fa reconnoiffance à la vûe des ouvrages de Dieu. Ainfi la matiere du poëme eft le fentiment d'admiration : & l'objet de cette admiration eft la fageffe, la puiffance & la bonté de Dieu pour le genre humain.

Début.

» Mon ame, béniffez le Seigneur. »

Bénir, c'eft louer, célébrer, remercier un bienfaiteur. David annonce le fentiment qui l'anime & qu'il va préfenter dans tout fon cantique. Mais comme ce fentiment tient aux objets qui le produifent ; il préfente ces objets, pour préfenter en même tems le fentiment. On va les voir dans les tableaux fuivans, que

---

1. Benedic anima mea Domino.

E ij

nous avons féparez exprès, afin qu'on les vît avec plus de facilité & plus de netteté.

Dieu envi-
ronné de
gloire 1.
Tableau.

» Que votre grandeur a d'éclat, ô mon » Dieu ! Quelle gloire, quelle majefté » vous environne ! Vous êtes entouré de » lumiere comme d'un vêtement.

Il faut que l'imagination s'arrête vis-à-vis de cette peinture, pour en fentir la magnificence. Le prophéte voit Dieu avec toute fa gloire : il lui paroît environné de feux & de rayons éclatans : c'eft le vête-ment qui le couvre.

David ayant fixé d'abord fes yeux fur Dieu même, & voulant parcourir fes ouvrages, devoit commencer par le ciel où brille fur-tout fa gloire : c'eft le fecond tableau.

Le ciel &
Dieu qui y
regne. 2.
Tableau.

» C'eft vous qui avez tendu le ciel » comme un pavillon, dont les eaux fupé-» rieures font le toît. Vous montez fur

---

Domine Deus meus, magnificatus es vehementer.
2. Confeffionem & decorem induifti, amiclus lumine ficut veftimento.
3. Extendens cœlum ficut pellem : qui tegis aquis fupe-riora ejus.
4. Qui ponis nubem afcenfum tuum, qui ambulas fuper pennas ventorum.

» les nuées : vous marchez fur les aíles
» des vents : les orages font vos miniftres,
» & le feu brûlant exécute vos ordres.

L'Univers, fi on le compare à la grandeur de celui qui l'a créé, n'eft qu'une tente, qu'il a faite avec la plus grande facilité. Les eaux céleftes, c'eft-à-dire, les nuages, felon quelques interprétes, forment une voûte immenfe, un plafond de criftal qui l'embellit. C'eft la fignification propre du terme hébreux. C'eft fous ce dais fuperbe que Dieu vole d'un bout à l'autre de l'Univers, & qu'il y promene fa gloire. Les nuées lui fervent de chariot : quand il veut defcendre, il les abaiffe : & les vents font fes courfiers, c'eft fur *leurs aíles* qu'il marche. Il envoie fes miniftres, qui font les orages & le feu. Faut-il foulever les flots, deffécher les mers, porter aux climats arides d'abondantes rofées ? Les vents partent & obéiffent. Faut-il dévorer des villes adulteres, confumer des nations rebelles ? Le feu defcend & Dieu eft vengé.

---

c Qui facis angelos tuos fpiritus, & miniftros tuos ignem urentem.

E iij

Tendre le ciel eſt d'une énergie admirable. Il peint la choſe, l'action & la
facilité de celui qui agit. *Vous montez* ſur
les nuées, comme ſur un char de triomphe. Mais quel char, qui porte Dieu dans
le vague des airs ! *Marcher ſur les aîles*,
pour dire, être traîné par des courſiers
aîlez : rien n'eſt plus riche & plus hardi,
que cette expreſſion.

On a vû le ciel, les airs, les nuées &
Dieu qui y regne : c'eſt le trône de Dieu :
voyons la terre qui eſt ſon marchepied :
Terra ſcabellum pedum ejus.

Le globe
terreſtre.
4.Tableau.

» Vous avez fondé la terre ſur elle-
» même : les ſiécles ne l'ébranleront ja-
» mais. L'abîme l'environne comme un
» vêtement.

» Les ondes ſeront fixées ſur les mon-
» tagnes : votre parole menaçante leur
» fera prendre la fuite, la voix de votre
» tonnerre les remplira de crainte. Auſſi-
» tôt s'élevent les montagnes, & les val-

---

6. Qui fundaſti terram ſuper ſtabilitatem ſuam : non in-
clinabitur in ſæculum ſæculi.

7. Abyſſus, ſicut veſtimentum, amictus ejus : ſuper
montes ſtabunt aquæ.

8. Ab increpatione tuâ fugient : à voce tonitrui tui for-
midabunt.

» lées s'abaissent, dans les lieux que vous
» leur avez marquez. Jamais les eaux
» ne reviendront couvrir la terre : elles
» ne passeront point les bornes que vous
» leur avez tracées.

Que de traits sublimes dans ce tableau ! La terre en équilibre au milieu
des airs, appuyée sur elle - même. Un
poids immense qui se soutient seul, sans
appui, & tous les siécles ne peuvent l'é-
branler. La mer l'environne *comme un
vêtement.* Homere a employé la même expression, Ποσειδὼν ἱμαιγραίεε.

Les ondes seront fixées ... C'est un tour
poëtique, le futur pour le passé. Dans le
tems de la création, lorsque tout étoit
encore confondu dans le chaos, les eaux
couvroient les montagnes : elles y étoient
fixées, *stabant.* Elles entendirent la voix
menaçante du Créateur : elles s'enfui-
rent aussitôt en mugissant. Alors les montagnes leverent leurs cîmes, les vallées
s'abbaisserent, le globe terrestre prit la

---

9. Ascendunt montes & descendunt campi, in locum
quem fundasti eis.

10. Terminum posuisti, quem non transgredientur, neque convertentur operire terram.

figure qui lui étoit prescrite : quelle peinture ! Les eaux se sont retirées dans le
bassin qu'on leur a préparé , elles s'agitent,
se gonflent ; mais elles n'oseroient passer
la ligne tracée par le doigt de Dieu : *Non
transgredientur.*

Dans le tableau suivant le prophéte se
représente les fontaines , les pluies du
ciel , la fécondité de la terre.

La terre
arrosée par
les eaux.
4.Tableau.

» C'est vous qui envoyez les fontaines
» dans les vallées. Leurs eaux se filtrent
» à travers les montagnes. Les bêtes des
» champs viendront s'y abreuver : l'âne
» sauvage attend qu'elles coulent pour s'y
» désalterer. Les oiseaux perchez sur leurs
» bords y feront entendre leurs ramages ,
» au milieu des rochers. Vous arroserez
» les montagnes mêmes par les eaux du
» ciel. Toute la terre rassassiée de vos
» bienfaits deviendra féconde.

Le prophéte se place dans l'instant de

---

11. Qui emittis fontes in convallibus , inter medium
montium pertransibunt aquæ.
12. Potabunt omnes bestiæ agri , expectabunt onagri in
siti suâ.
13. Rigans montes de superioribus suis , de fructu operum tuorum satiabitur terra.

la création. Il voit sourdre les fontaines, au premier ordre du Créateur : il voit l'animal alteré qui *attend* qu'elles coulent. Cette idée est très-belle, & marque la confiance que les animaux mêmes ont en celui qui les nourrit. Il y a dans Tibulle une expression à-peu-près semblable, appliquée aux herbes de l'Egypte que le Nil arrose sans le secours des pluies :

Arida nec pluvio supplicat herba Jovi.

L'herbe alterée n'invoque point le dieu de la pluie.

Les oiseaux perchez.... Les bords des rivieres sont plantez d'arbres, les oiseaux y font entendre leurs ramages dans les rochers, ce sont des objets placez comme en perspective dans le tableau : il n'est rien de plus gracieux, ni de plus riant.

Vous arroserez.... C'est l'humidité jointe à une douce chaleur qui développe tous les germes de la nature. Les vallées & les plaines sont arrosées par les rivieres : que deviendront les montagnes ? Dieu a placé au-dessus d'elles des réservoirs : les nuages se fondront en pluie pour les désalterer. Ainsi toute la terre, qui est comme un amas de germes, formé par la

sagesse & la puissance du Créateur, sera
par-tout féconde. Que produira-t-elle ?
On va le voir dans le tableau qui suit.

La fécon-
dité de la
terre. §.
Tableau.

» Vous produisez l'herbe qui nourrit
» les animaux : les plantes, d'où vous ti-
» rez le pain qui soutient l'homme, le
» vin qui charme son cœur, l'huile qui
» répand la joie sur son front. Les arbres
» des forêts, les cedres du Liban qu'il
» a plantez, seront nourris de ses bien-
» faits. Ce sera là que les oiseaux seront
» leurs nids, qu'on verra la race du hé-
» ron qui en sera le roi. Les cerfs au-
» ront leurs retraites sur les montagnes,
» & les hérissons dans les rochers.

On voit avec quel feu & quelle force
se fait l'énumération des principales productions de la terre. On en montre en

---

14. Producens fœnum jumentis, & herbam servituti
hominum.

15. Ut educas panem de terrâ, & vinum lætificet cor
hominis.

16. Ut exhilaret faciem ejus in oleo, & panis cor hominis confirmet.

17. Saturabuntur ligna campi, & cedri Libani quas plan-
tavit : illic passeres nidificabunt.

18. Herodii domus dux est eorum. Montes excelsi cer-
vis : petra refugium herinaceis.

même tems l'utilité. Tout est clair, précis. Les cedres du Liban, les montagnes, les rochers mêmes ont leur usage dans l'intention de la nature. Ce sont des demeures préparées pour différentes créatures, qui ont besoin de pareilles retraites.

Voilà l'homme établi sur la terre, au milieu de tous les biens : il jouit. Mais quel sera l'ordre des tems ? L'homme sera-t-il fait à l'image de Dieu, confondu & mêlé avec tous les animaux ? Se trouvera-t-il dans la campagne en même tems que l'ours & le lion ? Non. Le Créateur a reglé les intervalles & a marqué à chacun ses heures :

» Il a fait la lune pour regler les » tems : le soleil a connu chaque jour le » terme de sa course. Vous avez placé » les ténébres : elles ont formé la nuit. » Ce sera dans ce tems que les bêtes des » forêts traverseront les campagnes, que » les petits des lions demanderont à Dieu

La distribution des tems. 6. *Tableau.*

---

19. Fecit lunam in tempora; sol cognovit occasum suum.

20. Posuisti tenebras, & facta est nox : in ipsa pertransibunt omnes bestiæ sylvæ,

21. Catuli leonum rugientes, ut rapiant, & quærant à Deo escam sibi.

» leur proie, en rugissant. Le soleil a paru:
» déja elles sont rassemblées & rentrées
» dans leurs demeures. Et l'homme sort
» pour aller reprendre ses travaux jusqu'à
» la nuit. Dieu, que vos œuvres sont bel-
» les ! Vous avez fait toutes choses avec
» une souveraine sagesse. La terre est
» toute remplie de vos bienfaits.

Le prophéte s'écrie, enchanté d'un si
bel ordre. Il a bien paru dans le tableau
qu'il vient de faire, qu'il étoit dans l'enthousiasme. Tous les traits en sont sublimes. Le soleil *connoît* le terme de sa
course. C'est assez pour lui de le connoître, il obéit en silence, & marche sans
cesse pour s'y rendre.

Il a placé les ténébres.... Il leur a dit
vous serez là, & vous serez appellées *nuit.*
Les ténébres entendent la voix de Dieu,
& se rangent à ses ordres. Ce sera quand
elles couvriront la terre, lorsque les astres
ne fourniront qu'une lumiere timide, que

---

22. Ortus est sol & congregati sunt, & in cubilibus suis
collocabuntur.

23. Exibit homo ad opus suum, & ad operationem suam
usque ad vesperam

24. Quàm magnificata sunt opera tua Domine ! omnia
in sapientia fecisti : impleta est terra possessione tuâ.

les bêtes sauvages *passeront.* Ce dernier mot peint admirablement la course errante de ces animaux qui cherchent leur proie, & qui traversent, comme en fuyant, une campagne que Dieu ne leur a point donnée. Que dirons - nous de ces petits de lions, qui *invoquent Dieu, en rugissant,* & lui demandent ainsi leur nourriture ? Dieu les entend, & il exauce leur priere.

Le soleil a paru.... Quelle différence, si le prophéte eût dit : *Le soleil paroît, aussitôt elles se rassemblent.* Mais non, le soleil a paru, déja tout est rentré. *Elles sont rassemblées.* C'est une sorte de peuple qui est dans les forêts. Il a ordre de s'y retirer dès que le soleil paroît ; afin de laisser la campagne libre à l'homme, qui est chargé de la cultiver, & qui a droit d'en recueillir les fruits.

Jusqu'ici on n'a parlé de la mer, qu'en passant, & parce qu'elle tient nécessairement à l'image de la terre, qui a été la matiere du troisiéme tableau. Celui qui suit ne sera que pour elle.

»Cette mer vaste, immense, de com-
La Mer. 7. *Tableau.*

25. Hoc mare magnum & spatiosum manibus, illic reptilia quorum non est numerus,

» bien de poissons n'est-elle pas rem-
» plie, de grands & de petits ! C'est là
» que passeront les navires, & qu'habite-
» ront ces monstres qui se jouent dans les
» abîmes.

Le prophéte présente d'abord une
étendue immense, une mer vaste &
profonde. Au-dedans, elle est remplie
d'animaux, il y en a d'une grosseur mon-
strueuse qui se jouent des vagues & des
tempêtes. *Draco* signifie en cet endroit,
des monstres, *Leviathan*. Le singulier est
beaucoup plus poëtique que n'eût été le
plurier. Sur sa superficie, on voit passer
des vaisseaux : ils volent : on les voit :
un instant après on ne les voit plus. Cet
élément qui sembloit fait pour séparer
les peuples, devient un lien de commerce, & sert à rapprocher les nations les
plus éloignées.

La terre, la mer, l'air, tout est rempli d'animaux qui ont chaque jour besoin
de nourriture. C'est Dieu seul qui la leur

---

25. Animalia pusilla cum magnis Illic naves pertransibunt.

27. Draco iste quem formasti ad illudendum ei : omnia
à te expectant ut des illis escam in tempore.

fournit. Il ne fait qu'ouvrir la main,
ils sont tous rassasiez : c'est le huitiéme
tableau :

» Tous attendent de vous leur nour- Dieu qui nourrit tout.
» riture, quand le tems est venu. Vous 8. *Tableau.*
» la leur donnerez, & ils la recueilleront ;
» vous ne ferez qu'ouvrir la main, & ils
» seront remplis de vos bienfaits.

C'est ainsi que la main qui nourrit les
petits d'un oiseau domestique, s'ouvre,
& laisse tomber le grain, qu'ils recueillent
avec avidité. Elle est prête dans l'instant
du besoin, *in tempore.*

» Détournez votre visage, ils se trou- Tout dépend du Créateur.
» blent ; vous leur ôtez la vie : ils périf-
» sent, & rentrent dans leur poussiere. 9. *Tableau.*
» Envoyez votre souffle divin, ils renaif-
» sent, & la face de la terre est renou-
» vellée.

Il n'est pas possible de peindre avec
des traits plus vifs & plus hardis. Tout

---

28. Dante te illis colligent, aperiente te manum tuam,
omnia implebuntur bonitate.

29. Avertente autem te faciem, turbabuntur : auferes spiritum eorum & deficient, & in pulverem suum revertentur.

30. Emittes spiritum tuum & creabuntur, & renovabis
faciem terræ.

l'Univers fe décompofe, fe bouleverfe,
parce que Dieu a détourné de deffus lui
fes regards. Tous les animaux reprennent
leur pouffiere : *leur* eft plein d'énergie :
que de chofes dans ce feul mot ! on les
fent. Et le mot de *pouffiere !* Il auroit dit
leur néant ; mais il a voulu laiffer à l'imagination un objet, & c'eft celui qri eft
le plus vil, & le plus proche du néant,
la pouffiere. L'efprit de Dieu fouffle, tout
eft ranimé. Où trouvera-t-on des traits
fi fublimes ?

Tous ces tableaux font fondus dans le
fentiment : on fent la joie, l'admiration
qui fortent par les tours finguliers, fouvent brufquez : quelquefois le prophéte
parle à Dieu, quelquefois c'eft à lui-même, quelquefois c'eft à toute la nature.
Ses expreffions annoncent par-tout une
imagination étonnée, une ame ravie,
emportée au-deffus d'elle-même. Dans ce
qui refte le fentiment eft plus vif encore
& moins confondu avec les idées.

Conclufion.

» Que la gloire du Seigneur foit célé-

---

31. Sit gloria Domini in fæculum : lætabitur Dominus
in operibus fuis.

» brée

» brée dans tous les siécles ! Que le Sei-
» gneur s'applaudisse lui-même dans ses
» ouvrages ! Il regarde la terre, elle fré-
» mit de crainte ; il touche les montagnes,
» elles se perdent en fumée. Je célébrerai
» la gloire de mon Dieu. Toute ma vie
» il sera l'objet de mes chants. Puissent
» mes louanges lui être agréables ! Il est
» ma joie & mon bonheur. Périssent à
» jamais ceux qui l'offensent ! Qu'ils soient
» anéantis ! O mon ame, bénissez le Sei-
» gneur !

Voilà la conclusion. C'est le sentiment
tout pur. Après avoir parcouru tant de
tableaux si sublimes, qui portoient tous
au cœur, à-peu-près, la même impression, il devoit éclater d'une façon singuliere. Aussi cette fin est-elle pleine de feu,
d'écarts, de tours extraordinaires.

On ne trouve dans aucun des auteurs

---

32. Qui respicit terram & facit eam tremere : qui tangit
montes & fumigant.

33. Cantabo Domino in vita mea : psallam Deo meo
quandiù sum.

34. Jucundum sit ei eloquium meum : ego verò delecta-
bor in Domino.

35. Deficiant peccatores à terra, & iniqui ita ut non
sint : benedic anima mea Domino.

Tome III. F

profanes le fublime qui eft dans les cantiques facrez. Si on en cherche la raifon, on verra que c'eft parce qu'ils n'a-
voient pas le même fond dans leur matiere, ni le même efprit pour les animer
dans la compofition. Ils ne chantoient
qu'une Religion fauffe, un héroïfme mal
entendu, des combats dont la gloire étoit
chimérique. Dans les hymnes confacrez
à la gloire du vrai Dieu, on fent, dans le
fond même du fujet, la vraie grandeur
puifée dans fa fource : ce font de vraies
beautez, de vraies vertus qu'on admire,
& des fentimens folides qu'on exprime.
Là, c'eft toujours l'homme qui écrit, qui
travaille : on fent fon effort, & par conféquent fa foibleffe : on fent fes vices, fes
préjugez, fon ignorance, fa corruption.
Ici, c'eft l'Efprit de Dieu qui fouffle :
tout eft plein, libre, lumineux, marqué
au coin de celui qui fe jouoit en formant
l'Univers. Quelque grand homme que foit
l'écrivain prophane, il n'a qu'une étincelle
de ce feu qui embrafoit les Prophétes ;
qu'une petite portion de cette vertu dont
ceux-ci avoient la plénitude : c'eft le talent
feul qui produit. En un mot qu'Horace &
Pindare aient été infpirez par la nature,

à laquelle ils déroboient des traits heureux : David & Moïse l'ont été par l'Auteur même de la nature, par celui qui a seul les premiers modèles du beau : c'étoit lui qui guidoit leur pinceau, qui leur fournissoit les sujets, les idées, les couleurs, les traits. Est-il étonnant qu'ils aient eu sur les prophanes une si grande supériorité ?

Cependant il y a ici une observation à faire. C'est que la nature, telle qu'elle existe, n'étant que le plan même du Créateur, mis en exécution ; & ceux qui n'ont copié que la nature, & ceux qui ont été inspirez par l'Auteur de la nature, doivent se réunir dans le même point : c'est la nature qui est leur objet. Et les regles de l'imitation sortant nécessairement de l'objet imité, il y a eu les mêmes regles, & pour les Auteurs sacrez, & pour les prophanes. Le genre lyrique veut être grand, riche, sublime, hardi : il demande des tours singuliers, des élans, des traits de feu, des écarts. Il ne veut point d'ordre sensible : il évite les détails trop analysez, les généralitez scientifiques, les subtilitez : il lui faut des objets qu'on voie, qu'on touche, qui se remuent. Voilà les

F ij

regles.. Les Sacrez & les Prophanes ont dû
s'y conformer, pour nous plaire : & ils s'y
font conformez effectivement. Toute la
différence qu'il y a entr'eux, c'eſt que les
Prophanes ſont reſtez dans la ſphere de
l'humanité ; au lieu que David prenant un
eſſor ſurnaturel, a été juſques dans le ſein
de la Divinité prendre ſes ſujets, & la
force qui lui étoit néceſſaire pour les traiter dignement.

Après cela n'eſt-il pas un peu ſingulier
qu'on croie ne pouvoir trouver des modéles du beau que dans les Prophanes ?
Cela pourroit être juſte, ſi on faiſoit
conſiſter le beau dans l'artifice ſeul de
l'élocution. Mais s'il conſiſte principalement dans le vrai, & le grand & le décent, où peut-on le trouver mieux que
dans l'Ecriture ſainte ? Nous devons nous
occuper des mots, je le ſais ; mais nous
en tenir là, c'eſt imiter ceux qui ne s'occupent que de la parure, & qui ne pen-
ſent point à la perſonne.

VIII.

De l'Elégie.

Versibus impariter junctis querimonia primùm :
Post etiam inclusa est voti sententia compos.

» La plainte fut renfermée d'abord dans
» les distiques élégiaques : ensuite on y fit
» entrer la joie des succès.

Puisque selon Horace , & selon l'idée
qu'en a tout le monde , l'Elégie est consa-
crée aux mouvemens du cœur , nous pla-
çons ici comme une dépendance de l'Ode
le peu que nous avons à en dire.

Ces deux especes de Poësie ont la même matiere ; avec cette seule différence
que l'Ode embrasse les sentimens de toutes les especes & de tous les degrez , &
que l'Elégie se borne aux sentimens doux
de tristesse ou de joie.

Je ne sais même si la joie entre dans
l'idée de l'Elégie , telle que nous l'avons
aujourd'hui. Si on s'avisoit de nous dire
que quelqu'un auroit fait une élégie sur
ses heureux succès ; l'expression nous paroîtroit au moins singuliere.

Il n'en étoit pas de même chez les Latins ; parce que chez eux le nom d'élégie

F iij

tenoit à la forme du poëme auſſi-bien
qu'au fond des choſes. Ils appelloient poëme élégiaque celui qui étoit en vers hexa-
metres & pentametres entrelacez. Chez
nous, comme il n'y a point de forme particuliere pour ce genre de poëſie, on ne
le diſtingue guères que par la nature même du ſentiment qui y eſt exprimé.

Peut-être qu'en cela nous avons mieux
fait que les Latins. Pour que leurs vers
aient toute la grace qui leur convient, il
faut que le ſens ſe termine avec le diſti-
que, c'eſt-à-dire, au bout de deux vers :
ce qui s'accorde aſſez mal avec la douleur, qui n'eſt rien moins que ſymmétri-
que. L'Elégie doit avoir les cheveux épars :
elle doit être negligée, en habit de deuil,
triſte : elle gémit, & ſe plaint à-peu-près
comme Phédre dans Racine :

> Que ces vains ornemens, que ces voiles me péſent !
> Quelle importune main, en formant tous ces nœuds,
> A pris ſoin ſur mon front d'aſſembler mes cheveux ?
> Tout m'afflige & me nuit.

Voilà le vrai ton & la marche rompue de
l'Elégie.

Il ne nous reſte des Elégies grecques
que celle qui eſt dans l'Andromaque d'Euripide. Mais nous avons encore celles de

Tibulle, de Properce & d'Ovide, qui
ont été célébres dans ce genre chez les
Latins. Tibulle est naturel, doux, élégant. Properce est plus ferme, il est même un peu dur, parce qu'il est trop éru-
dit. Pour ce qui est d'Ovide, on sait que
son défaut est d'avoir trop d'esprit, &
d'en supposer trop peu à son lecteur. Il
dit tout ce qu'on peut dire, & par cette
raison il en dit trop.

Il est assez difficile de trouver parmi
nous de bonnes Elégies. Elles sont la plûpart ou fades & langoureuses, ou trop
assaisonnées. Heureusement que ce genre
n'est pas fort important pour former le
goût des jeunes gens.

On peut rapporter à l'Elégie plusieurs
des Eglogues que nous avons citées dans
le premier volume, comme le Tombeau
d'Adonis de Bion, la mort de Daphnis
de Virgile, l'Iris de Madame Deshoulieres, & plusieurs des odes qui se trouvent
dans cet Article, sur-tout celle d'Horace
sur la mort de Quintilius, & celle de Malherbe à Du Perrier.

QUATRIEME SECTION,

DE LA POESIE DIDACTIQUE.

ON a vû jusqu'ici la Poëfie regner dans
la fiction comme dans fon domaine. Uni-
quement occupée de plaire & de toucher,
elle ne travailloit que fur les actions &
les paffions humaines : & pour en faire
des tableaux plus intéreffans, elle choifif-
foit les traits felon fes caprices, & en faifoit un tout artificiel, qui n'avoit qu'une
vérité d'imitation.

Elle change d'objet dans la Poëfie didactique. Elle fe propofe d'inftruire, de
tracer les loix de la raifon, du bon fens,
de guider les arts, d'orner & d'embellir
la vérité, fans lui faire rien perdre de fes
droits. Ce genre eft une forte d'ufurpa-
tion que la poëfie a faite fur la profe.

Le fonds naturel de celle-ci eft l'inf-
truction. Comme elle eft plus libre dans
fes expreffions & dans fes tours, & qu'elle
n'a point la contrainte de l'harmonie poëtique, il lui eft plus aifé de rendre nettement les idées, & par conféquent de
les faire paffer telles qu'elles font, dans

l'esprit de ceux qu'on instruit. Aussi les récits de l'Histoire, les Sciences, les Arts, sont-ils traitez en prose. La raison en est simple : quand il s'agit d'un service important, on en prend le moyen le plus sûr & le plus facile : & ce moyen, en fait d'instruction, est sans contredit la prose.

Cependant, comme il s'est trouvé des hommes qui réunissoient en même tems & les connoissances, & le talent de faire des vers ; ils ont entrepris de joindre dans leurs ouvrages ce qui étoit joint dans leur personne, & de revêtir de l'expression & de l'harmonie de la poësie, des matieres qui étoient de pure doctrine. C'est de-là que sont venus *les Ouvrages & les Jours* d'Hésiode, *les Sentences* de Théognide, *la Thérapeutique* de Nicandre, *la Chasse* & *la Pêche* d'Oppien, & pour parler des Latins, les poëmes de Lucréce *sur la Nature*, *les Géorgiques* de Virgile, *la Pharsale* de Lucain, & quelques autres.

Mais dans tous ces ouvrages il n'y a de poëtique que la forme. La matiere étoit faite ; il ne s'agissoit que de la revêtir. Ce n'est point la fiction qui a fourni les choses, selon les regles de l'imitation, c'est la vérité même. Aussi l'imitation ne porte-t-elle ses regles que sur l'expression. C'est pourquoi le poëme didactique en général peut se définir : *La vérité mise en vers :* & par opposition, l'autre espece de poësie : *La fiction mise en vers.* Voilà les deux extrémitez : le didactique pur, & le poëtique pur.

Entre ces deux extrêmes il y a une infinité de milieux, dans lesquels la fiction & la vérité se mêlent & s'entr'aident mutuellement ; & les ouvrages qui s'y trouvent renfermez sont poëtiques, ou didactiques, plus ou moins, à proportion qu'il y a plus ou moins de fiction ou de vérité. Il n'y a presque point de fiction pure, même dans les poëmes proprement dits : & réciproquement il n'y a presque point de vérité sans quelque mélange de fiction dans les poëmes didactiques. Il y en a même quelquefois dans la prose. Les interlocuteurs des dialogues de Platon, ceux des livres philosophiques de Cicéron sont feints ; & le caractère soutenu de leur élocution est de soi poëtique. Il en est de même des discours dont Tite-Live a embelli son Histoire. Ils ne sont guères plus vrais que ceux de Junon ou d'Enée

dans le poëme de Virgile. Il n'y a entr'eux
de différence qu'en ce que Tite-Live a
tiré les fiens de faits hiftoriques ; au lieu
que Virgile les a tirez d'une hiftoire fa-
buleufe. Ils font les uns & les autres également de la façon de l'écrivain.

Nous comprenons dans le genre didactique la Satire, l'Epitre en vers, l'E-
pigrame & les autres petits poëmes où
il s'agit moins de fiction que d'enfermer
dans des rimes une penfée fine, un trait
mordant, un fentiment gracieux.

Mais pour proceder avec ordre, nous
traiterons d'abord du Poëme didactique
proprement dit ; enfuite de la Satire, &
en troifiéme lieu de l'Epigramme.

ARTICLE PREMIER.

DU POEME DIDACTIQUE.

NOus l'avons défini ci-deffus : c'eft la
vérité mife en vers. Nous allons en marquer les efpeces, & en tracer les regles
en peu de mots.

I.
Différentes efpeces de Poëmes didactiques.

La Poëfie didactique a autant d'efpe-

reſſorts : quelquefois même elle s'éleve
juſqu'aux cauſes ſurnaturelles. Tite-Live
racontant la Guerre Punique en a montré
les événemens dans le récit, & les cauſes politiques dans les diſcours qu'il fait
tenir à ſes acteurs. Mais il a dû reſter
toujours dans les bornes des connoiſſances
naturelles : parce qu'il n'étoit qu'hiſtorien.
Silius Italicus, qui eſt poëte, raconte de
même que le fait Tite-Live ; mais il peint
par-tout : il tâche toujours de montrer
les objets eux-mêmes ; au lieu que l'hiſtorien ſe contente ſouvent d'en parler, de
les déſigner.

Le Poëme philoſophique doit tendre
ſur-tout à la lumiere. Le but des Sciences
eſt d'éclairer. Ainſi la méthode doit y
être plus ſenſible que dans les autres poëmes ; & il eſt moins permis d'y jetter des
digreſſions, qui empêcheroient de ſuivre
le fil du raiſonnement. Par la même raiſon il y aura moins de figures vives, &
d'expreſſions poëtiques ; à moins qu'elles
ne concourent à la clarté, en donnant du
corps aux penſées : car autrement, il y
auroit de la petiteſſe à ſacrifier la netteté
& la préciſion à l'éclat d'un beau mot.
Auſſi Lucréce, ſuit-il conſtamment ſon

objet. On ne le voit point au milieu d'un raisonnement s'égarer dans des descriptions inutiles à son but. Il en a quelques-unes dont la matiere pourroit se passer ; mais il les place tellement , soit devant, soit après ses argumens, qu'elles servent , ou à préparer l'esprit à ce qu'il va dire , ou à le délasser après lui avoir fait faire des efforts.

Quant aux poëmes qui contiennent des préceptes, Horace en a donné la regle en un mot : *Quidquid præcipies , esto brevis.* C'est la briéveté qui plaît sur-tout, & qui frappe dans ce genre. Cette briéveté , quand elle est jointe à la clarté , comme Horace le suppose , a plusieurs avantages : on en saisit mieux le précepte : on l'apprend plus aisément , & on le retient exactement , & pour toujours : *Ut citò dicta percipiant animi dociles tenéántque fideles.* Cependant , comme les préceptes sont secs & tristes par eux-mêmes ; le poëte qui sait l'art, y joint quelquefois la preuve , afin d'exercer l'esprit. Quelquefois il les accompagne d'un exemple qu'il place tantôt avant, tantôt après. Quelquefois il se contente de les montrer dans l'exemple même sans les exprimer. Il les

G iij

appuie d'un trait hiftorique, il les égaie par une allufion, les prépare par des images : enfin, quand il craint le dégoût, il quitte tout-à-fait fon genre pour quelques inftants ; & il devient épique, ou dramatique, dans un degré plus ou moins élevé, felon le ton général de fon ouvrage, lequel le fuit jufques dans les excurfions qu'il fait au-dehors.

ARTICLE SECOND.

DE LA SATIRE.

I.

Hiftoire de la Satire.

LA Satire n'a pas toujours eû le même fonds, ni la même forme dans tous les tems. Elle a été différente chez les Grecs & chez les Romains : & chez ces derniers elle a été fujete à des changemens fi finguliers, qu'il n'eft prefque pas poffible de la fuivre dans toutes fes variations.

Chez les Grecs, c'étoit un fpectacle qui tenoit une forte de milieu entre la tragédie & la comédie. Elle étoit caractérifée par fes acteurs. Ce n'étoient ni des héros, ni des hommes, ni des dieux ; mais des personnages tels qu'un Polypheme, un Autolycus, un Sifyphe, &c. Si on y voyoit des hommes ou des héros, ils n'y faifoient ordinairement que les feconds rôles. Il y avoit des chœurs, toujours compofez de Satyres jeunes & vieux. Ces derniers, qu'on appelloit Silènes, parloient toujours avec fageffe & gravité. C'étoit parmi eux qu'on avoit choifi le maître, le gouverneur, le nourricier de Bacchus, qui étoit le dieu du fpectacle. Les jeunes étoient faits pour égayer la fcene par des plaifanteries, des traits piquans, quelquefois par des bouffonneries & des groffieretez. Ces poëmes avoient un ton de poëfie qui leur étoit propre : & les acteurs avoient auffi leurs geftes, leur déclamation, leurs danfes, leurs parures, qui n'étoient ni celles de la tragédie, ni celles de la comédie (a). Il ne nous refte de ce genre de drame que le Cyclope d'Euripide.

Chez les Romains, la premiere poëfie, fi elle méritoit ce nom, fut ce qu'ils ap-

(a) Voyez l'Art poëtique d'Horace ci-après, vers 218. jufqu'à 248.

pellerent Satire , *Satura :* car nous ne parlons point des metres faturniens, qui n'étoient que de la profe terminée, ni des fefcennins, qui n'étoient que des dialogues faits avec quelque fymmétrie.

Ce furent les Tofcans qui apporterent la Satire à Rome : & elle n'étoit autre chofe alors qu'une forte de chanfon en dialogue, dont tout le mérite confiftoit dans la force & la vivacité des reparties. On les nomma Satires, parce que, dit-on, le mot latin *Satura*, fignifiant un baffin dans lequel on offroit aux dieux toutes fortes de fruits à la fois, & fans les diftinguer, il parut qu'il pourroit convenir, dans le fens figuré, à des ouvrages où tout étoit mêlé, entaffé, fans ordre, fans régularité, foit pour le fonds, foit pour la forme.

Livius Andronicus, qui étoit Grec d'origine, ayant donné à Rome des fpectacles en regle, la Satire changea de forme & de nom. Elle prit quelque chofe du dramatique, & paroiffant fur le théâtre, foit avant, foit après la grande piéce, quelquefois même au milieu, on l'appella *ifode*, piéce d'entrée, εἴσοδος; ou exode, piéce de fortie, ἐξόδιον; ou piéce

d'entr'acte, ἐμϐολον. Voilà quelles furent
les deux premieres formes de la Satire
chez les Romains.

Elle reprit son premier nom sous Ennius & Pacuvius, qui parurent quelque
tems après Andronicus. Mais elle le reprit à cause du mêlange des formes, qui
fut très-sensible dans Ennius; puisqu'il
employoit toutes sortes de vers, sans dis-
tinction, & sans s'embarrasser de les faire
symmétriser entr'eux, comme on voit
qu'ils symmétrisent dans les odes d'Horace.

Terentius Varron, fut encore plus hardi
qu'Ennius, dans la satire qu'il intitula
Menippée, à cause de sa ressemblance avec
celle de Menippe Cynique grec. Il fit un
mélange de vers & de prose : & par conséquent il eut droit, plus que personne
de nommer son ouvrage Satire, en faisant tomber la signification du mot sur
la forme.

Enfin arriva Lucilius qui fixa l'état de
la Satire, & la présenta telle que nous
l'ont donné Horace, Perse, Juvenal, &
telle que nous la connoissons aujourd'hui.
Et alors la signification du mot Satire ne
tomba que sur le mêlange des choses,

& non fur celui des formes. On les nomma Satires, parce qu'elles font réellement un amas confus d'invectives contre les hommes, contre leurs defirs, leurs craintes, leurs emportemens, leurs folles joies, leurs intrigues.

Quidquid agunt homines, votum, timor, ira, voluptas,
Gaudia, difcurfus, noftri eft Farrago libelli. Juv. Sat. 1.

I I.

Définition de la Satire.

On peut donc définir la Satire une efpece de poëme dans lequel on attaque directement les vices des hommes.

Je dis une efpece de poëme ; après ce que nous avons dit fur la poëfie didactique, il eft évident que la Satire n'eft qu'un difcours mis en vers : c'eft un portrait, & non un tableau.

Mais pour lever tous les doutes, examinons ce qu'on entend par un vrai Poëme.

Si on donne ce nom à tout ce qui eft en vers, il eft évident que la Satire eft poëme. Mais tout le monde fait que cette partie ne fuffit pas : Tite-Live mis en vers ne feroit toujours qu'une hiftoire.

S'il fuffit pour être poëme qu'un ouvrage ait une certaine chaleur, plus ou moins vive ; la Satire fera poëme encore. Tous les auteurs fatiriques ont du feu. Mais tous les difcours d'éloquence feront auffi de la poëfie.

Enfin fi on exige que le fond des chofes foit poëtique, c'eft-à-dire, créé, feint, imaginé par le poëte, ou en tout, ou du moins en partie ; la Satire alors n'eft pas poëme, au moins de la manière dont le font l'apologue, l'églogue, la comédie, la tragédie, l'épopée.

Selon Horace, pour être poëte il faut trois parties : un génie fécond & heureux, *ingenium cui fit*, c'eft ce génie qui fournit les chofes, qui crée les êtres poëtiques, les corps. Enfuite il faut une ame prefque divine, un foufle qui anime ces êtres, qui leur donne la vie, *cui mens divinior :* & enfin une élocution poëtique, qui, comme nous l'avons dit, (a) doit être toujours élevée, & fupérieure à l'expreffion ordinaire profaïque, *atque os magna fonaturum.* Qu'on faffe l'application de ces trois qualitez au genre dont nous parlons, on y trouvera quelques morceaux à qui elles pourront convenir toutes trois. Telles feront, par exemple,

(a) Tom. 1. pag. 163.

la troifiéme & la quatriéme de Juvenal.
Mais la plûpart des autres ne feront poëfie, que pour avoir paffé par la bouche
d'un poëte : dans celle d'un orateur ce
n'eût été que de la profe.

Nous avons ajouté que fon objet étoit
d'attaquer les vices des hommes directement. C'eft une des différences de la Satire avec la comédie. Celle-ci attaque
les vices, mais obliquement & de côté.
Elle montre aux hommes des portraits
généraux, dont les traits font empruntez
de différens modéles; c'eft au fpectateur
à prendre la leçon lui-même, & à s'inftruire, s'il le juge à propos. La Satire au
contraire va droit à l'homme. Elle dit :
c'eft vous : c'eft Crifpin, un monftre dont
les vices ne font rachetez par aucune vertu.

I I I.

Deux fortes de Satires.

Comme il y a deux fortes de vices, les
uns plus graves, les autres moins : il y a
aufli deux fortes de Satires, l'une qui tient
de la tragédie : *Grande Sophoclao carmen
bacchatur hiatu :* c'eft celle de Juvenal.
L'autre eft celle d'Horace, qui tient de la
Comedie : *admiffus circum præcordia ludit,*

Il y a des Satires où le fiel est domi-
nant, *fel* : dans d'autres c'est l'aigreur,
acetum : dans d'autres il n'y a que le sel,
sal. Mais il y a le sel qui assaisonne, le
sel qui pique, le sel qui cuit.

Le fiel vient de la haine, de la mauvaise humeur, de l'injustice : l'aigreur
vient de la haine seulement & de l'humeur. Quelquefois l'humeur & la haine
sont enveloppez ; & c'est l'aigre-doux.

Le sel qui assaisonne ne domine point,
il ôte seulement la fadeur, & plaît à tout
le monde ; il est d'un esprit délicat. Le
sel piquant domine & perce, il marque
la malignité. Le cuisant fait une douleur
vive, il faut être méchant pour l'employer. Il y a encore le fer qui brûle,
qui emporte la piéce avec escarre, &
c'est fureur, cruauté, inhumanité. On
verra des exemples de toutes ces especes
de traits satiriques.

Il n'est pas difficile après cette ana-
lyse, de dire quel est l'esprit qui anime
ordinairement le satirique. Ce n'est point
celui d'un philosophe, qui, sans sortir de
sa tranquilité, peint les charmes de la
vertu, & la difformité du vice. Ce n'est
point celui d'un orateur, qui, échauffé

d'un beau zéle, veut réformer les hommes & les ramener au bien. Ce n'eſt pas celui d'un poëte qui ne ſonge qu'à ſe faire admirer, en excitant la terreur & la pitié. Ce n'eſt pas encore celui d'un miſantrope noir qui hait le genre humain, & qui le hait trop, pour vouloir le rendre meilleur. Ce n'eſt ni un Héraclite qui pleure ſur nos maux, ni un Démocrite qui s'en moque. Qu'eſt-ce donc ?

Il ſemble que dans le cœur du ſatirique, il y ait un certain germe de cruauté enveloppé, qui ſe couvre de l'intérêt de la vertu pour avoir le plaiſir de déchirer, au moins, le vice. Il entre dans ce ſentiment, de la vertu & de la méchanceté, de la haine pour le vice &, au moins, du mépris pour les hommes, du deſir de ſe venger, & une ſorte de dépit de ne pouvoir le faire que par des paroles : & ſi par hazard les ſatires rendoient meilleurs les hommes, il ſemble que tout ce que pourroit faire alors le ſatirique, ce ſeroit de n'en être pas fâché. Nous ne conſidérons ici l'idée de la ſatire qu'en général, & telle qu'elle paroît réſulter des ouvrages qui ont le caractère ſatirique, de la façon la plus marquée.

C'eſt même cet eſprit qui eſt une des principales différences qu'il y a entre la Satire & la Critique. Celle-ci n'a pour objet que de conſerver pures les idées du bon & du vrai dans les ouvrages d'eſprit & de goût, ſans aucun rapport à l'auteur, ſans toucher ni à ſes talens, ni à rien de ce qui lui eſt perſonnel. La Satire au contraire cherche à piquer l'homme même, & ſi elle enveloppe le trait dans un tour ingénieux, c'eſt pour procurer au lecteur le plaiſir de paroître n'approuver que l'eſprit.

Quoique ces ſortes d'ouvrages ſoient d'un caractère condamnable, on peut cependant les lire avec beaucoup de profit. Ils ſont le contrepoiſon des ouvrages où regne la moleſſe. On y trouve des principes excellens pour les mœurs, des peintures frappantes, qui réveillent. On y rencontre de ces avis durs, dont nous avons beſoin quelquefois, & dont nous ne pouvons guères être redevables qu'à des gens fâchez contre nous. Mais en les liſant, il faut être ſur ſes gardes, & ſe préſerver de l'eſprit contagieux du poëte, qui nous rendroit méchans, & nous feroit perdre une vertu, à laquelle tient notre bonheur, & celui des autres dans la ſociété.

IV.

La forme de la Satire.

La forme de la Satire eſt aſſez indifférente par elle-même. Tantôt elle eſt épique, tantôt dramatique, le plus ſouvent elle eſt didactique. Quelquefois elle porte le nom de diſcours. Quelquefois celui d'épître. Toutes ces formes ne font rien au fond. C'eſt toujours Satire, dès que c'eſt l'eſprit d'invectives qui l'a dicté. Lucilius s'eſt ſervi quelquefois du vers ïambique. Mais Horace ayant toujours employé l'hexametre, on s'eſt fixé à cette eſpece de vers. Juvenal & Perſe n'en ont point employé d'autres : & nos Satiriques françois ne ſe ſont ſervis que de l'alexandrin.

V.

Caracteres des Poëtes ſatiriques.

Lucilius.

Caius Lucilius né à Aurunce ville d'Italie, d'une famille illuſtre, tourna ſon talent poëtique du côté de la Satire. Comme ſa conduite étoit fort réguliere, & qu'il aimoit, par tempérament, la décence

ce & l'ordre, il se déclara l'ennemi des
vices. Il déchira impitoyablement, entr'autres, un certain Lupus, & un nommé
Mutius, *genuinum fregit in illis.* Il avoit
composé plus de trente livres de satires,
dont il ne nous reste que quelques frag-
mens. Mais à en juger par ce qu'en dit
Horace, c'est une perte que nous ne devons pas fort regretter. Son style étoit
diffus, lâche, ses vers durs : c'étoit une
eau bourbeuse qui couloit, ou même qui
ne couloit pas, comme dit Jules Scaliger. Il est vrai que Quintilien en a jugé
plus favorablement. Il lui trouvoit une
érudition merveilleuse, de la hardiesse,
de l'amertume, & même assez de sel.
Mais Horace devoit être d'autant plus attentif à le bien juger, qu'il travailloit
dans le même genre ; que souvent on le
comparoit lui-même avec ce poëte ; &
qu'il y avoit un certain nombre de Savans qui, soit par amour de l'antique, soit
pour se distinguer, soit en haine de leurs
contemporains, le mettoient au-dessus
de tous les autres poëtes. Si Horace eût
voulu être injuste, il étoit trop fin & trop
prudent, pour l'être en pareil cas. Et ce
qu'il dit de Lucilius est d'autant plus vrai-

semblable, que ce poëte vivoit dans le
tems même où les Lettres ne faisoient
que de naître en Italie. La facilité prodigieuse qu'il avoit n'étant point reglée,
devoit nécessairement le jetter dans le défaut qu'Horace lui réproche. Ce n'étoit
que du génie tout pur, & un gros feu
plein de fumée.

HORACE.

Horace profita de l'avantage qu'il avoit
d'être né dans le plus beau siécle des Lettres latines. Il montra la Satire avec toutes les graces qu'elle pouvoit recevoir, &
ne l'assaisonna qu'autant qu'il le falloit
pour plaire aux délicats, & rendre mépri-
sables les méchans & les sots.

Sa Satire ne présente guères que les sentimens d'un philosophe poli, qui voit avec
peine les travers des hommes ; & qui
quelquefois s'en divertit. Elle n'offre le
plus souvent que des portraits généraux
de la vie humaine. Et si de tems en tems
elle donne des détails particuliers, c'est
moins pour offenser qui que ce soit, que
pour égayer la matiere, & mettre, ainsi
que nous l'avons dit, la morale en action.
Les noms sont presque toujours feints.

S'il y en a de vrais, ce ne sont jamais que des noms décriez, & de gens qui n'avoient plus de droit à leur réputation. En un mot le génie qui animoit Horace n'étoit ni méchant, ni misantrope ; mais ami délicat du vrai, du bon, prenant les hommes tels qu'ils étoient, & les croyant plus souvent dignes de compassion ou de risée que de haine.

Le titre qu'il avoit donné à ses satires & à ses épîtres, marque assez ce caractère. Il les avoit nommez *Sermones*, Discours, Entretiens, Réflexions faites avec des amis, sur la vie & les caractères des hommes. Il y a même plusieurs Savans qui ont rétabli ce titre comme plus conforme à l'esprit du poëte, & à la maniere dont il présente les sujets qu'il traite. Son style est simple, léger, vif, toujours modéré & paisible : & s'il corrige un sot, un faquin, un avare ; à peine le trait peut-il déplaire à celui même qui en est frappé.

Il y a des gens qui mettent la poësie de son style, & la versification de ses satires, au niveau de celle de Virgile. Le ton en est bien différent. Mais dans le simple, ils prétendent qu'il n'y a rien de mieux fait, ni de plus fini. On y sent par-tout l'aifance & la délicateffe d'un homme de Cour, qui eft toujours le maî- tre de fa matiere, & qui la réduit au point qu'il juge à propos, fans lui ôter rien de fa dignité. Il dit les plus belles chofes, comme les autres difent les plus communes ; & n'a de négligences que ce qu'il en faut pour avoir plus de graces.

PERSE.

Après Horace vint Aulus Perfius Flac- cus, qui nâquit à Volaterre ville d'Etru- rie, d'une maifon noble, & alliée aux plus grands de Rome. Il étoit d'un caractère affez doux, & d'une tendreffe pour fes parens, qu'on citoit pour exemple. Il mourut âgé de trente ans, la huitiéme an- née du regne de Neron. Il y a dans les fatires qu'il nous a laiffées des fentimens nobles. Son ftyle eft chaud, mais obfcurci par des allégories fouvent recherchées, par des ellipfes fréquentes, par des métapho- res trop hardies.

Perfe en fes vers obfcurs, mais ferrez & preffans,
Affecta d'enfermer moins de mots que de fens.

Quoiqu'il ait tâché d'être l'imitateur d'Horace, cependant il a une féve toute différente. Il eft plus fort, plus vif, mais

il a moins de graces. Ces deux qualitez
ne manquent guères de prendre l'une sur
l'autre. Voici comme il parle à un jeune
homme élevé trop mollement :

» Que vous êtes à plaindre ! vous le
» serez plus encore dans la suite. Voilà
» donc où nous en sommes réduits ! Que
» ne demandez - vous qu'on vous traite
» comme les petits de colombes, qu'on
» vous appâte, qu'on vous serve comme
» les enfans des princes ? Fâchez - vous
» contre votre nourrice, & dites que vous
» ne dormirez point à ses chansons.

» Puis - je travailler avec cette plume ?
» Hé ! qui croyez-vous tromper ? pour-
» quoi ces vaines excuses ? C'est à vos
» propres dépens que vous jouez. Le tems

Ex Satira 3.

O miser ! inque dies ultrà miser. Huccine rerum
Venimus ! at cur non potius, teneroque columbo
Et similis regum pueris, pappare minutum
Poscis, & iratus mammæ lallare recusas ?

An tali studeam calamo ? Cui verba ? quid istas
Succinis ambages ? tibi luditur : effluis amens (a) :
Contemnere : sonat vitium percussa, malignè

(a) *Effluis amens.* Vous | vous y dépérissez peu à peu,
languissez dans la molesse : | comme une cire qui se fond.

H iij

» précieux s'écoule. Vous ferez méprifé
» des honnêtes gens. Le vafe de terre,
» quand il eſt mal cuit, rend un mauvais
» fon, qui annonce le défaut. Vous êtes
» à préfent une terre molle : il faut, il faut
» vous donner la forme, & ſe hâter tan-
» dis que la roue tourne (a).

    » Mais, direz-vous, j'ai affez de bien :
» j'ai des rentes, une maiſon, des meu-
» bles. A quoi bon s'inquiéter ? Il y aura
» toujours fur ma table dequoi pour mes
» dieux.

    » Voilà donc ce qui vous raffure. Faut-
» il s'enfler tant, parce qu'on eſt le mil-

  Refpondet viridi non coſta fidelia (b) limo.

  Udum & molle lutum es, nunc nunc properandus, &
    acri

Fingendus fine fine rota. Sed rure paterno

Eſt tibi far modicum, purum & fine labe falinum.

Quid metuas ! cultrixque foci fecura patella eſt.

Hoc fatis ? An deceat pulmonem rumpere ventis,

Stemmate quod Tufco ramum milleſime (c) ducis,

(a) Allégorie tirée des va-
fes d'argile : lorſque la maſſe
de terre eſt fur la roue, il
faut que le pottier ſe hâte
de lui donner le tour & la
grandeur qu'il ſe propoſe,
avant que la roue s'arrête. Le

vafe qui feroit figuré à deux
repriſes, & après s'être un peu
féché, en feroit moins parfait.

  (b) *Fidelia*, nom ſubſtan-
tif.

  (c) *Milleſime*, eſt un vo-
catif pour un nominatif.

» liéme de sa race, & qu'on salue un
» Censeur dont on est parent ? Allez en
» faire accroire aux sots. Pour moi, je
» vous connois à fond. N'avez-vous pas
» de honte de vivre comme le débauché
» Natta ? Mais lui encore, il est excusa-
» ble. Il ne sent plus son état (*a*) : il ne
» sait ce qu'il perd. Plongé dans l'abîme,
» il ne reparoît jamais au-dessus de l'eau.
» Pere tout-puissant, quand vous vou-
» drez punir les plus cruels tirans, dans
» ces accès furieux où la soif du sang les
» dévore, qu'ils voient la vertu, & qu'ils
» séchent de douleur de l'avoir abandon-

Censoremve tuum vel quod trabeate salutas ?
Ad populum phaleras (*c*). Ego te intus, & in cute novi.
Non pudet ad morem discincti vivere Nattæ ?
Sed stupet hic vitio, & fibris increvit opimum
Pingue, caret culpa : nescit quid perdat : & alto
Demersus summa rursus non bullit in unda.
Magne pater divûm, sævos punire tyrannos
Haud alia ratione velis, cùm dira libido
Moverit ingenium servanti tincta veneno :
Virtutem videant, intabescantque relictâ.

(*a*) Il y a dans le texte, la graisse, qui est insensible, couvre toutes ses fibres.
(*c*) *Phalera*, sont des ca-parassons de chevaux, que le peuple voit avec étonne-ment & admiration.

H iv

» née. L'airain du taureau de Sicile (*a*)
» rendit-il jamais des sons plus doulou-
» reux ? Le glaive suspendu aux plafonds
» dorez, causa-t-il plus de troubles au
» flatteur ceint du diadême (*b*) ? Hélas !
» nous nous jettons dans des précipices ;
» s'écrie alors le malheureux, quand il est
» livré à ces tortures secrettes, qu'il n'ose
» confier même à son épouse.

Voici un autre morceau qui est plus

Anne magis Siculi gemuerunt æra juvenci,
Et magis auratis pendens laquearibus ensis
Purpureas subter cervices terruit ? Imus,
Imus præcipites, quam si tibi dicat, & intus
Palleat infelix, quod proxima nesciat uxor ?

(*a*) C'est celui de Phala-
ris roi d'Agrigente ville de
Sicile, le plus cruel des tirans. Un nommé Perille,
pour servir sa cruauté, inventa une machine d'airain
en forme de taureau, qu'on
enflammoit : & les malheureux qu'on y renfermoit,
jettoient des cris qui res-
sembloient à des mugisse-
mens. Ce fut l'inventeur même qui en fit l'essai, il y
fut mis le premier, & Pha-
laris lui-même eut son tour.
Ses peuples las de ses cruau-
tez, se souleverent contre lui
& lui rendirent une partie des

maux qu'il leur avoit faits.

(*b*) C'est Democlès, flatteur outré de Denys le tiran. Pour lui faire sentir que
la condition des rois n'étoit
pas aussi heureuse qu'elle le
paroissoit, Denys le fit revêtir de pourpre & ceindre du
diadême, & le fit asseoir à
une table magnifiquement
servie. Mais il fit pendre directement sur sa tête un glaive, qui n'étoit attaché que
par un crin ; pour lui faire
entendre qu'une tranquille
médiocrité vaut mieux que
l'élévation qui est sujette à
mille dangers.

philosophique encore : c'est sur l'esclavage
des passions.

  » Il faut être libre, mais d'une liberté
» différente de celle qui fait un Publius
» dans la tribu Veline, & qui lui donne
» droit de recevoir une petite mesure de
» mauvais grain. Insensez ! vous croyez
» qu'un tour de pirouette (*a*) fait un Ro-
» main ?... Mais, dites-vous, qu'est-ce
» qu'être libre ? N'est-ce pas vivre com-
» me on veut ? Or je vis comme je veux.
» Ne suis-je pas plus libre que Brutus ?

Ex Satira 5.

Libertate opus est : non hac, ut quisque Velinâ (*l*)
Publius emeruit, scabiosum tesserulâ (*c*) far
Possidet. Heu steriles veri, quibus una Quiritem
Vertigo facit. . . . . . .
An quisquam est alius liber, nisi ducere vitam
Cui licet, ut voluit ? licet, ut volo, vivere : non sum
Liberior Bruto ? Mendosè colligis, inquit

(*a*) C'étoit une des ma-
nieres d'affranchir les escla-
ves. Quelquefois c'étoit un
soufflet; quelquefois un coup
d'une baguette, qu'on nommoit en latin *vindicta*.

  (*b*) *Velinâ*, c'est le nom
d'une tribu. Quand un es-
clave étoit affranchi, on l'in-
corporoit dans quelqu'une

de ces tribus qui formoient
le peuple Romain : chacun
avoit la sienne.

  (*c*) *Tesser dâ*. Il y avoit des
distributions de froment qui
se faisoient au peuple. Pour
le recevoir il falloit avoir
une espece de billet du chef
de la tribu, c'étoit une preuve qu'on étoit citoyen.

» Mauvaiſe conſéquence , dira un Stoï-
» cien. . . . Le pouvoir du Préteur ne va
» pas juſqu'à donner à un ſot l'art de ſe
» conduire dans les circonſtances délica-
» tes , & de faire un bon uſage de tous
» les momens de la vie. . . Etes-vous mo-
» deré dans vos déſirs , content de peu ,
» complaiſant pour vos amis ? ſavez-vous
» ouvrir & fermer vos greniers en tems
» & lieu , & paſſer ſur une piéce d'argent
» cloué au pavé , ſans avoir envie de la ra-
» maſſer ? Si vous avez tout cela , vous
» êtes , j'y conſens , libre & ſage , graces
» à Jupiter & au Préteur. Mais ſi après
» avoir été vicieux comme nous , vous

Stoïcus hîc , aurem mordaci lotus aceto.
Non prætoris erat ſtultis dare tenuia rerum
Officia , atque uſum rapidæ permittere vitæ.
Es modicus voti , preſſo lare , dulcis amicis ?
Jam nunc aſtringas , jam nunc granaria laxes :
Inque luto fixum poſſis tranſcendere nummum :
Nec glutto ſorbere ſalivam Mercurialem (a) ?
Hæc mea ſunt , teneo , cum vere dixeris ; eſto
Liberque ac ſapiens , Prætoribus ac Jove dextro.
Sin tu cùm fueris noſtræ paulo ante farinæ ,
Pelliculam veterem retines & fronte politus

(a) Mercure , étoit le dieu du gain & du commerce.

» êtes toujours le même au fond , & que
» vous n'ayez changé que les dehors ; je
» me dédis , & je vous remets dans vos
» chaînes... Ne connoiſſez-vous de maî-
» tres que ceux dont le Préteur affranchit ?
» *Porte mes frottoirs au bain de Criſpin.*
» S'il crie : *Hâte-toi coquin.* Que ce maître
» eſt dur !

    » Vous n'avez point de maître au-
» dehors qui vous gourmande , qui vous
» preſſe : mais ſi vous en avez au-dedans
» de vous-même , dans votre cœur ; êtes-
» vous moins eſclave que celui qui porte
» les frottoirs , crainte des étrivieres ? Le
» matin, vous dormez profondément (a) :
» Léve - toi , dit l'avarice. Ah ! un mo-
» ment : léve-toi , te dis-je ; je ne puis :

Aſtutam vapido ſervas ſub pectore vulpem :
Quæ dederam ſupra repeto , ſunemque reduco.
An dominum ignoras , niſi quem vindicta relaxat ?
I puer , & ſtrigiles Criſpini ad balnea defer.
Si increpuit , Ceſſas nugator ? ſervitium acre.
Te nihil impellit , nec quicquam extrinſecus inttat
Quod nervos agitet ; ſed ſi intus , & jecore ægro
Naſcantur domini , qui tu impunitior exis ,
Atque hic, quem ad ſtrigiles ſcutica & metus egit herilis ?
Mane piger ſtertis : ſurge , inquit avaritia : eja.

  (a) On ſait comme Deſpréaux a imité cet endroit.

» il n'importe, léve-toi. Pourquoi faire
» après tout ? Pour t'embarquer : vas
» chercher dans le royaume de Pont des
» poiſſons, des peaux de caſtor, de l'é-
» bène, de l'encens, des vins de Cô : fais
» des échanges, jure : .... mais Jupiter
» le ſaura. Que tu es ſot ! tu ne ſeras
» jamais qu'un gueux, ſi tu t'embarraſſes
» de Jupiter. Déja vos eſclaves portent le
» vin au vaiſſeau. Vous allez vous embar-
» quer, rien ne vous arrête. Vous allez
» traverſer les mers. Mais l'amour du plai-
» ſir vous retient. Où vas-tu, inſenſé ? Que
» veux-tu ? Quelle fureur te tranſporte ?
» un ſeau de cigüe ne pourroit éteindre
» le feu qui te brûle. Quoi tu t'en iras,

Surge : negas : inſtat ; ſurge inquit. Non quco : ſurge ,
Eu quid agam ? rogitas ? ſaperdas advehe Ponto ,
Caſtoreum , ſtupas , hebenum , thus , lubrica Coa :
Tolle recens , primus piper è ſitiente camelo ,
Verte aliquid , jura. Sed Jupiter audiet : eheu !
Varo , reguſtatum digito terebrare ſalinum
Contentus perages , ſi vivere cum Jove tendis.
Jam pueris pellem ſuccinctus & œnophorum aptas
Ocyus ad navem : nil obſtat , quin trabe vaſta
Ægeum rapias , niſi ſolers luxuria ante
Seductum moneat : Quo deinde inſane ruis ? quo ?
Quid tibi vis ? calido ſub pectore maſcula bilis
Intumuit , quam non extinxerit urna cicutæ.

» couvert de gros canevas, t'asseoir sur un
» banc avec les matelots, boire du vin
» détestable, dans une cruche au large ven-
» tre, qui ne sentira que la poix & le gou-
» dron. Pourquoi ? Pour que tes écus,
» qui te rapportoient cinq pour cent, t'en
» rapportent le double ? Va, va, crois-
» moi, prends du bon tems, divertissons-
» nous : on ne vit que quand on se diver-
» tit. Demain tu ne seras plus que cendre
» & poussiere, on ne parlera plus de toi.
» Songe à la mort, & au tems qui s'en-
» fuit : le moment où je te parle, n'est
» déja plus. Hé-bien que ferez-vous ? Lé-
» quel des deux partis prendrez - vous ?
» vous voilà entre deux objets qui vous
» commandent. Il faut vous soumettre à
» ces deux maîtres, & leur obéir tour à tour.

Tun' mare transilias? tibi torta cannabe fulto,
Cœna sit in transtro, Vejetanumque rubellum
Exhalet vapida læsum pice sessilis obba?
Quid petis? ut nummi, quos hic quincunce modesto
Nutrieras, pergant avidos sudare deunces?
Indulge genio, carpamus dulcia, nostrum est
Quod vivis: cinis & manes & fabula fies:
Vive memor leti: fugit hora: hoc quod loquor inde est.
En quid agis? duplici in diversum scinderis hamo:
Hunccine, an hunc sequeris? subeas alternus oportet
Ancipiti obsequio dominos: alternus obettes.

Nous avons paffé quelques vers qui contenoient des allufions, des allégories, des détails qui auroient paru longs dans la traduction. Perfe ménage les mots. Cependant il y a quelquefois des longueurs & des circuits qu'il pourroit épargner à fes lecteurs. On voit par cet échantillon, que ce poëte eft très-grave & trèsférieux. Il eft même un peu trifte : & foit la vigueur de fon caractère, foit le zéle qu'il a pour la vertu, il femble qu'il entre dans fa philofophie un peu d'aigreur & d'animofité contre ceux qu'il attaque.

JUVENAL.

Juvenal élevé dans les cris de l'Ecole,
Pouffa jufqu'à l'excès fa mordante hyperbole.
Ses ouvrages, tout pleins d'affreufes véritez
Etincellent pourtant de fublimes beautez :
Soit que fur un écrit arrivé de Caprée,
Il brife de Séjan la ftatue adorée,
Soit qu'il faffe au Confeil courir les Sénateurs,
D'un tiran foupçonneux pâles adulateurs....
Ses écrits pleins de feu par-tout brillent aux yeux.
                                    Deſpr. Art. Poët.

Perfe a peut-être plus de vigueur qu'Horace ; mais, en comparaifon de Juvenal, il eft prefque froid. Celui-ci eft brûlant : l'hyperbole eft fa figure favorite. Il avoit

une force de génie extraordinaire', &
une bile qui, feule, auroit prefque fuffi
pour le rendre poëte. Il vint au monde
à Aquin ville d'Italie. Il paffa la premiere
partie de fa vie à écrire des déclamations.
Flatté par le fuccès de quelques vers qu'il
avoit faits contre un certain Paris pan-
tomime, il crut reconnoître qu'il étoit ap-
pellé au genre fatirique. Il s'y livra tout
entier, & en remplit les fonctions avec
tant de zéle, qu'il obtint à la fin un emploi militaire, qui, fous apparence de
grace, l'exila au fond de l'Egypte. Ce fut
là qu'il eut le tems de s'ennuyer, & de dé-
clamer contre les torts de la fortune, &
contre l'abus que les grands faifoient de
leur puiffance. Selon Jules Scaliger, il eft
le prince des poëtes fatiriques : fes vers
valent beaucoup mieux que ceux d'Horace : apparemment parce qu'ils font plus
forts : *ardet, inflat, jugulat.*

Son début annonce affez fon efprit &
fon caractère.

» Ecouterai-je toujours ? Ne réplique-
» rai-je jamais ? Il y a fi long-tems que

Ex Satira 1.

Sempet ego auditor tantum? nunquamne reponam '

» l'enroué Codrus me fait mourir avec
» fa Theſeïde (*a*). Ce ſera donc im-
» punément que l'un m'aura récité ſes
» plattes comédies (*b*), un autre ſes tra-
» gédies larmoyantes ? L'immenſe Télé-
» phe (*c*) m'aura enlevé un jour entier,
» auſſi-bien que l'Oreſte (*d*) qui remplit

Vexatus toties rauci Theſeïde Codri ?

Impune ergo mihi recitaverit ille togatas,

Hic elegos ? impune diem conſumpſerit ingens

Telephus ? aut ſummi plena jam margine libri

Scriptus, & in tergo, nec dum finitus Oreſtes ?

(*a*) La Theſeïde étoit un poëme dont Theſée étoit le héros. Codrus, poëte obſcur, qui l'avoit compoſé, le récita tant de fois qu'il en étoit devenu enroué. Il y avoit à Rome des aſſemblées chez certains particuliers qui prê-toient leur maiſon aux poë-tes pour y réciter leurs vers.

(*b*) Plattes Comédies, & Tragédies larmoyantes. Il faut traduire les Satires d'u-ne manière ſatirique, c'eſt-à-dire, en tournant les phra-ſes ſelon l'eſprit de la Satire. Juvenal n'a dit que deux mots, *Togatas & Elegos*. Ces deux mots ſignifient, l'un, une Comédie dans les mœurs Romaines, & l'autre ſimple-ment des Elégies. Mais ſi c'eût été de bonnes Comédies ou de bonnes Elégies, Ju-venal n'en auroit pas été auſſi fâché qu'il le paroît. C'eſt pour cela que nous avons traduit ſelon l'eſprit plûtôt que ſelon la lettre.

(*c*) Téléphe étoit roi de Myſie, fils d'Hercule & d'Au-gé. C'étoit le ſujet d'une tra-gédie.

(*d*) Oreſte étoit fils d'A-gamemnon & de Clitemneſ-tre. Il tua ſa mere pour ven-ger la mort de ſon pere. Son hiſtoire eſt une de celles qui ont le plus fourni à la ſcène tragique : *Scenis agitatus Orestes*. Virg.

» des

» des volumes, & qui ne finit point ? Nous
» ne sommes plus sous la férule. N'épar-
» gnons point le papier : c'est une sotise.
» On rencontre par-tout tant de poëtes,
» qu'il ne peut manquer d'être mal em-
» ployé.

Ce qui a déterminé Juvenal à embras-
ser le genre satirique n'est pas seulement
le nombre des mauvais poëtes : raison
pourtant, qui pouvoit suffire. Il a pris
les armes, à cause de l'excès où sont
portez tous les vices. Le désordre est
affreux dans toutes les conditions. On
joue tout son bien : on vole : on pille : on
se ruine en habits, en bâtimens, en repas : on se tue de débauche : on assassine,
on empoisonne. Le crime est la seule chose qui soit récompensée : il triomphe par-
tout, & la vertu gémit.

» Commettez des crimes qui méritent
» l'exil ou la prison : si vous voulez de-

Et nos ergo manum ferulæ subduximus. . . .
. . . . . Stulta est clementia, cum tot ubique
Vatibus occurras, perituræ parcere chartæ.

Aude aliquid brevibus Gyaris (*a*) & carcere dignum,
Si vis esse aliquis. Probitas laudatur & alget.

(*a*) Gyare petite isle, ou plutôt rocher, dans la mer Egée.

» venir homme d'importance. On loue la
» probité, & elle meurt de faim. C'eſt aux
» ſcélérats que ſont dûs les beaux jardins,
» les charges, les beaux meubles, l'argen-
» terie cizelée, & qui préſente des che-
» vreaux en relief. . . . Tous les vices ſont
» montez à leur comble, je défie la poſté-
» rité d'y rien ajouter. La ſatire peut pren-
» dre l'eſſor & aller à toutes voiles. . . .

 » Qu'il y ait des Manes, un Enfer, de
» noires grenouilles dans le marais Sty-
» gien, & que tant de milliers d'ames
» paſſent dans la même barque ; c'eſt ce
» qu'à peine croient les enfans, excepté
» ceux qui ne paient pas au bain. Mais
» vous, qui êtes ſage, croyez-le. De quelle

Criminibus debent hortos, prætoria, menſas,
Argentum vetus, & ſtantem extra pocula caprum. . . .
Nil erit ulteriùs quod noſtris moribus addat
Poſteritas : eadem cupient, facientque minores.
Omne in præcipiti vitium ſtetit. Utere velis :
Totos pande ſinus. . . .

Ex Satira 2.

Eſſe aliquos Manes, & ſubterranea regna,
Et contum & Stygio ranas in gurgite nigras,
Atque una tranſire vadum tot millia cymba,
Nec pueri credunt, niſi qui nondum ære lavantur.

» horreur font faifis Curius (*a*) , les deux
» Scipions (*b*), Fabricius (*c*) ? que penfent
» l'Ombre de Camille , la Légion de Cré-
» mere (*d*) , cette brave jeuneffe qui fe
» facrifia à la journée de Cannes (*c*) , tou-
» tes ces ames guerrieres, que penfent-elles
» quand elles voient arriver ces ombres
» fouillées de crimes ? Elles fe purifie-
» roient , fi elles avoient du feu , du
» fouffre & du laurier , (*f*).

Sed tu vera puta. Curius quid fentit , & an bo
Scipiadæ ? quid Fabricius , Manefque Camilli ?
Quid Cremeræ legio , & Cannis confumpta juventus,
Tot bellorum animæ , quoties hinc talis ad illos
Umbra venit? cuperent luftrari , fi qua darentur
Sulfura cum tædis , & fi foret humida laurus.

(*a*) Curius : c'eft celui qui triompha des Samnites , des Sabins , des Lucaniens , qui chaffa Pyrrhus de l'Italie celui à qui les Samnites offri-rent de l'or , qu'il refufa, en leur difant qu'il aimoit mieux commander à ceux qui avoient de l'or , que de l'avoir lui-même.

(*b*) Les deux Scipions que Virgile appelle : *uno gemina bella*. L'un Publius Cornelius qui vainquit Annibal & fut furnommé l'Africain ; l'autre Lucius Cornelius qui défit Antiochus roi de Syrie , & fut nommé l'Afiatique.

(*c*) Fabricius & Camillus étoient des Romains célébres par leur intégrité & leur fru-galité.

(*d*) La Légion qui fut taillée en pièces auprès de la riviere Cremeta étoit com-pofée de trois cens nobles , tous de la même famille , on les nommoit *Fabius*. Ils s'é-toient chargez feuls de la guerre contre les Véïens.

(*c*) Cannes , bourgade dans la Pouille , rendue célé-bre par la défaite des Ro-mains , qui y perdirent plus de 40000 hommes.

(*f*) C'étoit ainfi qu'on fe purifioit des fouillures qu'on avoit contractées.

I ij

Ceux mêmes qui ont les dehors vertueux ne font pas exemts de corruption.
Ces vifages plâtrez, cet air fombre, ces
difcours focratiques n'en impofent qu'aux
fots :

» Je féche de dépit quand je les entends
» moralifer. Je voudrois être au-delà des
» Sarmates & de la mer glaciale. On di-
» roit des Curius, & ce font des Bacchan-
» tes dans leurs orgies. Premierement ils
» font tous ignorans, quoique tout foit
» plein chez eux de buftes & de livres. Le
» plus favant, eft celui qui a un bel Arifto-
» te, ou un Cléante précieux fur fon bu-
» reau. Mais ne vous fiez pas aux appa-
» rences.

Tous ces endroits font d'une vivacité
extrême, le poëte eft en fureur. Il eft de

Ex Satira 2.

Ultra Sauromatas fugere hinc libet, & glacialem
Oceanum, quoties aliquid de moribus audent
Qui Curios fimulant, & Bacchanalia vivunt.
Indocti primum : quanquam plena omnia gypfo
Chryfippi invenias. Nam perfectiffimus horum eft,
Si quis Ariftotelem fimilem, vel Pittacon emit,
Et jubet archetypos pluteum fervare Cleanthas.
Fronti nulla fides. ...

même par-tout : & s'il rit quelquefois,
c'est un ris cruel, insultant.

La quatriéme satire présente les traits
les plus mordans, & l'invective la plus
animée. Il en veut à l'empereur Domitien : & pour aller jusqu'à lui, comme
par degrez, il présente d'abord un de ses
favoris, nommé Crispin, qui d'esclave
étoit devenu chevalier Romain. Il commence :

» Voici encore Crispin : il paroîtra
» souvent sur la scéne : c'est un monstre
» qui n'a aucune vertu pour racheter ses
» vices. Il est toujours languissant : il n'y
» a que le feu de la débauche qui le ra-
» nime. Que lui sert de fatiguer des mu-
» lets dans ses portiques immenses, de se
» faire traîner dans ses parcs, à l'ombre ;
» d'avoir tant d'arpens de terrain auprès
» de la place publique, tant de maisons

Ex Satira 4.

Ecce iterum Crispinus, & est mihi sæpe vocandus
Ad partes, monstrum nulla virtute redemptum
A vitiis : æget, solaque libidine fortis.
Quid refert igitur quantis jumenta fatiget
Porticibus, quanta nemorum vectetur in umbra,
Jugera quot vicina foro, quas emerit ædes ?

I iij

» qu'il a achetées ? Un méchant ne sauroit
» être heureux : moins encore un infame
» corrupteur , un sacrilege qui. . . .

Ce n'est plus ici la satire d'Horace qui
badine avec enjouement , ni celle de Perse
qui argumente : c'est la satire armée d'un
glaive , & qui frémit de rage. L'énumération qu'il fait des biens de Crispin est
pour montrer l'excès de sa fortune , & le
rendre odieux. Un esclave qui est venu à
Rome , à pieds nuds , couvert de canne-
vas , se fait promener dans ses portiques , &c. Rassurons-nous pourtant : le
poëte ne veut point parler de ses forfaits , il ne parlera cette fois que de bagatelles.

» Cependant si un autre eût fait la mê-
» me chose que lui, le censeur l'auroit
» puni. Mais ce qui auroit deshonoré des
» gens de bien , ne pouvoit que faire hon-
» neur à Crispin. Que voulez-vous ? C'est
» un homme dont la personne est plus in-

Nemo malus felix. Minime , corruptor , & idem
Incestus. . . . .
Sed nunc de factis levioribus : & tamen alter
Si fecisset idem , caderet sub judice morum.
Nam quod turpe bonis , Titio , Seioque , decebat

» fame, plus affreufe, que tous les vices
» enfemble.

» Il a acheté un barbeau fix mille fefter-
» ces.... fix mille ! un poiffon ! le Pef-
» cheur auroit coûté moins que le poif-
» fon. Il auroit eu pour ce prix une belle
» terre en province.

» Que pouvoit faire l'Empereur mê-
» me (a) ; puifqu'un de fes bouffons ava-
» loit à la fois tant de fefterces, qui n'euf-
» fent fait qu'un petit plat fur fa table,
» quand elle étoit médiocrement fervie ?

» Déeffe du Pinde , je vous invoque.

Crifpinum. Quid agas, cum dira & fœdior omni
Crimine perfona eft ? Mullum fex millibus emit.
Hoc precium fquammæ ! potuit fortaffe minoris
Pifcator , quam pifcis emi. Provincia tanti
Vendit agros : fed majores Apulia vendit.

    Quales tunc epulas ipfum glutiffe putemus
Induperatorem ; cum tot feftertia, partem
Exiguam , & modicæ fumptam de margine cœnæ
Purpureus magni ructaret fcutta Palati ?

(a) Flavius Domitien fils de Vefpafien , frere de Titus , furnommé les délices du gen re humain , auquel il fuccé- da. Ce fut un des plus cruels Empereurs Romains , mais d'une cruauté réfléchie & ra- finée. Il fut tué par un cer- tain Stephanus Intendant de Domitilla , & par d'autres officiers de la cour, qui ne trouverent point d'autres moyens pour affurer leur propre vie.

» Arrêtons-nous ici. Il ne s'agit pas de
» feindre, tout est vrai. Chastes vierges,
» racontez, & payez-moi de vous avoir
» donné une si belle qualité.

Cette invocation est satirique, pour
faire entendre qu'il a besoin d'un secours
surnaturel pour peindre Domitien.

» Lorsque le dernier des Flavius ache-
» voit de déchirer l'Univers expirant, &
» que Rome gémissoit sous la tyrannie
» du chauve Néron.

Voilà la date : un autre auroit dit sous
l'empire de Domitien. Il le surnomme
malignement Neron pour peindre d'un
seul mot sa cruauté. Il l'appelle *chauve* :
c'étoit un reproche injurieux dans ce
tems-là.

» Il tomba dans les filets un turbot
» d'une grandeur prodigieuse.

Spatium admirabile, est un tour semblable au *colli longitudinem* de Phédre. On

---

Incipe Calliope, licet hic considere : non est,
Cantandum, res vera agitur : narrate, puellæ
Pierides : prosit mihi vos dixisse puellas.
    Cum jam semianimum laceraret Flavius orbem
Ultimus, & calvo serviret Roma Neroni ;
Incidit Adriaci spatium admirabile rhombi.

voit l'étendue de la chofe plûtôt que la
chofe même.

Le Pefcheur vient au château d'Alba-
num où étoit l'Empereur : les portes à
deux battans s'ouvrent d'elles-mêmes : il
entre, & fait fon compliment :

» Recevez, dit le Picentin, un poiffon
» trop beau pour la table d'un particu-
» lier. Qu'on fe divertiffe aujourd'hui.
» Hâtez - vous de vomir ce que vous
» avez dans l'eftomac (*a*), pour faire place
» à un turbot réfervé pour votre fiécle.
» C'eft lui-même qui a voulu être pris.
» Quoi de plus groffier ! Cependant il go-
» boit la flatterie. Il n'y a point de fotife
» qu'on ne puiffe faire accroire à un hom-

. . . . Tunc Picens : Accipe , dixit ,
Privatis majora focis , genialis agatur
Ifte dies , propera ftomachum laxare faginis ,
Et tua fervatum confume in fæcula thombum.
Ipfe capi voluit. Quid apertius ? & tamen illi
Surgebant criftæ : nihil eft , quod credere de fe
Non poffit , cum laudatur dis æqua poteftas.
Sed deerat pifci patinæ menfura : vocantur

(*a*) La débauche étoit por- | petit ftrident, *rabidam factu-*
tée fi loin dans ce tems là , | *rus orexim.* Et Seneque ; *vo-*
qu'on vomiffoit pour man- | *munt ut edant, edunt ut vo-*
ger : on fe faifoit un efto- | *mant.*
mac neuf afin d'avoir un ap- |

» me, quand il est aussi puissant que les
» dieux.

» Mais il n’y a point de vase assez lar-
» ge pour le faire cuire. On assemble les
» Seigneurs, qui déplaisoient tous au ti-
» ran, & dont les pâles visages annon-
» çoient les déplaisirs mortels qui tiennent
» à l’amitié des grands.

» Un Liburnien crie : Arrivez, Mes-
» sieurs, l’Empereur est assis. Pégase saisit
» sa robe & se hâte d’arriver. On l’avoit
» fait nouvellement fermier de la ville.
» Car les gouverneurs étoient-ils alors
» autre chose que des fermiers? C’étoit
» un homme vertueux, excellent jurifcon-
» sulte : mais qui croyoit qu’il falloit se
» prêter dans ces tems durs, & que la
» Justice devoit être désarmée. Parut en-
» suite l’agréable vieillard Crispus, dont

Ergo in concilium proceres, quos oderat ille,
In quorum facie miseræ magnæque sedebat
Pallor amicitiæ. Primus, clamante Liburno,
Currite, jam sedit, rapta properabat abolla
Pegasus, attonitæ positus modo villicus urbi.
An ne aliud tunc præfecti? quorum optimus atque
Interpres legum sanctissimus : omnia quanquam
Temporibus diris tractanda putabat inermi
Justitiâ. Venit & Crispi jucunda senectus,

» les mœurs étoient si douces, le carac-
» tère si aimable, l'éloquence si persua-
» sive. Quel ami plus utile pour un mor-
» tel chargé de gouverner la mer, la
» terre, tous les peuples, si sous ce fléau,
» sous cette peste publique, il eût été per-
» mis de blâmer la cruauté & de donner
» un bon conseil? Mais quoi de plus vio-
» lent que l'oreille d'un tyran, avec qui
» un ami risquoit sa vie, en parlant de
» la pluie ou du beau tems? Il ne se roidit
» jamais contre le torrent : & il n'étoit
» pas assez citoyen pour dire librement sa
» pensée & sacrifier sa vie à la vérité. . . .

» Montanus y vint aussi, avec son gros
» ventre; & Crispin, qui exhaloit autant

Cujus erant mores qualis facundia, mite
Ingenium. Maria, ac terras, populosque regenti
Quis comes utilior, si clade, & peste sub illa
Sævitiam damnare, & honestum afferre liceret
Consilium? sed quid violentius aure tyranni,
Cum quo de pluviis, aut æstibus, aut nimboso
Vere locuturi fatum pendebat amici?
Ille igitur nunquam direxit brachia contra
Torrentem: nec civis erat, qui libera posset
Verba animi proferre, & vitam impendere vero.

    Montani quoque venter adest abdomine tardus;
Et matutino sudans Crispinus amomo,

» d'odeurs que deux cadavres embaumez :
» & Pompée qui, par ses calomnies se-
» crettes, faisoit égorger les gens.... Et
» cet autre (a) qui gardoit ses entrailles
» pour les vautours du Danube, & qui
» avoit appris le métier de la guerre, dans
» un château de plaisance. Veïenton ne
.» le cède pas aux autres : tel qu'un en-
» thousiaste inspiré par Bellone, il pro-
» phétise : Et voilà, dit-il, un présage cer-
» tain d'une victoire brillante. Vous pren-
» drez quelque roi. Peut-être qu'Arvira-
» gus (b) sera renversé de son trône.
» C'est une bête étrangere : voyez-vous

Quantum vix redolent duo funera : sævior illo
Pompeius tenui jugulos aperire susurro ;
Et, qui vulturibus servabat viscera Dacis,
Fuscus, marmorea meditatus prælia villa.
Non cedit Veiento, sed ut fanaticus œstro
Percussus, Bellona, tuo divinat : & ingens
Omen habes, inquit, magni clarique triumphi :
Regem aliquem capies : aut de temone Britanno
Excidet Arviragus : peregrina est bellua, cernis
Erectas in terga sudes ? hoc defuit unum

(a) C'est Cornélius Fuscus qui fut chargé de la guerre contre les Daces. Il n'avoit jamais vû d'armée, il n'avoit nulle idée de la guerre. Aussi le succès répondit à la capacité du Général.

(b) C'étoit un roi de la grande Bretagne.

» ces pointes hérissées sur le dos ? Il ne
» manquoit à Veïenton que de dire l'âge
» du turbot & de quel pays il étoit.

» Hé bien, que pensez-vous ? Faudra-
» t-il le couper ? Qu'on se garde bien de
» lui faire un tel affront. Qu'on fasse un
» vase de terre, profond, spacieux &
» dont le bord soit comme un petit mur.
» Vîte un Promethée (*a*), de l'argile &
» une roue. Mais dorénavant, César, il
» faudra que les potiers vous suivent à
» l'armée.

» Cet avis, digne de son auteur, l'em-
» porta..... On se léve, on renvoie le
» Conseil, que ce grand prince avoit af-

Fabricio, patriam ut rhombi memoraret, & annos.

   Quidnam igitur censes ? conciditur ? absit ab illo

Dedecus hoc, Montanus ait : testa alta paretur,

Quæ tenui muro spatiosum colligat orbem.

Debetur magnus patinæ, subitusque Prometheus.

Argillam, atque rotam citius properate : sed ex hoc

Tempore jam, Cæsar, figuli tua castra sequantur.

   Vicit digna viro sententia. . . .

Surgitur, & misso proceres exire jubentur

Concilio, quos Albanam dux magnus in arcem

Traxerat attonitos, & festinare coactos.

(*a*) Celui qui forma l'hom- | l'ammet, c'est par synecdo-
me avec de l'argile, & qui | che : pour dire un potier ha-
déroba le feu du ciel pour | bile.

» semblé à la hâte : & où on étoit venu
» tremblant, comme s'il se fût agi des
» Getes ou des Sicambres (*a*) : ou que
» quelques couriers importans fussent ar-
» rivez de diverses parties du monde. Et
» plut aux dieux qu'il eût employé à ces
» bagatelles le tems qu'il donnoit à sa
» cruauté, lorsqu'il enlevoit à la ville ses
» têtes les plus illustres, sans que person-
» ne osât les venger? Mais il périt à son
» tour quand il eut commencé à se faire
» craindre des artisans. Ce fut là que le
» meurtrier, l'assassin des Lamias (*b*)
» trouva sa perte.

Tanquam de Cattis aliquid, torvisque Sicambris
Dicturus : tanquam diversis partibus orbis
Anxia præcipiti venisset epistola penna.
Atque utinam his potius nugis tota ille dedisset
Tempora sævitiæ, claras quibus abstulit urbi
Illustresque animas impunè, & vindice nullo?
Sed periit; postquam cerdonibus esse timendus
Cœperat : hoc nocuit Lamiarum cæde madenti.

(*a*) Les Getes étoient des Scythes qui habitoient sur les côtes Septentrionales de la Mer noire. Les Sicambres étoient un peuple d'Allemagne, qui répond à peu-près à la Westphalie & à la Gueldre d'aujourd'hui.

(*b*) Les Lamias, une partie pour le tout. Après avoir fait périr tous les Grands de Rome, dont aucun n'avoit eu le courage de se venger, il voulut faire éprouver sa cruauté aux Romains d'une moindre condition ; mais il y trouva sa perte.

On voit dans ce morceau, toute la force,
tout le fiel, toute l'aigreur de la fatire.
Ce ton fe foutient par-tout dans l'auteur,
ce n'eft pas affez pour lui de peindre : il
grave à traits profonds, il brûle avec le fer.

L'endroit de la Satire 10. où il brife la
ftatue de Sejan (*a*) eft un des plus beaux
morceaux. Il y raille amèrement l'ambi-
tion de ce miniftre & le fotife du peuple
de Rome qui ne juge que fur les apparences. Il s'agit de prouver dans cette fatire que les hommes font infenfez dans
leurs défirs, & que fouvent ils portent la
peine de leurs fuccès. Après en avoir cité
plufieurs exemples, il vient à celui de Sejan qui avoit trouvé fa perte dans fa propre élévation.

» Il y en a qui périffent par l'excès
» d'un pouvoir, qui eft toujours en butte
» à l'envie : une tirade de titres brillants
» les fait tomber dans le précipice. On

Ex Satira 10.

Quofdam præcipitat fubjecta potentia magnæ
Invidiæ : mergit longa atque infignis honorum

(*a*) Sejan miniftre de l'em- | tre : fes deffeins furent dé-
pereur Tibere, qui voulut | couverts, & il fut puni.
regner à la place de fon maî- |

» abbat les ftatues : on les traîne avec des
» cordes : on brife à coup de hache les
» roues des chars de triomphe & les
» jambes des chevaux qui n'en peuvent
» mais (a). Déja le feu s'allume : la tête
» adorée par le peuple brûle dans les
» fourneaux, le grand Sejan petille : &
» de fa face (b), la feconde de l'Uni-
» vers, on fait des burettes, des affiettes,
» des poëles à frire. Couronnez votre
» porte de lauriers : facrifiez au Capitole
» un taureau blanc : on traîne Sejan avec
» des crocs. Allons voir ! toute la ville
» eft dans la joie. *Quel air il avoit ! Quel-*

Pagina : defcendunt ftatuæ, reftemque fequuntur.
Ipfas deinde rotas bigarum impacta fecuris
Cædit, & immeritis franguntur crura caballis.
Jam ftridunt ignes, jam follibus atque caminis
Ardet adoratum populo caput, & crepat ingens
Sejanus : deinde ex facie toto orbe fecunda
fiunt urceoli, pelves, fartago, patellæ.
Pone domi lauros, duc in capitolia magnum
Cretatumque bovem, Sejanus ducitur unco
Spectandus. Gaudent omnes. *Quæ labra ! quis illi*

(a) Ces chars & ces chevaux étoient figurez en marbre ou en bronze.
(b) Cette partie eft nommée plûtôt qu'une autre pour rendre l'oppofition plus fenfible : ce vifage où fe portoient les adorations fe transforme en poëlons, en affiétes, &c.

» *les*

» *les grosses lèvres ! En vérité je n'ai jamais*
» *pû aimer cet homme là.* Mais qu'a-t-il
» fait ? qui l'a accusé ? quels indices avoit-
» on ? quels témoins ? On ne fait point.
» Il est venu une grande lettre de Ca-
» prée... ha ! c'est assez : je n'en demande
» point davantage. Et que dit le peuple ?
» Le peuple juge par l'événement, à son
» ordinaire, & donne le tort à ceux qui
» périssent.

REGNIER.

Mathurin Regnier, natif de Chartres,
& neveu de l'abbé Desportes, poëte du
seizième siécle, fut le premier en France
qui donna des satires. Il y a de la finesse
& un tour aisé dans celles qu'il a tra-
vaillées avec soin, ses vers sont naïfs &
coulans : Heureux,

. . . . Si du son hardi de ses rimes cyniques
Il n'allarmoit souvent les oreilles pudiques.

Ce qu'on peut dire pour diminuer sa

Vultus erat ! nunquam (si quid mihi credis) amavi
Hunc hominem. Sed quo cecidit sub crimine ? quisnam
Delator ? quibus indiciis ? quo teste probavit ?
Nil horum. Verbosa & grandis epistola venit
A Capreis : bene habet, nil plus interrogo : sed quid
Turba Remi ? sequitur fortunam, ut semper, & odit
Damnatos.

faute, c'est que ne travaillant que d'après les satiriques Latins, il croyoit pouvoir les suivre en tout, & s'imaginoit que la licence des expressions étoit un assaisonnement dont leur genre ne pouvoit se passer.

Voici comment il raconte un apologue.

On dit que Jupiter roi des dieux & des hommes
Se promenant un jour en la terre où nous sommes,
Reçut en amitié deux hommes apparens,
Tous deux d'âges pareils, mais de mœurs différens.
L'un avoit nom Minos, l'autre avoit nom Tantale.
Il les éléve au ciel, & d'abord leur étale
Parmi les bons propos, les graces & les ris,
Tout ce que la faveur départ aux favoris,
Ils mangeoient à sa table, avaloient l'ambrosie,
Et des plaisirs du ciel souloient leur fantaisie.
Ils étoient comme chefs de son conseil privé :
Et rien n'étoit bien fait qu'ils n'eussent approuvé,
Minos eut bon esprit, prudent, accort, & sage,
Et fut jusqu'à la fin jouer son personnage.
L'autre fut un langard, révélant les secrets
Du ciel & de son maître aux hommes indiscrets.
L'un avecque prudence au ciel s'impatronise :
Et l'autre en fut chassé comme un peteux d'église.

On voit par ce petit échantillon que le caractère de Regnier est aisé, coulant, naïf, vigoureux ; mais il oublie souvent la dignité dans les mots, dans les pen-

fées, même dans les chofes. Il eſt quelquefois long & diffus. Quand il trouve à
imiter, il va trop loin, & ſon imitation
eſt preſque toujours une traduction in-
férieure à ſon modéle.

BOILEAU.

Nicolas Boileau Deſpréaux, qui vint 60
ans après Regnier, fut plus retenu. Il ſa-
voit que l'honnêteté eſt une vertu auſſi-
bien dans les écrits que dans les mœurs.
Son talent l'emporta ſur ſon éducation :
quoiqu'il fût fils, frere, oncle, couſin,
beaufrere de Greffier, & que ſes parens le
deſtinaſſent à ſuivre le palais, il lui fallut
être poëte, & qui plus eſt poëte ſatirique.
Voici comme il trace lui-même ſon caractère en parlant à ſon Livre.

Dépoſez hardiment qu'au fond cet homme horrible,
Ce cenſeur qu'on a peint ſi noir & ſi terrible
Fut un eſprit doux, ſimple, ami de l'équité,
Qui cherchant dans ſes vers la ſeule vérité,
Fit, ſans être malin, ſes plus grandes malices,
Et qu'enfin ſa candeur ſeule a fait tous ſes vices :
Dites que harcelé par les plus vils rimeurs,
Jamais, bleſſant leurs vers, il n'effleura leurs mœurs.
Libre dans ſes diſcours, mais pourtant toujours ſage.
Aſſez foible de corps, aſſez doux de viſage ;

Ni petit, ni trop grand, très peu voluptueux ;
Ami de la vertu, plûtôt que des vertueux.

Ses vers font forts, travaillez, harmonieux, pleins de chofes, tout y eſt fait avec un ſoin extrême.

Il n'a point toute la naïveté de Regnier ; mais il s'eſt tenu en garde contre ſes défauts. Il eſt ſerré, précis, décent, ſoigné par-tout, ne ſouffrant rien d'inutile, ni d'obſcur. Son plan de ſatire étoit d'attaquer les vices en général, & les mauvais auteurs en particulier. Il ne nomme guère un ſcélérat ; mais il ne fait point de difficulté de nommer un mauvais auteur qui lui déplaît ; pour ſervir d'exemple aux autres, & maintenir les droits du bon ſens & du bon goût. Comme bien des gens, ſoit par intérêt, ou par ſcrupule, ou par petiteſſe d'eſprit, lui en faiſoient un crime, il s'examine lui-même dans la neuviéme Satire, qu'il adreſſe à ſon eſprit, & ſe juſtifie d'une maniere auſſi ſolide que ſinguliere. C'eſt ainſi qu'il parle :

Vous ferez-vous toujours des affaires nouvelles ?
Et faudra-t-il ſans ceſſe eſſuyer des querelles ?
N'entendrai-j' qu'Auteurs ſe plaindre & murmurer ?
Juſqu'à quand vos fureurs doivent-elles durer ?
Répondez, mon Eſprit, ce n'eſt plus raillerie.
Dites, ...

Voici comme l'Esprit répond :

. . . Mais , direz-vous , pourquoi cette furie ? . . .
Quoi pour un maigre auteur que je glose en passant ,
Est-ce un crime après tout & si noir & si grand ?
Et qui , voyant un sat s'applaudir d'un ouvrage ,
Où la droite raison tiébuche à chaque page ,
Ne s'écrie aussitôt : L'impertinent Auteur !
L'ennuyeux Ecrivain ! le maudit Traducteur !
A quoi bon mettre au jour tous ces discours frivoles ,
Et ces riens enfermez dans de grandes paroles ?

Cette réponse n'est que le bon sens assaisonné , la pure raison , rendue avec force & netteté. Les expressions font toujours justes , claires , souvent riches , & hardies , & les tours aisez & vifs. Il n'y a ni vuide , ni superflu. C'est un des caractères de l'élocution de M. Despréaux. Il avoit le secret de faire passer le besoin du poëte pour le besoin de la chose même. Continuons :

Est-ce donc là médire , ou parler franchement ?
Non , non , la médisance y va plus doucement.
Si l'on vient à chercher pour quel secret mystère
Alidor à ses frais bâtit un monastère :
Alidor , dit un fourbe , il est de mes amis.
Je l'ai connu laquais , avant qu'il fût commis.
C'est un homme d'honneur , de piété profonde ,
Et qui veut rendre à Dieu ce qu'il a pris au monde.

K iij

Voilà jouer d'adresse , & médire avec art ;
Et c'est avec respect enfoncer le poignard.

Quel versificateur peut faire marcher
la pensée avec plus de fermeté & plus de
vigueur , & plus d'aisance ? On dit quelquefois malignement le *laborieux* Despréaux. Il travailloit plus pour cacher
son travail , que d'autres aujourd'hui pour
montrer le leur.

Un esprit né sans fard , sans basse complaisance ,
Fuit ce ton radouci que prend la médisance.
Mais de blâmer des vers ou durs ou languissans ,
De choquer un auteur qui choque le bon sens ;
De railler d'un plaisant qui ne sait pas nous plaire ,
C'est ce que tout lecteur eut toujours droit de faire.

Fuit ce ton radouci : l'harmonie de cet
hémistiche est dans un degré exquis , aussi
bien que celle des deux vers suivans. On
peut même dire , en général , qu'il n'y a
pas un vers de ce poëte qui n'ait sa marche propre , & son harmonie plus ou
moins conforme à l'objet exprimé. On la
sent sur-tout , quand l'idée est musicale ,
c'est-à-dire , qu'elle peut s'exprimer , en
partie, par les sons inarticulez. Cette sorte
d'expression se trouve toujours jointe à
celle des mots : c'est un des côtez par où
il ressemble à Virgile & à Homere.

Mais de blâmer : ces quatre vers produisent une suspension agréable : qu'on
les répéte : l'esprit a un exercice moderé,
après lequel il trouve un repos qui lui
fait plaisir.

Tous les jours à la Cour un sot de qualité
Peut juger de travers avec impunité :
A Malherbe, à Racan, préférer Théophile,
Et le clinquant du Tasse à tout l'or de Virgile.

Ce mot sur le Tasse a été fort reproché à l'auteur. Il n'y a point de traits
que les écrivains du bas & du moyen
étage ne lui aient lancez, sous prétexte
de venger un nom si célébre. Mais le Critique demeura constant dans sa décision.
Quelque tems avant sa mort on lui de-
manda s'il n'avoit point changé d'avis sur
ce poëte : « J'en ai si peu changé, répon-
» dit-il, que relisant dernierement ce
» poëte, je fus très-fâché de ne m'être
» pas expliqué plus au long sur ce sujet,
» dans quelqu'une de mes réflexions sur
» Longin. J'aurois commencé par avouer
» que le Tasse a été un génie sublime,
» étendu, heureusement né à la poësie,
» & à la grande poësie. Mais ensuite ve-
» nant à l'usage qu'il a fait de ses talens,

K. iv

» j'aurois montré que le bon sens n'est
» pas toujours ce qui domine chez lui ;
» que dans la plûpart de ses narrations
» il s'attache bien moins au nécessaire
» qu'à l'aimable ; que ses descriptions sont
» presque toujours chargées d'ornemens
» superflus ; que dans la peinture des
» plus fortes passions , & au milieu du
» trouble qu'elles venoient d'exciter , sou-
» vent il dégénere en traits d'esprits , qui
» font tout-à-coup cesser le pathétique ;
» qu'il est plein d'images trop fleuries , de
» tours affectez , & de pensées frivoles ,
» qui loin de pouvoir convenir à sa Jeru-
» salem pouvoient à peine convenir à son
» Amynte. Or , conclut M. Despréaux ,
» tout cela opposé à la sagesse , à la gra-
» vité , à la majesté de Virgile , qu'est-ce
» autre chose que du clinquant opposé à
» de l'or ? » *Hist. de l'Acad. Fr. Tom. II.*
Je sais bien que les adorateurs du Tasse
ont à cela beaucoup de choses à répondre :
mais cela n'empêche point que le jugement de M. Despréaux , jugement , comme on le voit , réfléchi & fondé en raisons , ne doive être du plus grand poids.
Et quel homme aujourd'hui , s'il est sage ,
oseroit mettre son jugement en balance

vis - à - vis de celui d'un homme tel que
Despréaux ?

> Un Clerc, pour quinze fols, fans craindre le hola,
> Peut aller au parterre attaquer Attila,
> Et fi le roi des Huns ne lui charme l'oreille,
> Traiter de Vifigots tous les vers de Corneille.

La plûpart de ces vers font fi beaux
qu'ils font devenus proverbes. Ils femblent nez plûtôt que faits. Quel agrément
ne jette point dans ces quatre vers l'allégorie d'un clerc qui va fe mefurer avec
Attila, & dire des injures aux vers qui
lui déplairont ? Où trouvera-t-on des vers
mieux frappez ? Il en eft de même de ceux
qui fuivent.

> Il n'eft valet d'auteur ni copifte à Paris,
> Qui, la balance en main, ne pefe les écrits.
> Dès que l'impreffion fait éclore un poëte,
> Il eft efclave né de quiconque l'achete :
> Il fe foumet lui-même aux caprices d'autrui,
> Et fes écrits tout feuls doivent parler pour lui.
> Un Auteur à genoux dans un humble préface,
> Au lecteur, qu'il ennuie, a beau demander grace,
> Il ne gagnera rien fur ce juge irrité,
> Qui lui fait fon procès de pleine autorité.

Qu'on compare des morceaux tels que
celui-ci, & que tous ceux que nous avons
citez, ou que nous citerons, avec ces

poësies musquées, où les pensées semblent fuir, se cacher, où les mots ne font que des demi-signes, où l'esprit est picotté sans cesse par d'ingénieuses puérilitez, ce sera de l'or à côté du clinquant. L'Auteur raisonne : il poursuit fortement son objet. » Un clerc, un valet » d'Auteur juge les écrits :

Et je serai le seul qui ne pourrai rien dire ?
On sera ridicule & je n'oserai rire ?
Et qu'ont produit mes vers de si pernicieux ,
Pour armer contre moi tant d'Auteurs furieux ?
Loin de les décrier je les ai fait paroître ;
Et souvent, sans ces vers qui les ont fait connoître ,
Leur talent dans l'oubli demeureroit caché.
Et qui sauroit sans moi que Cottin a prêché ?
La Satire ne sert qu'à rendre un fat illustre.
C'est une ombre au tableau , qui lui donne du lustre.
En les blâmant enfin , j'ai dit ce que j'en croi.
Et tel qui m'en reprend , en pense autant que moi.

On sent dans ces vers la verve poëtique qui coule à pleins bords, mais sans s'égarer jamais , ni se déborder mal-à-propos, comme il arrive à Regnier, chez qui les idées semblent quelquefois s'appeller les unes les autres, plûtôt qu'être appellées par le sujet même. Elles ne se tiennent souvent que par des rapports étrangers à sa matiere : ce qui donne à ses ouvrages un air d'égaremens lyriques, qui ne devroit point se trouver dans des discours où la philosophie doit dominer.

Et qui sauroit sans moi, &c. Y a-t-il trait plus vif, plus naïf, sel plus piquant ou mieux apprêté ? On attribue la naiveté à Regnier ; Despréaux n'étoit pas moins naïf que lui, mais il l'étoit d'une autre maniere. La naïveté a ses étages aussi-bien que ses degrez. Suivons encore un moment notre Auteur, pour voir s'il se soutient toujours avec la même force.

Il a tort, dira l'un, pourquoi faut-il qu'il nomme ?
Attaquer Chapelain ! ah c'est un si bon homme.
Balzac en fait l'éloge en cent endroits divers.
Il est vrai, s'il m'eût cru, qu'il n'eût point fait de vers,
Il se tue à rimer. Que n'écrit-il en prose ?
Voilà ce que l'on dit : & que dis-je autre chose ?
En blâmant ses écrits ai-je d'un style affreux
Distilé sur sa vie un venin dangereux ?
Ma Muse en l'attaquant, charitable & discrete
Sait de l'homme d'honneur distinguer le poëte.
Qu'on vante en lui la foi, l'honneur, la probité,
Qu'on prise sa candeur, & sa civilité :
Qu'il soit doux, complaisant, officieux, sincere ;
On le veut, j'y souscris, & suis prêt de me taire.
Mais que pour un modele on montre ses écrits,
Qu'il soit le mieux renté de tous les beaux esprits :
Comme toi des Auteurs, qu'on l'éleve à l'empire ;
Ma bile alors s'échauffe, & je brûle d'écrire,

Et s'il ne m'est permis de le dire au papier ;
J'irai creuser la terre, & comme ce Barbier
Faire dire aux roseaux par un nouvel organe,
Midas, le i *Midas a ses oreilles d'âne.*

Avec quel art le poëte a préparé ce dernier vers *Midas* ? ... Cinq vers plus haut,
il le fait *Roi des Auteurs.* Aussi toutes ses
pensées s'embrassent les unes les autres,
& font un corps solide. Ce ne sont point
de ces idées en l'air, qui ne tiennent à
rien, ni de ces maximes plantées à la ligne,
qui passent en revûe l'une après l'autre.
C'est un même tissu, serré, plein, toujours continu. Quel éclat jettent ces deux
jugemens sur Chapelain, placez tous deux
à côté de son portrait ! L'un est le jugement du public, qui est simple, en stile
familier, *ah c'est un si bon homme, &c.*
l'autre est celui du poëte qui est vigoureux, enrichi d'érudition poëtique & qui
fait en même tems une allégorie : *mais
que pour un modele, &c.* Nous ne citerons
plus que dix vers.

Quel tort lui fais je enfin ? Ai-je par un écrit
Pétrifié sa veine & glacé son esprit ?
Quand un livre au Palais se vend & se débite ;
Que chacun par ses yeux juge de son mérite ;
Que Billaine l'étale au deuxiéme pillier :
Le dégoût d'un Censeur peut-il le décrier ?

En vain contre le Cid un Ministre se ligue
Tout Paris pour Chimene a les yeux de Rodrigue.
L'Académie en corps a beau le censurer,
Le public révolté s'obstine à l'admirer.

On ne nous reprochera pas d'avoir parcouru tous les Ouvrages de Despréaux pour choisir les plus beaux endroits : tous ces morceaux sont de suite. D'ailleurs il est si riche & si beau par-tout, si plein de choses excellentes en tout genre; ses pensées sont par-tout si naturelles, ses tours si heureux, ses expressions si justes; ses vers sont si harmonieux & si bien frappez, qu'il n'est pas possible de faire un mauvais choix.

Pourquoi donc voit-on aujourd'hui tant de gens se déchaîner contre lui ? Il y en a qui lui reprochent de n'avoir point d'esprit, d'autres de n'être pas poëte, quelques-uns même osent toucher à sa diction & à ses vers.

Notre dessein n'est pas d'entreprendre ici sa défense. Il a une réputation qui est au-dessus de toutes les apologies : & sa gloire sera toujours intimement liée avec celle des Lettres françoises. Cependant comme nous travaillons ici pour les jeunes gens; nous ne pouvons nous dispenser de dire un mot au sujet de cette espece de ligue, qui feroit assurément peu d'honneur au goût de notre siécle, si elle n'étoit pas l'ouvrage de l'humeur, ou de l'intérêt. Car nous ne parlons point de ceux qui suivent le torrent, & qui aiment mieux répéter ce qu'ils entendent dire aux autres, que de voir par leurs yeux, & de juger par leur goût.

Pour juger du merite de M. Despréaux, il ne faut que voir ce qu'il a fait.

L'Art poëtique est un chef-d'œuvre de raison, de goût, de versification. Tous ses vers sont autant d'oracles du bon sens, rendus avec toute la netteté & toute la force possible. Personne ne le nie : excepté ceux qui se sont fait une regle de nier tout.

Le Lutrin est un ouvrage tout de génie, bâti sur la pointe d'une aiguille, comme le disoit M. de Lamoignon : c'est un château en l'air, qui ne se soutient que par l'art & la force de l'Architecte. Il y a le génie qui crée, le jugement qui dispose, l'imagination qui enrichit, la verve qui anime tout, & l'harmonie qui répand les graces.

Ses Satires & ses Epîtres, à en juger par le morceau que nous venons de citer, sont pleines de sel, de vivacité, de traits vifs. Et après cela, on ose dire que Despréaux n'est pas poëte, & qu'il n'a point d'esprit. Les mots ont-ils donc changé de signification, par rapport à Despréaux seulement ?

Il manquoit de goût : il a blâmé le Tasse, Corneille, Quinaut. Nous venons de parler du Tasse, il ne s'agit maintenant que de Corneille & de Quinaut.

On ne peut nier que Corneille, tout grand qu'il est, n'ait ses taches & ses défauts. Il pouvoit donc être l'objet de la critique & de la censure. Mais Despréaux lui a préféré Racine : 1°. cela ne se peut prouver nettement par aucun de ses ouvrages. Despréaux étoit l'ami particulier de Racine, il estimoit ses pièces ; mais jamais il ne les a préferées ni à *Horace*, ni à *Cinna*, ni à *Rodogune*, &c. Quand même il l'auroit fait, combien de gens aujourd'hui pensent de même ? Mais il n'aimoit point Corneille. Qu'est-ce que cela fait au public maintenant ? Est-ce de l'homme qu'il s'agit pour nous ? N'est-ce pas de l'Auteur ? Qu'il y ait eu du froid, de l'indifférence, de l'inimitié même entre Despréaux & Corneille, cela leur ôte-t-il, ni à l'un ni à l'autre, leurs talens ou leur goût ?

Quinaut, dit-on, qui est un homme unique dans son genre, a été traité fort mal dans ses Satires. Cela est vrai : mais cela ne prouve rien encore contre le mérite de Despréaux : cela prouve même en sa faveur.

Zélé partisan de la vertu, homme sans passion, & presque sans goût pour les plaisirs, porté par son caractère vers une certaine austérité, M. Despréaux devoit-il, pouvoit-il trouver fort bons, des vers doux, qui ne prêchent que la molesse, qui n'étalent que des sentimens dangereux pour les mœurs ? Qu'on donne Quinaut à un homme sérieux & sensé, qui se soit tenu pendant toute sa vie dans les regles d'une probité, exacte, rigoureuse, & par conséquent beaucoup plus stricte, sur-tout dans certains points, que celle qui fait la regle des gens du monde : & qu'on lui fasse lire les scènes des Médors, des Renauds, des Rolands, &c.; cette molesse qui y regne, ne sera-t-elle pour lui que de la molesse ? Sera-t-il condamné à l'admirer par-tout, sous peine de passer pour un homme sans goût ? Despréaux devoit juger Quinaut comme il l'a fait ; de même que la plûpart de ceux qui l'ad-

mirent

mirent tant, ont aussi leurs raisons pour l'admirer. La seule conséquence qu'on peut tirer de son jugement, c'est qu'il n'avoit pas le goût qu'il falloit avoir pour l'approuver. Mais non, on conclut, en général, qu'il n'avoit pas de goût. Que nous serions à plaindre, si pour un seul raisonnement, qui paroîtroit n'être pas juste, nous étions décidez esprits faux, raisonnans sans logique, & de mauvaise foi !

Si on se contentoit de dire que le métier de satirique, que Despréaux a professé pendant toute sa vie, ne marque pas assez d'humanité, & encore moins de charité : que cet esprit de critique, cette envie de mordre & de censurer n'est pas une qualité louable dans un citoyen ; on pourroit se rendre à cette observation : pourvû qu'elle vînt de gens eux-mêmes charitables & bons citoyens. Mais que penser de ce ton radouci, quand on ne le prend que pour porter plus sûrement ses coups, & pour se donner en même tems, sous un voile spécieux, l'honneur de paroître bon, & le plaisir d'être méchant : Quand il s'agit de juger de si grands hommes, il ne faut jamais le faire qu'avec respect :

Tome III.   L

& s'il falloit absolument se tromper sur leur compte, il vaudroit beaucoup mieux que ce fût en approuvant tout, qu'en blâmant trop. C'est Quintilien qui l'a dit : *Modeſtè tamen & circonſpecto judicio de tantis viris pronunciandum eſt, ne (quod plerifque accidit) damnent quæ non intelligant. Ac ſi neceſſe ſit in alterutram errare partem, omnia eorum legentibus placere, quàm multa diſplicere maluerim.*

Si on veut rapprocher les caractères des principaux Auteurs satiriques, pour voir en quoi ils se reſſemblent, & en quoi ils diffèrent : il paroît d'abord qu'Horace & Boileau, ont entr'eux plus de reſſemblance, qu'ils n'en ont ni l'un ni l'autre avec Juvenal. Ils vivoient tous deux dans un siécle poli, où le goût étoit pur, & l'idée du beau sans mêlange. Juvenal au contraire vivoit dans le tems même de la décadence des Lettres latines, lorſqu'on jugeoit de la bonté d'un ouvrage par sa richeſſe, plûtôt que par l'économie des ornemens.

Horace & Boileau avoient un eſprit plus doux, plus ſouple : ils aimoient la ſimplicité, ils choiſiſſoient les traits, & les préſentoient ſans fard & ſans affectation. Juvenal avoit un génie fort, une imagination fougueuse : il chargeoit ses tableaux, & détruisoit souvent le vrai en le poussant trop loin.

Horace & Boileau ménageoient leurs fonds : ils plaisantoient doucement, légerement, ils n'ôtoient le masque qu'à demi & en riant. Juvenal l'arrache avec colere. Quelquefois les deux premiers font exhaler l'encens le plus pur, du milieu même des vapeurs satiriques. Le dernier n'a jamais loué qu'un feul homme, & cette louange fe tournoit même en fatire contre le refte du genre humain. En un mot les portraits que font Horace & Boileau, quoique dans le genre odieux, ont toujours quelque chofe d'agréable, qui paroît venir de la touche du peintre. Ceux que fait Juvenal ont des couleurs touchantes, des traits hardis, mais gros ; il n'eft pas néceffaire d'être délicat pour en fentir la beauté. Il étoit né exceffif, & peut-être même que quand il feroit venu avant les Plines, les Seneques, les Lucains, il n'auroit pû fe tenir dans les bornes légitimes du vrai & du beau.

Horace & Boileau, comme on vient de le voir, ont plufieurs traits de reffem-

L ij

blance qui les réuniffent ; mais ils en ont
auffi de propres , & qui les féparent. Horace nous paroît quelquefois plus riche,
& Boileau plus clair. Horace eft plus réfervé que Juvenal , mais il l'eft beaucoup
moins encore que Boileau. Il y avoit plus
de nature & de génie dans Horace ; plus
de travail & peut-être plus d'art dans
Boileau.

Perfe a un caractère unique qui ne
fympathife avec perfonne. Il n'eft pas
affez aifé pour être mis avec Horace. Il
eft trop fage pour être comparé à Juvenal : trop enveloppé & trop miftérieux
pour être joint à Defpréaux. Auffi poli que
le premier, quelquefois auffi vif que le
fecond , auffi vertueux que le troifiéme,
il femble être plus philofophe qu'aucun
des trois. Peu de gens ont le courage de
le lire. Cependant la premiere lecture ,
une fois faite , on trouve de quoi fe dé-
dommager de fa peine dans la feconde.
Il paroît alors reffembler à ces grands
hommes dont le premier abord eft froid ;
mais qui charment par leur entretien,
quand ils ont tant fait que de fe laiffer
connoître.

V.

De l'Epître en vers.

L'Epître en vers n'eſt qu'une lettre adreſſée à une perſonne quelle qu'elle ſoit. Elle a ſes regles comme lettre , & ce ſont les mêmes que celles du ſtyle épi-ſtolaire , dont nous parlerons dans le volume ſuivant.

Les regles qu'elle peut avoir comme lettre en vers ſe réduiſent toutes à ceci : qu'elle ait au moins un degré , ou de for-ce , ou d'élégance , en un mot un degré de ſoin , au-deſſus de celui qu'elle auroit eu, ſi on ne l'eût miſe qu'en proſe.

Sa matiere eſt d'une étendue qui n'a point de bornes. On peut ſous le titre qu'elle porte , louer , blâmer , raconter , philoſopher , diſſerter , enſeigner. Elle n'eſt pas plus limitée du côté des tons de ſtyle qu'elle peut prendre. Tous ceux qui exiſtent lui conviennent ; parce que ſon ſtyle s'élève ou s'abaiſſe ſelon la matiere , ou ſelon l'état de la perſonne qui écrit , ou à qui on écrit. Deſpréaux a peint le paſſage du Rhin en vers dignes de l'Epo-pée. Horace écrit à Auguſte , & lui déve-loppe toutes les loix du bon ſens & du bon goût dans les ouvrages de littérature, avec une nobleſſe & une dignité qu'il n'a pas ordinairement dans ſes autres épî- tres. Il y a plus : la même épître admet toutes les ſortes de tons, au moins tous ceux qui tiennent à la matiere. A propos d'une maxime elle raconte un fait héroï- que, comique, hiſtorique, dans le genre noble, ou médiocre, ou ſimple. J'ai dit les tons qui tiennent à la matiere, parce que la perſonne qui écrit, auſſi bien que celle à qui on écrit, étant toujours la même, le ton de la perſonne doit être néceſſairement toujours le même, dans la même lettre.

L'épître commence & ſe termine ſans apprêt : & le titre qu'elle a en tête, eſt comme un avis au lecteur, de ne juger de l'ouvrage que comme on juge d'une lettre.

ARTICLE TROISIÉME.

DE L'EPIGRAMME.

I.

Origine de l'Epigramme.

L'EPIGRAMME étoit autrefois la même chose que ce que nous appellons aujourd'hui *inscription*. Elle se gravoit sur les frontispices des temples, sur les monumens, sur les édifices publics, &c. Celles qui se mettoient sur les tombeaux furent nommées *Epitaphes*, à cause du monument même sur lequel elles étoient gravées : ἐπὶ signifie *sur*, & ταφος *tombeau*.

Plus on remonte vers l'antiquité, plus on trouve de simplicité dans les inscriptions. Elles se réduisoient même quelquefois au monogramme, c'est-à-dire, aux seules lettres initiales de quelques mots ; dont il falloit deviner les autres lettres. Quelquefois elles étoient morales, comme celle du temple de Delphes : *Connois-toi toi-même :* Γνῶθι σεαυτον. Mais le plus souvent elles annonçoient l'histoire même du monument, ce qui y avoit donné

L iv

lieu, le nom de celui qui l'avoit élevé, le tems, &c.

Il suffisoit alors, comme il suffit encore aujourd'hui, que les inscriptions renfermassent un sens juste, clairement & simplement exprimé, & surtout en peu de mots ; c'est-à-dire, qu'on se contentoit d'exprimer seulement les principales idées, & qu'on omettoit celles qui pouvoient se suppléer. Celle que le roi de Prusse a fait mettre sur un hôtel d'Invalides, qu'il vient de bâtir à l'imitation de celui de Louis le grand, a le vrai caractere de ces inscriptions anciennes : *Læso milici & invicto*, Au guerrier blessé, & non vaincu. Cette inscription est juste, naturelle, présente un beau sens, & ne le présente qu'à demi.

Il nous en reste encore un grand nombre qui ont une partie de ce caractere, dans un recueil connu sous le nom d'Anthologie. C'est une collection dûe à Maxime Planude, le même qui dans le quatorziéme siécle donna un recueil de fables, sous le nom d'Esope. Leur simplicité fit dire autrefois à Racan, à propos d'un potage insipide qu'on lui avoit servi après la lecture de l'Anthologie, que c'é-

toit un potage à la greque. Ce mot fit
fortune chez bien des gens, qui condam-
nerent la plûpart des inscriptions gre-
ques, par l'endroit même qui en faisoit le prix. Il y a encore aujourd'hui des
gens qui prétendent tourner les Grecs en
ridicule sur cet article ; comme si ce pouvoit être une honte de ne point exceller
dans les pointes ; ou qu'on pût raisonna-
blement soupçonner ceux qui ont possé-
dé, par excellence, la finesse de l'esprit,
ce que les autres nations appelloient le
sel attique, de n'avoir pû aiguiser une
pensée, s'ils avoient crû que ce fût un
grand mérite. C'en seroit un, qu'ils pour-
roient se l'attribuer encore avec justice.
Souvent quand nous blâmons leurs épigrammes, nous ne savons pas tout ce qu'il
faudroit savoir pour en bien juger. Rien
ne dépend de si peu de chose qu'un bon
mot. Et combien y en a-t-il parmi les
nôtres, dont la finesse échappe aux étrangers ?

Les Latins ont eu aussi leurs Epigram-
matistes. Catulle en a fait un assez grand
nombre, parmi lesquelles il n'y auroit
pas de choix à faire, si l'épigramme se
contentoit d'un tour heureux & délicat,

& qu'elle n'exigeât point l'honnêteté &
la décence. Martial en a donné un recueil fort ample, fur lefquelles il a porté
lui-même le jugement qui fuit : (a)

De mes épigrammes les unes
Sont bonnes, les autres communes,
Beaucoup ne valent rien : tant pis, mais franchement
Je m'en rapporte au plus habile :
En ce genre il eſt difficile
De faire un volume autrement.

       M. de la Monnoye.

Catulle eſt plus doux, plus aifé, plus
naïf. Martial eſt plus vif, plus fort &
plus ferré.

Nous n'avons guères de poëtes françois qui n'aient fait quelques épigrammes.
On eſtime celles de Marot, de S. Gelais,
de Gombaut, fur-tout pour la naïveté.
Celles des autres auteurs font dans le
genre gracieux ou fatirique, felon le génie & le caractère de ceux qui les ont
faites, ou felon l'occafion qui leur a donné matiere. On les nommera à mefure

---

Ex Lib. primo.

(a) Sunt bona, funt quædam mediocria, funt mala plura,
Quæ legis hic : aliter non fit, Avite, liber.

qu'on citera leurs vers. Il s'agit maintenant d'expliquer la nature de l'Epigramme, de dire quelles sont ses parties, ses
qualitez essentielles.

I I.

Ce que c'est que l'Epigramme.

Il y a des auteurs qui ont défini l'E-
pigramme, une pensée ingénieuse. Le
terme *ingénieux* ne nous paroît pas d'une
assez grande étendue, pour renfermer
toutes les especes d'épigrammes ; parmi
lesquelles il y en a un grand nombre, où
cet esprit que désigne le mot *ingénieux* ne
se trouve point : par exemple, celle-ci de
Maynard :

> Las d'espérer & de me plaindre
> Des Muses, des Grands, & du Sort,
> C'est ici que j'attends la mort,
> Sans la désirer, ni la craindre.

Cette pensée, ou plûtôt ce sentiment
ainsi exprimé, est une vraie épigramme.
Cependant elle n'a point ce pétillant, ces
étincelles qui se trouvent dans ce qu'on
appelle une pensée ingénieuse.

Nous définirons donc l'Epigramme,
une pensée intéressante, présentée heureusement & en peu de mots.

Sa matiere est d'une très-grande étendue : elle s'éleve à ce qu'il y a de plus
noble dans tous les genres : elle s'abaisse
à ce qu'il y a de plus petit : elle loue la
vertu, censure le vice, venge le public
des impertinences d'un fat, ou d'un sot,
&c. Il semble cependant qu'elle se trouve
beaucoup mieux dans les genres simples
ou médiocres, que dans le genre élevé,
parce que son caractère est la liberté &
l'aisance.

L'Epigramme a nécessairement deux
parties ; l'une qui est l'exposition du sujet, de la chose qui a produit, ou occa-
sionné la pensée ; & l'autre qui est la pensée même, ce qu'on appelle la pointe,
c'est-à-dire ce qui pique le lecteur, qui
l'intéresse. L'exposition doit être simple,
aisée, claire ; & la pensée, libre par elle-
même, & par la maniere dont elle est
tournée. Ces qualitez seront expliquées nécessairement en expliquant la définition.

L'Epigramme est *une pensée*, ce mot ne
comprend pas seulement les idées, les jugemens, les raisonnemens, mais encore
les sentimens. L'épigramme de Maynard
que nous venons de citer, en est un
exemple. En voici une autre de Martial :

Je ne vous aime point Hylas,
Je n'en saurois dire la caufe,
Je fais feulement une chofe,
C'eft que je ne vous aime pas. (a)

Il n'y a dans cette penfée que le feul fentiment.

En fecond lieu l'épigramme doit être *intéreffante, préfentée heureufément, & en peu de mots.* Ce font les trois qualitez qui conftituent la différence de l'épigramme avec les autres efpeces de poëmes.

1°. La briéveté lui eft effentielle : ce n'eft qu'une feule penfée. S'il falloit, pour arriver à cette penfée, effuyer la lecture d'un grand nombre de vers, le lecteur ne feroit point affez payé de fa peine. C'eft pour cela vraifemblablement que les épigrammes de Maynard, quoique très-bien verfifiées, font lues aujourd'hui de fi peu de perfonnes. D'ailleurs il eft bien difficile qu'une feule penfée foit affez riche pour communiquer une partie de ce qu'elle a de piquant à quinze ou vingt vers qui la précédent, & conferver

Ex Lib. primo.

(a) Non amo te, Sabidi, nec poffum dicere quare :
Hoc tantùm poffum dicere, non amo te.

encore assez de force pour paroître saillante en finissant. Voici celle de Maynard au Cardinal de Richelieu, qui a été si fameuse, & parce qu'elle est bien faite, & par la réponse que fit le Cardinal.

Armand, l'âge affoiblit mes yeux,
Et toute ma chaleur me quitte,
Je verrai bientôt mes ayeux
Sur le rivage du Cocyte.

C'est où je ferai des suivans
De ce bon Monarque de France (a),
Qui fut le pere des Savans
Dans un siécle plein d'ignorance.

Dès que j'approcherai de lui,
Il voudra que je lui raconte
Tout ce que tu fais aujourd'hui
Pour combler l'Espagne de honte.

Je contenterai son désir
Par le beau récit de ta vie,
Et charmerai le déplaisir
Qui lui fit maudire Pavie (b).

Mais s'il demande à quel emploi
Tu m'as occupé dans le monde,
Et quel bien j'ai reçu de toi,
Que veux-tu que je lui réponde (c)?

Rien n'est mieux fait, ni mieux tourné

(a) François I. le Restaurateur des Lettres en France.
(b) François I. fut fait prisonnier au siége de cette ville, & de-là mené à Madrid.

(c) Quand on présenta cette épigramme au Cardinal de Richelieu, après le dernier vers, il répondit : Rien.

que cette épigramme, & néanmoins il semble qu'on est long-tems pour arriver au but. Celle-ci est bien plus vive :

Cy gît ma femme : ah, qu'elle est bien !
Pour son repos & pour le mien.

Il ne faut pourtant pas croire que toutes les épigrammes qui ont quelque étendue, soient défectueuses. Peut-être que notre vivacité nous fait trouver des défauts, où il n'y en a point réellement, & à ne considérer que la nature même de la chose. Martial & Catulle en ont plusieurs de vingt & trente vers, & quelquefois davantage. Le principe général que le discours n'est pas trop long, quand tous les mots portent à la pensée, & que toutes les idées accessoires contribuent à former un sens juste, a son application ici comme ailleurs.

2°. La pensée de l'épigramme doit être *intéressante*. L'intérêt se tient presque aussi souvent du côté de la maniere dont la chose est présentée, que du côté de la chose même. Aussi il y a deux manieres d'intéresser dans l'épigramme, par le fonds & par le tour.

L'épigramme intéresse par le fonds,

quand elle renferme quelque vérité importante, comme dans celle-ci de Malherbe, pour mettre fur une fontaine :

> Vois-tu, paffant, couler cette onde,
> Et s'écouler inceffamment ?
> Ainfi fuit la gloire du monde,
> Et rien que Dieu n'eft permanent.

Ou dans celle-ci de M. Peliffon :

> Grandeur, favoir, renommée,
> Amitié, plaifir & bien,
> Tout n'eft que vent, que fumée :
> Pour mieux dire, tout n'eft rien.

Elle intéreffe par la fineffe de la penfée : comme celle-ci que Defpréaux a traduite de l'Anthologie.

> Quand la derniere fois dans le facré vallon,
> La troupe des neuf Sœurs par l'ordre d'Apollon
>   Lut l'Iliade & l'Odyffée,
> Chacune à les louer fe montrant empreffée :
> Apprenez un fecret qu'ignore l'Univers,
>   Leur dit alors le Dieu des vers.
> Jadis avec Homere aux rives du Permeffe
> Dans ce bois de lauriers, où feul il me fuivoit.
> Je les fis toutes deux : plein d'une douce yvreffe
>   Je chantois; Homere écrivoit.

**Elle eft dans le grec renfermée en un
feul**

feul vers (*a*), & par conféquent elle doit
y avoir beaucoup plus de feu.

Quelquefois c'eft la plaifanterie qui fait
impreffion.

> Dis-je quelque chofe affez belle ?
> L'Antiquité toute en cervelle
> Me dit : Je l'ai dit avant toi.
> C'eft une plaifante donzelle ;
> Que ne venoit-elle après moi ?
> J'aurois dit la chofe avant elle.
>
> *Le Chev. de Cailly.*

Quelquefois c'eft la malignité : comme
dans celle-ci, à une femme qui faifoit la
jolie, & qui apparemment ne l'étoit pas.

> En vain elle fait la mignarde,
> Chaque jour elle s'enlaidit :
> Ce n'eft pas que je la regarde,
> Mais tout le monde me le dit.

Quelquefois c'eft une abfurdité qui n'é-
toit pas attendue. Tel eft ce bon mot de
Caton, rapporté par S. Auguftin.

> Autrefois un Romain s'en vint fort affligé
> Raconter à Caton, que la nuit précédente,
> Son foulier des fouris avoit été rongé :
> Chofe qui lui fembloit tout-à-fait effrayante.

(*a*) Ἕκτωρ μὲν γὰρ, ἰχάξασσι δὲ ἄλλοι Ομηροσ.

Mon ami, dit Caton, reprenez vos esprits :
Cet accident en soi n'a rien d'épouvantable :
Mais si votre soulier eût rompé les souris,
C'auroit été sans doute un prodige effroyable.

M. Barraton.

Tantôt c'est la délicatesse d'un senti-ment :

Elevé dans la vertu,
Et malheureux avec elle,
Je disois : A quoi sers-tu,
Pauvre & stérile vertu !
Ta droiture & tout ton zèle
Tout compté, tout rabattu,
Ne valent pas un fétu ;
Mais voyant que l'on couronne
Aujourd'hui le grand Pomponne,
Aussitôt je me suis tû ;
A quelque chose elle est bonne.

Le Laboureur.

Il y en a où la naïveté est dans la pensée :

Colas est mort de maladie,
Tu veux que je plaigne son sort :
Ami, que veux-tu que j'en die ?
Colas vivoit, Colas est mort.

Goubaut.

L'Epitaphe de La Fontaine a cette naï-veté charmante dans le fond & dans le tour, depuis un bout jusqu'à l'autre :

Jean s'en alla comme il étoit venu,
Mangea le fonds avec le revenu,
Tint les tréfors chofe peu néceffaire.
Quant à fon tems bien le fçut difpenfer ;
Deux parts en fit, dont il foulont paffer
L'une à dormir, & l'autre à ne rien faire.

Celle-ci de S. Gelais n'eft pas moins
naïve :

Un Charlatan difoit en plein marché
Qu'il montreroit le Diable à tout le monde.
Si n'y en eut, tant fut-il empêché,
Qui ne courût pour voir l'efprit immonde.
Lors une bourfe affez large & profonde
Il leur déploie, & leur dit : Gens de bien,
Ouvrez vos yeux, voyez, y a-t-il rien ?
Non, dit quelqu'un des plus près regardans.
Et c'eft, dit-il, le diable, oyez vous bien,
Ouvrir fa bourfe & ne voir rien dedans.

Il y a des tours qui intéreffent par leur
fymmétrie :

Pauvre Didon, où t'a réduite
De tes maris le trifte fort ?
L'un en mourant caufe ta fuite,
L'autre en fuyant caufe ta mort.

Cette épigramme eft heureufement traduite d'Aufone :

Infelix Dido nulli bene nupta marito,
   Hoc pereunte fugis, hoc fugiente peris.

                              M ij

Quelquefois c'est la singularité du tour qui plaît :

> Blanc d'Espagne , couleurs vermeilles ,
> Perles , brillants , pendants d'oreilles ,
> Passemens , juppes de grand prix ,
> On vous étale , on vous promene
> Pour dupper les foibles esprits ,
> Et l'on vous nomme Lisimene.
>
> Gombaut.

Si cette épigramme n'étoit point tournée par l'apostrophe , elle n'auroit rien de piquant ; ce ne seroit qu'une pensée ordinaire : c'est donc au tour qu'on lui a donné , qu'elle doit son éclat.

De toutes les especes de pointes épigrammatiques , il n'y en a guères qui frappent plus que les retours inattendus :

> Un gros serpent mordit Aurele ,
> Que croyez-vous qu'il arriva ?
> Qu'Aurele en mourut : bagatelle !
> Ce fût le serpent qui creva.

En voici un autre exemple dans un petit conte heureusement tourné.

> Au mois de Mai se baignant dans la Seine
> Certain Badaut y tomba dans un creux.
> Quelques nageurs se donnerent la peine
> De l'en tirer : c'en étoit fait sans eux.

Il rappella ses esprits doucement,
Tant qu'à la fin ayant repris courage,
Beau sire Dieu, cria-t-il hautement,
De me baigner si désormais l'envie
Me revenoit, daignez me la changer,
Oncque dans l'eau n'entrerai, de ma vie,
Qu'auparavant je ne sache nager.

L'esprit suivoit paisiblement le récit, croyant arriver à quelque protestation naturelle en pareil cas ; il semble même qu'on la lui promettoit : mais tout-à-coup il se sent rejetté brusquement sur une autre idée dont il étoit fort éloigné.

Les épigrammes qui n'ont de sel que le jeu de mots ou l'équivoque, sont aujourd'hui celles qu'on estime le moins, soit à cause de la facilité de les faire, ou de leur ressemblance avec les turlupinades, ou enfin parce qu'elles marquent un esprit occupé à chercher des rapports trop petits entre les sons, & les différentes acceptions des mots.

La troisiéme qualité de l'Epigramme est que la pensée soit *heureusement présentée.* La premiere chose pour que cela soit, est de choisir l'espece de vers qui lui convient. Chaque pensée a une configuration qui lui est comme naturelle. Si

M iij

en l'exprimant, on ne la jette pas dans
la forme qui lui convient, elle perd une
grande partie de son mérite. Si c'est en
latin qu'on l'exprime, & qu'elle soit sym-
métrique, elle demande les vers élégiaques, comme dans l'épigramme d'Au-
sonne : *Infelix Dido*. Quelquefois elle
veut le vers hendecasyllabe, le plus doux
des vers latins, comme dans celle-ci de
Catulle sur la mort d'un moineau.

> Lugete ô Veneres, Cupidinesque,
> Et quantum est hominum venustiorum,
> Passer mortuus est meæ puellæ,
> Passer deliciæ meæ puellæ,
> Quem plus illa oculis suis amabat ;
> Nam mellitus erat, suamque norat
> Ipsam tam bene quàm puella, matrem ;
> Nec se se à gremio illius movebat.
> Sed circumsiliens modò huc, modò illuc,
> Ad solam Dominam usque pipilabat.
> Qui nunc it per iter tenebricosum,
> Illuc unde negant redire quemquam.
> At vobis malè sit, malæ tenebræ
> Orci, quæ omnia bella devoratis,
> Tam bellum mihi passerem abstulistis.
> O factum malè ! ô miselle passer !
> Tuâ nunc operâ meæ puellæ
> Flendo turgiduli rubent ocelli.

Il ne s'agit point de traduire ce morceau ; nous ne le citons que comme un

exemple de forme , & cette forme ne pourroit être représentée dans aucune traduction. D'ailleurs quand les ouvrages sont portez à un certain degré de délicatesse , ils sont *intraduisibles.* Je ne sais si Madame Deshoulieres , dont le tour d'esprit approchoit tant de celui de Catulle , auroit été assez heureuse pour en rendre une partie. Peut-être que Catulle lui-même en auroit perdu beaucoup , s'il eut pris l'hexametre , ou le pentametre , ou l'iambe , au lieu de l'hendecasyllabe , qui a seul cette simplicité presque prosaïque , qui va si bien avec le sentiment.

Il y a la même chose à faire dans nos vers françois que dans ceux des latins ; soit pour toute la piéce , qui doit être tantôt en vers héroïques , tantôt en petits vers ; soit pour le mélange des vers , qui peuvent être grands ou petits ; soit pour l'assortiment des rimes , qui faisant symmétrie de proche en proche , ou de loin à loin , produisent sur l'oreille des effets très-différens selon la différence des arrangemens. On le sentira dans cette épigramme de Rousseau :

Chrysologue toujours opine
C'est le vrai Grec de Juvenal.

Tout ouvrage, toute doctrine
Ressortit à son tribunal.
Faut-il décider de Physique ?
Chrysologue est physicien.
Voulez-vous parler de musique ?
Chrysologue est musicien.
Que n'est-il point ? docte critique,
Grand poëte, bon scolastique,
Astronome, grammairien,
Il est-ce tout ? il est politique,
Jurisconsulte, historien,
Platoniste, cartésien,
Sophiste, rhéteur, empirique :
Chrysologue est tout, & n'est rien.

Si cette piéce eut été en grands vers,
les rimes revenant moins souvent, auroient moins de fois frappé l'oreille, &
par-là l'énumération dont il s'agit, auroit été moins sensible. Il a fallu pour
la même raison, que les rimes fussent les
mêmes depuis le commencement de l'é-
numération jusqu'à la fin. Enfin si le poëte
eût fait un mélange de vers grands &
petits, l'harmonie auroit été moins vive,
& le nombre moins marqué : or il falloit
qu'il le fût beaucoup dans une énumération.

Si on ne peut pas se rendre assez maître de la forme de la pensée pour que le

vers foit de même d'un bout à l'autre de l'épigramme ; il faut au moins que la chûte ait la forme qui lui convient. Peut-être même que ce fera un mérite pour l'épigramme d'avoir des vers de différentes mefures : elle en aura plus de naïveté & plus de, force, parce que chaque partie de la penfée fera rendue avec juftefse, & fans fuperfluité, ce qu'on fouhaite furtout dans l'épigramme.

Le fecond objet qu'on doit confidérer dans la maniere de préfenter la penfée de l'épigramme, c'eft qu'elle ait tout fon fel & tout fon éclat. Un Ecrivain habile qui fait un difcours fuivi, rencontre quelquefois, en chemin faifant, des épigrammes ; mais il en brife la pointe, afin de les faire entrer mieux dans le tiffu de l'ouvrage, & qu'elles y faffent corps avec le refte. L'Epigrammatifte, au contraire, tire une penfée d'un difcours, où elle faifoit partie ; & l'aiguife avec une forte d'affectation, pour la faire briller. Pour fentir cette différence, il fuffit de comparer l'épigramme de Rouffeau que nous venons de citer avec l'endroit de Juvenal cité par Rouffeau lui-même. « Ce pe- » tit Grec qui nous eft venu, eft gram-

» mairien, rhéteur, géometre, peintre,
» baigneur, augur, danfeur de corde,
» médecin, magicien, il fait tout : il ira
» au ciel, fi vous voulez. » La même penfée rendue par le poëte françois a beaucoup plus d'éclat, à caufe de l'antithèfe,
qui préfente, dans un vers très-petit, deux
idées que leur choc fait étinceller : Chry-
fologue eft *tout*, & *n'eft rien*. Le poëte
latin a jugé à propos de laiffer à fon lecteur le foin de tirer cette conféquence :
il s'eft contenté de le mettre fur les voies :
ce qu'il a fait, en attribuant au petit Grec,
des talens qui ne peuvent fe réunir dans
la même perfonne.

Le troifiéme objet regarde l'élocution,
le ftyle. Il eft permis dans un ouvrage
de longue haleine de fommeiller quelquefois. On pardonne alors un moment
d'oubli : fouvent même une petite tache
ne s'apperçoit point. Mais dans une épigramme on ne pardonne rien, & le moindre défaut faute aux yeux fur le champ.
On veut que toutes fes parties foient liées
entr'elles intimement; qu'elles jouent avec
aifance ; que l'oreille ne foit furchargée
d'aucun mot, d'aucune fyllabe; qu'elle
ne foit offenfée d'aucun fon dur, fec,

traînant, fifflant ; que l'efprit ne foit em-
barafsé d'aucune conftruction peineufe,
d'aucune ellipfe forcée, d'aucune idée
inutile, ou trop recherchée ; en un mot,
que la penfée foit habillée d'une façon
décente & ferrée, & que cependant elle
foit à fon aife. Cela doit être dans tout
ouvrage bien écrit : mais on l'exige fur-
tout dans l'épigramme. D'où il fuit qu'il
n'eft point jufte de dire que, pourvû que
la pointe foit rendue heureufement, tout
eft fait dans l'épigramme. La pointe eft
la partie principale, il eft vrai ; mais elle
doit néanmoins quelque chofe de fon mérite aux autres parties qui la préparent &
qui l'annoncent.

Il n'eft pas difficile après tout ce que
nous venons de dire, de marquer les défauts qui fe rencontrent dans le genre
épigrammatique. Nous ne parlons point
des obfcénitez, qui ne peuvent plaire qu'à
la canaille, & que les Payens mêmes ont
condamnées par-tout. Nous ne parlons
point des épigrammes méchantes, qui
déchirent la réputation : chacun eft inté-
reffé à les haïr : elles marquent de l'inhumanité dans ceux qui les font, & au moins
de la malignité dans ceux qui les lifent

avec plaisir. Il ne s'agit que des défauts
qui ont rapport au goût.

La fausseté de la pensée est un des plus
grands qui se puissent trouver dans l'épigramme. Elle laisse dans l'ame une certaine fadeur mêlée de dépit. Quoi de
plus déplaisant que cette prétendue épigramme d'un homme, dont la maîtresse
seroit mise dans un couvent?

Quoique par une étrange & soudaine rigueur
Il semble qu'aujourd'hui Climene me confonde,
Le cloître ne doit point étonner ma langueur :
Et c'est le seul espoir où mon ame se fonde,
Que n'ayant plus le choix de sortir de mon cœur,
Il est bien mal aisé qu'elle sorte du monde.

Cependant si la fausseté étoit rachetée
par quelque agrément, la pensée, quoique fausse, pourroit devenir un jeu d'esprit, & plaire autant que la vérité. En
voici un exemple :

Blaise voyant à l'agonie
Lucas qui lui devoit cent francs,
Lui dit, toute honte bannie,
Çà payez-moi vite, il est tems.
Laissez-moi mourir à mon aise,
Répondit foiblement Lucas :
Oh! parbleu vous ne mourrez pas,
Que je ne suis payé, dit Blaise.

La fauſſeté de cette penſée eſt évidente, & c'eſt ce qui en fait tout le mérite.

On blâme auſſi les équivoques, quand elles ſont tirées de trop loin, comme celle-ci :

> Bien qu'on vous appelle Angelique,
> Je tiens que c'eſt mal appellé :
> Si vos yeux m'ont enſorcelé,
> N'êtes-vous pas diabolique ?

Angelique eſt pris en deux ſens : comme un nom propre de femme, & en même tems comme un adjectif qui ſignifie toute autre choſe.

Mais quand elles ſont ſimples, aiſées, & qu'elles exercent finement l'eſprit, on n'eſt pas fâché de les trouver à la fin d'une épigramme, quoiqu'en ayent dit certains Auteurs. Par exemple, celle-ci ne déplaît point :

> Huiſſiers, qu'on faſſe ſilence,
> Dit en tenant l'audience
> Un Préſident de Baugé.
> C'eſt un bruit à tête fendre ;
> Nous avons déja jugé
> Dix cauſes ſans les entendre. *M. Barralon.*

Les hyperboles ſont ordinairement froides : témoin la penſée d'un certain Grec, qui dit que Diane laiſſa brûler ſon temple d'Ephèse, parce que cette nuit, elle étoit occupée de l'accouchement de l'Olympiade, qui mettoit au monde Alexandre le grand. Cette pensée est si froide, dit un critique, qu'elle auroit pû éteindre le feu du temple qui brûloit. Voilà deux hyperboles aussi extravagantes qu'on puisse en trouver. Cependant si l'hyperbole se trouvoit jointe à la délicatesse, ou à la finesse, on ne seroit plus en droit de la blâmer. Telle est celle-ci de M. de la Monnoye :

Roch est un homme fort secret.
Ami, reconnois à ce trait
Sa discrétion sans pareille.
L'autre jour s'approchant de moi,
Il me dit tout bas à l'oreille
Que Louis étoit un grand Roi.

Cette épigramme est une traduction de Martial.

Voici l'original latin, *Lib. I. Ep.* 90.

Garris in aurem semper omnibus, Cinna,
Garris & ill. d'usit quod licet turbâ.
Rides in aurem, quereris, arguis, ploras,
Cantas in aurem, judicas, taces, clamas.
Adeoxe penitus sedet hic tibi morbus,
Ut sape in aurem, Cinna, Cæsarem laudes.

Les pensées basses qui sans être ordu-

vieres, portent avec elles un certain caractère d'âmes viles, de mauvaise éducation, doivent être bannies de l'épigramme. Telle est celle-ci de Scarron :

> Cy gist qui se plût tant à prendre,
> Et qui l'avoit si bien appris,
> Qu'elle aima mieux mourir que tendre,
> Un lavement qu'elle avoit pris.

En un mot, il n'y a guères de genre, où
il y ait plus de mauvais que dans celui-ci,
& cela pour plusieurs raisons. C'est par-là
que commence ordinairement le plus
mince rimeur. D'ailleurs, comme ce sont
les circonstances qui font quelquefois
tout le prix d'une épigramme, elle paroît froide, quand ces circonstances sont
changées. Enfin la plûpart de ceux qui se
mêlent d'en faire, ne les font que par
art. Ils retournent les pensées, les prennent à contresens, les déguisent, &
quand par une sorte de manége méta-
physique, ils sont venus à bout de faire
étinceller une bluette, ils se croient peres d'un bon mot. Les vraies épigrammes
ne se font pas ainsi. Elles doivent être
puisées dans le bon sens, assaisonnées d'un
sel fin, tournées d'une maniere agréable :
ce qui demande du génie, de l'esprit &

un naturel accordé à très-peu de perfonnes.

III.
*Sur le Madrigal, le Sonnet, le Rondeau,
& le Triolet.*

On rapporte ordinairement à l'Epigramme ces quatre efpeces de petits poëmes, qui ont cela de commun avec elle,
de n'être qu'une penfée intéreffante préfentée heureufement. La feule différence
qui les caractérife, eft la nature même
de la penfée, ou l'affortiment des vers.

Le Madrigal differe par le caractère
de la penfée. L'Epigramme peut être douce, polie, mordante, maligne, &c. pourvû
qu'elle foit vive, c'eft affez. Le Madrigal
au contraire a une pointe toujours douce, gracieufe, qui n'a de piquant que
ce qu'il lui en faut pour n'être pas fade.
Sa naïveté eft plutôt dans le tour même
que dans la penfée, laquelle a toujours une
certaine fleur d'efprit. En voici un qu'on
cite ordinairement pour exemple, & qui
peut fervir de modéle : il eft de Pradon,
de ce poëte fi fouvent opprimé des fifflets
du parterre. C'eft une réponfe à quelqu'un,
qui lui avoit écrit avec beaucoup d'efprit.

Vous

Vous n'écrivez que pour écrire :
C'est pour vous un amusement.
Moi, qui vous aime tendrement,
Je n'écris que pour vous le dire.

Il y a de l'esprit dans ce madrigal ; mais il n'y en a qu'autant qu'il en faut pour assaisonner le sentiment : le tour est délicat, il est simple, il est doux. C'est tout ce qu'on peut souhaiter dans un madrigal bien fait.

Le Sonnet est un poëme de quatorze vers, qui demande tant de qualitez, qu'à peine entre mille, on peut en trouver deux ou trois qu'on puisse louer. Despréaux dit que le Dieu des vers

Lui-même en mesura le nombre & la cadence,
Défendit qu'un vers foible y pût jamais entrer,
Ni qu'un mot déja mis osât s'y remontrer.

Voilà pour la forme naturelle du Sonnet.

Il y a outre cela la forme artificielle, qui consiste dans l'arrangement & la qualité des rimes : le même Despréaux l'a exprimée fort heureusement : Apollon

Voulut qu'en deux quatrains de mesure pareille,
La rime avec deux sons frappât huit fois l'oreille,
Et qu'ensuite six vers artistement rangez
Fussent en deux tercets par le sens partagez.

Tome III. N

Le tercet commence par deux rimes semblables, & l'arrangement des quatre derniers vers est arbitraire.

Le Sonnet de Des-Barreaux est si fameux, qu'il doit naturellement être cité pour exemple :

1. *Quatrain.*

Grand Dieu, tes jugemens sont remplis d'équité.
Toujours tu prends plaisir à nous être propice.
Mais j'ai tant fait de mal que jamais ta bonté
Ne me pardonnera qu'en blessant ta justice.

2. *Quatrain.*

Oui, Seigneur, la grandeur de mon impiété
Ne laisse à ton pouvoir que le choix du supplice.
Ton intérêt s'oppose à ma félicité,
Et ta clémence même attend que je périsse.

1. *Tercet.*

Contente ton désir, puisqu'il t'est glorieux :
Offense-toi des pleurs qui coulent de mes yeux :
Tonne, frappe, il est tems, rends-moi guerre pour guerre.

2. *Tercet.*

J'adore en périssant la raison qui t'aigrit.
Mais dessus quel endroit tombera ton tonnerre,
Qu'il ne soit tout couvert du sang de Jesus-Christ ?

Ce poëme est d'une très-grande beau-

té. On y voit une chaîne d'idées nobles,
exprimées sans affectation, sans contrainte, & des rimes amenées de bonne grace.

C'est la naïveté qui fait le caractère du
Rondeau, il admet les tours gaulois, qui
semblent conserver encore cet air rond
& sans façon que nous supposons volon-
tiers à nos peres, parce que nous nous
croyons plus fins qu'eux.
Le Rondeau est composé de treize vers
avec deux refrains. Les vers sont sur deux
rimes, huit masculines & cinq féminines, ou sept masculines & six féminines.
Le premier refrain est après le huitiéme
vers, & le dernier après le treiziéme.
Outre cela il y a un repos nécessaire après
le cinquiéme vers. Voilà le tecnique, le
méchanique du Rondeau. En voici un
exemple, qui contient ces regles mêmes.

> *Ma foi c'est fait de moi : car Isabeau*
> M'a conjuré de lui faire un Rondeau :
> Cela me met en une peine extrême.
> Quoi treize vers, huit en *eau*, cinq en *ême* !
> Je lui ferois aussitôt un batteau.
> En voilà cinq pourtant en un monceau.
> Faisons-en huit en invoquant Brodeau,
> Et puis mettons par quelque stratagême,
> *Ma foi c'est fait.*

N ij

Si je pouvois encor de mon cerveau
Tirer cinq vers, l'ouvrage seroit beau.
Mais cependant me voilà dans l'onziéme,
Et si je crois que je fais le douziéme.
En voilà treize ajustez au niveau.
    Ma foi, c'est fait.

Le refrain doit être toujours lié avec la pensée qui précéde, & en terminer le sens d'une maniere naturelle : & il plaît surtout, quand, représentant les mêmes mots, il présente des idées un peu différentes, comme dans celui-ci de Malleville.

Coiffé d'un froc bien raffiné,
Et revêtu d'un Doyenné
Qui lui rapporte de quoi frire,
Frere René devient Messire,
Et vit comme un déterminé.
Un Prélat riche & fortuné
Sous un bonnet enluminé,
En est, s'il le faut ainsi dire,
    Coiffé.

Ce n'est pas que frere René
D'aucun mérite soit orné ;
Qu'il soit docte, qu'il sache écrire ;
Ni qu'il dise le mot pour rire :
Mais c'est seulement qu'il est né
    Coiffé.

Le Triolet est une espece de Rondeau, dont la beauté consiste dans le retour de la même pensée pour faire partie d'une autre pensée.

> Le premier jour du mois de Mai
> Fut le plus heureux de ma vie.
> Le beau dessein que je formai,
> Le premier jour du mois de Mai !
> Je vous vis & je vous aimai.
> Si ce dessein vous plût, Silvie,
> Le premier jour du mois de Mai
> Fut le plus heureux de ma vie.
>
> *Ranchin.*

Rien n'est si doux ni si naïf. Cependant les regles sont dures & austeres ; & c'est-là ce qui en fait le mérite.

Après avoir traité tous les genres de poësie & leurs especes, seroit-il hors de propos d'imiter ici la conduite de quelques-uns de nos historiens modernes, qui après avoir dressé & exécuté leur récit selon les regles de l'art, offrent au lecteur curieux les piéces justificatives de ce qu'ils ont raconté ? Les titres originaux de tous les beaux Arts sont dans la nature. Mais il n'est point d'auteur qui en ait fait un extrait plus fidéle & plus précis qu'Horace dans son Art poëtique. Tout le monde en convient. Cet ouvrage est regardé généralement comme le code de la raison

N iij

& du bon fens, dans ce qui concerne les Arts. Suppofé donc que tous les principes que nous avons établis jufqu'ici, fe retrouvent dans cet Ouvrage fameux ; l'Expofition que nous allons en faire, fera un nouveau degré de lumiere qui fe réfléchira fur tout ce que nous avons dit.

EXPOSITION
DE L'ART POETIQUE D'HORACE.

AVANT que d'entrer en matiere, il il faut nous arrêter un moment, pour prendre quelques idées fur la maniere dont fe font formez les Arts.

On a droit de demander à quiconque entreprend d'expliquer l'Art poëtique, ce que c'eft qu'un Art, comment les Arts fe font formez, qu'elles en font les différentes efpeces, & de quelle efpece eft la Poëfie.

Un art eft une collection, ou un recueil de régles fur la maniere de faire bien, ce qui peut être fait bien ou mal. Car ce qui ne peut être fait que bien, ou que mal, n'a pas befoin d'art.

Ces regles ne font que des principes généraux tirez d'obfervations plufieurs fois répétées, & toûjours vérifiées par la répétition. Par exemple, on a obfervé qu'un orateur indifpofoit fes auditeurs, lorfqu'en commençant, il montroit de l'orgueil, de l'impudence : on en a tiré la regle générale qui veut que tout exorde foit modefte. Ainfi toute obfervation contient un précepte, & tout précepte naît d'une obfervation.

Le premier inventeur des arts eft le befoin. C'eft le plus ingénieux de tous les maîtres, & celui dont les leçons font le mieux écoutées. Jetté en naiffant, comme le difent Lucréce & Pline, nud fur la terre nuë, ayant au dehors de lui le froid, le chaud, l'humide, les chocs des autres corps, au-dedans la faim, la foif, qui l'avertiffoient vivement de fonger aux remedes, l'homme ne put refter longtems dans l'inaction. Il fe fentit forcé de chercher des moyens; il en trouva. Quand il les eut trouvez; il les perfectionna, pour les rendre d'un ufage plus fûr, plus facile, plus complet, quand le befoin renaîtroit.

Ainfi quand il eut fenti, par exemple, l'incommodité de la pluie, il chercha un abri. Si ce fut quelque arbre touffu; il s'avisa bientôt, pour mieux assurer le couvert, d'en serrer les branches, de les entrelacer, de joindre entre elles celles de plusieurs arbres, afin de se procurer un toît plus étendu & plus commode, pour sa famille, pour ses provisions, pour quelques troupeaux. Enfin les observations s'étant multipliées, l'industrie & le goût ayant ajouté de jour en jour aux premiers essais quelque chose de nouveau, soit pour consolider l'édifice, soit pour l'embellir, il s'est formé avec le tems cette suite de préceptes qu'on a appellée Architecture, & qui est l'art de faire des demeures solides, commodes & décentes.

Les mêmes observations furent faites sur toutes les autres parties qui ont rapport aux moyens de conserver la vie, ou de la rendre plus aisée & plus douce : c'est de-là que sont venus les Arts mécaniques.

Quand on eut pourvû au nécessaire & au commode, il n'y avoit plus qu'un pas pour arriver à l'agrément. Car le commode tient une espece de milieu entre le nécessaire & l'agréable ; puisqu'il n'est autre chose qu'un nécessaire aisé débarrassé de peines, &, que, d'un autre côté, l'agrément ne femble être qu'un degré de commodité de plus.

Les Arts d'agrément font donc ceux dont on peut fe paffer fans gêne ; mais qui femblent répandre plus de douceur fur la vie, quand une fois on les a connus. Ils font faits principalement pour le goût, pour le plaifir. Tels font la Peinture, la Poëfie, la Mufique.

Ainfi l'objet de tous les Arts eft de fervir ou d'embellir la fociété : & c'eft de-là que naiffent les deux efpeces d'arts, de fervice, & d'agrément.

Le fonds de tous les arts eft la nature. Le Créateur a placé là toutes les provifions de la vie humaine.

. Nous avons deux manieres de les en tirer. La premiere eft d'employer la nature elle-même, de la faire fervir telle qu'elle eft à nos ufages : c'eft l'objet des arts qu'on appelle méchaniques. La feconde eft de l'imiter feulement dans ce qu'elle a, ou dans ce qu'elle fait : c'eft le point de vûe des beaux Arts.

La Poëfie eft un des beaux Arts (*a*) : par conféquent l'Art poëtique doit être un recueil de préceptes pour imiter la na-

(*a*) Voyez le Tom. 1.

ture d'une maniere qui plaife à ceux pour qui on fait cette imitation.

Or pour plaire dans les ouvrages d'imitation, il faut 1°. faire un certain choix des objets qu'on veut imiter : 2°. les imiter parfaitement : 3°. donner à l'expreffion par laquelle on fait l'imitation, toute la perfection qu'elle peut recevoir. Cette expreffion fe fait par les mots dans la Poëfie ; donc les mots doivent y avoir toute la perfection poffible. C'eft à ces trois objets que fe rapportent toutes les regles de la Poëtique d'Horace.

De ces trois points, les deux premiers font communs à tous les arts imitateurs : par conféquent tout ce qu'Horace en dira, peut convenir exactement à la Mufique, à la Danfe, à la Peinture. Et même comme l'Eloquence & l'Architecture empruntent quelque chofe des beaux Arts, il peut auffi leur convenir jufqu'à un certain point. Quant au troifiéme article ; fi on en confidere les regles détaillées, elles conviennent à la Poëfie feule, de même que les regles du coloris ne conviennent qu'à la Peinture, celle de l'intonation qu'à la Mufique, celles du gefte qu'à la Danfe. Cependant les regles générales,

les principes fondamentaux de l'expreſſion ſont encore les mêmes. Il faut que
tous les arts, quelque moyen qu'ils em-
ploient pour s'exprimer, s'expriment avec
juſteſſe, clarté, aiſance, décence. Ainſi
les préceptes généraux de l'élocution poëtique ſont les mêmes pour la Muſique,
pour la Peinture, & pour la Danſe. Il n'y
a de différence que dans ce qui tient eſ-
ſentiellement aux mots, aux tons, aux
geſtes, aux couleurs. Voilà quelle eſt l'é-
tendue de l'Art poëtique, & ſur-tout de
celui d'Horace; parce que l'auteur s'éleve
ſouvent juſqu'aux principes, pour donner à ſes lecteurs une lumiere plus vive,
plus ſûre, & leur montrer plus de choſes à la fois, s'ils ont aſſez d'eſprit pour
les bien comprendre.

TRADUCTION
DE L'ART POETIQUE D'HORACE.

I.

» Si un peintre s'aviſoit de mettre une

ARS POETICA.

Humano capiti cervicem pictor equinam
Jungere ſi velit, & varias inducere plumas,

» tête humaine (*a*) sur un cou de cheval,
» & d'y joindre des membres de toutes
» especes, qui seroient revêtus de plumes
» de différens oiseaux, de maniere que
» le haut de la figure représentât une
» belle femme, & l'autre extrémité un
» poisson hideux ; je vous le demande,
» Pisons (*b*), pourriez-vous vous empê-
» cher de rire à la vûe d'un tableau de
» cette espece ?

  » C'est précisément l'image d'un livre
» qui ne seroit rempli que d'idées vai-
» nes, figurées au hazard (*c*), à-peu-

Undique collatis membris : ut (*d*) turpiter atrum
Desinat in piscem mulier formosa supernè :
Spectatum admissi risum teneatis amici !
Credite, Pisones, isti tabulæ fore librum

(*a*) On a traduit *tête humaine* & non *tête d'homme*. Il s'agit de la tête d'une belle femme : *Mulier formosa superne*. Une tête d'homme seroit un mauvais effet sur un cou de cheval ; mais un beau visage de femme y seroit encore plus étrange.

(*b*) C'est Lucius Pison, & ses enfans. Le pere fut Consul avec Drusus Libon, l'an de Rome 738. Il eut la confiance d'Auguste. C'étoit un homme de goût, à en juger par ce qu'en dit Horace.

(*b*) *Vanæ species*, signifie ou des images qui ne sont point terminées, ou des assemblages qui n'ont point de modéle dans la nature, qui ne portent sur rien, *vanæ*.

(*c*) C'est ainsi qu'il faut lire ; & non *aut*, sans quoi il y auroit deux tableaux. Or il n'y en a qu'un, *isti tabulæ*. D'ailleurs toutes les parties de ce tableau se concilient autant qu'elles doivent le faire dans un assemblage monstrueux.

» près comme les délires d'un malade :
» de sorte que ni les pieds, ni la tête,
» ni aucune partie n'iroit à former un
» tout d'une seule nature (a).

» Les Peintres, direz-vous, & les Poëtes
» ont toujours eu le pouvoir de tout oser.

» J'en conviens : c'est un droit qu'ils
» se demandent & qu'ils s'accordent mu-
» tuellement. Mais c'est à condition
» qu'on n'abusera pas de ce droit pour
» allier ensemble les contraires, & qu'on
» n'ira point accoupler les serpens avec
» les oiseaux, ni les agneaux avec les
» tigres.

» Quelquefois après un début pom-
» peux & qui annonce de grandes cho-
» ses, on étale quelque lambeau de pour-

Persimilem, cujus, velut ægri somnia, vanæ
Fingentur species : ut nec pes, nec caput uni
Reddatur formæ. Pictoribus atque poëtis
Quidlibet audendi semper fuit æqua potestas.
Scimus : & hanc veniam petimusque damusque vicissim.
Sed non ut placidis coeant immitia : non ut
Serpentes avibus geminentur, tigribus agni.

Inceptis gravibus plerumque, & magna professis

(a) *Uni formæ.* C'est ce | ce composé du genre & de
que nous appellons une seule | la différence, & des pro-
nature : *forma* signifie espe- | priétez.

» pre qui brille : on décrit un bois fom-
» bre, quelque autel de Diane (*a*) , ou les
» détours d'un ruiffeau qui fuit dans une
» riante prairie, ou les flots du Rhin,
» ou l'arc célefte formé par la pluie.
» Mais ce n'étoit pas le lieu. Vous favez
» rendre fidélement un cyprès. Qu'im-
» porte, fi celui qui vous paie pour le
» peindre, a brifé fon vaiffeau, & nage
» fans efpoir au milieu des flots. A vous
» voir commencer, vous alliez donner
» un vafe majeftueux : la roue tourne (*b*) ;
» il ne fort qu'un chétif pot à l'eau. En-
» fin quelque fujet que vous traitiez, qu'il
» foit fimple & un (*c*).

Purpureus, latè qui fplendeat, unus, & alter
Affuitur pannus : cùm lucus, & ara Dianæ,
Et properantis aquæ per amœnos ambitus agros,
Aut flumen Rhenum, aut pluvius defcribitur arcus.
Sed nunc non erat is locus. Et fortafsè cupreffum
Scis fimulare. Quid hoc, fi fractis enatat expes
Navibus, ære dato qui pingitur ? amphora cœpit
Inftitui : currente rotâ cur urceus exit ?
Denique fit quodvis fimplex dumtaxat, & unum.

(*a*) Diane déeffe des fo- | tier, qui tourne pour figu-
rêts avoit des autels dans les | rer le vafe.
bois. | (*c*) *Quodvis*, quelque cho-
    (*b*) C'eft la roue d'un pot- | fe que ce foit.

» Il y a une apparence du bon qui
» trompe les poëtes. Vous ne l'ignorez
» pas, Pere illustre, & vous Fils dignes
» d'un tel pere. Je tâche d'être court;
» je deviens obscur. Je veux être déli-
» cat, poli; j'ôte l'ame & les nerfs. Ce-
» lui qui veut aller au grand, est enflé.
» Celui qui craint l'orage & le dan-
» ger (*a*), rampe à terre. De même
» un poëte, qui veut varier un sujet par
» un merveilleux bizarre, peint un dau-
» phin dans les bois, & un sanglier dans
» les flots. La crainte d'une faute nous
» jette dans une autre, quand on ne sait
» point l'art. On verra auprès de l'é-
» cole d'Emilius, l'artiste le plus médio-

Maxima pars vatum, pater, & juvenes patre digni,
Decipimur specie recti. Brevis esse laboro,
Obscurus fio. Sectantem lævia nervi
Deficiunt, animique. Professus grandia turget:
Serpit humi, tutus nimium, timidusque procellæ.
Qui variare cupit rem prodigialiter unam;
Delphinum sylvis appingit, fluctibus aprum.
In vitium ducit culpæ fuga, si caret arte.
Æmilium circa ludum faber imus & ungues

(*a*) *Tutus nimium*, c'est | qui veille trop à sa conser-
à-dire, *qui tuetur se nimis*, | vation, qui a peur.

» cre (*a*) exprimer parfaitement les on-
» gles, & imiter avec le bronze la moleffe
» des cheveux : mais fon travail demeurera
» imparfait, parce qu'il ne fait point faire
» un tout. Si je voulois compofer quel-
» que ouvrage, je ne fouhaiterois pas plus
» de reffembler à cet homme, que d'a-
» voir un nez difforme avec une belle
» chevelure & de beaux yeux.

Tout ce morceau eft rempli de préceptes qui regardent l'unité. Mais comme ils
font la plûpart couverts d'allégorie, il s'a-
git de lever l'enveloppe, & de les montrer eux-mêmes tels qu'ils font.

D'abord, qu'eft-ce que l'unité dans un
être compofé de parties différentes ? Elle
confifte, je crois, dans le rapport & la
proportion des parties réunies pour for-

Exprimet, & molles imitabitur ære capillos :
Infelix operis fummâ, quia ponere totum
Nefciet. Hunc ego me, fi quid componere curem,
Non magis effe velim, quàm pravo vivere nafo
Spectandum nigtis oculis, nigroque capillo.

(*a*) *Faber imus.* Sans cher- | ouvriers faura finir des pe-
cher fi loin le fens du mot | tites parties, comme des on-
imus, on peut dire qu'il fi- | gles, des cheveux ; mais il
gnifie *le plus foible, le moins* | ne faura pas faire un tout.
habile, Le dernier de ces |

mer

mer un tout complet, c'est-à-dire, un tout auquel il ne manque rien, & qui n'ait rien de trop.

Ainsi un tout est un , quand il y a rapport & proportion dans la nature, ou la qualité des parties & dans la grandeur de ces mêmes parties ; quand il y a ce même rapport entre la forme & le fond , & que toutes les parties extérieures & intérieures , ont un degré égal de perfection. Telle est l'étendue qu'Horace semble donner à l'unité dans le morceau que nous venons de traduire. Voici les principes qu'il renferme.

Que les parties soient faites pour aller ensemble. Pour mettre ce précepte dans un beau jour, le poëte le présente dans un exemple du contraire. Voici des parties : Une belle tête de femme, un cou de cheval, un pied de chèvre, un de tigre , un corps d'oiseau, une queue de poisson. Réunissez ces parties ; vous en faites un tout monstrueux. D'où il faut conclure que toute partie n'est pas faite pour aller avec toute autre partie. La nature est le modéle des combinaisons : c'est elle que l'art doit imiter : c'est sur son exemple que les artistes doivent se

Tome III. O

regler. Si quelquefois la nature s'égare
& produit des affemblages monftrueux ;
ce font des erreurs que l'art doit éviter,
& le génie qui s'aviferoit de les imiter,
prouveroit une forte de maladie & de
délire dans l'imitateur.

*Les artiftes ont des licences : mais ces
licences ont leurs bornes.* Ces bornes font
tracées dans l'exemple même de la nature. L'Artifte peut réunir dans fes fictions ce qui eft féparé dans le vrai, féparer ce qui eft uni. Il peut tranfpofer,
étendre, diminuer quelques parties ; mais
il faut toujours que la nature le guide.
Il n'ira point nous peindre des ifles vo-
lantes dans les airs : ce n'eft pas là qu'elles font dans la nature : ou fi, par une
conceffion toute gratuite, on lui permet
d'en feindre dans quelque jeu d'imagination, fuppofé qu'il y mette des villes,
des plantes, on ne lui permettra pas de
dire que la racine des arbres eft en haut,
& le feuillage en bas, que chaque maifon eft plus grande que la ville entiere.
Ce feroit dire que les ferpens s'accou-
plent avec les oifeaux, & les brebis avec
les tigres.

En quoi donc confifte la liberté des

poëtes ? Elle confiste à ôter des sujets
qu'ils traitent , tout ce qui pourroit y déplaire , & à y mettre tout ce qui peut
y plaire , sans être obligé de suivre la
vérité. Ils prennent du vrai ce qui leur
convient, & remplissent les vuides avec
des fictions. Et pourvû que les parties,
soit feintes , soit vraies, aient un juste
rapport entre elles , & qu'elles forment un
tout qui paroisse naturel , c'est tout ce
qu'on leur demande. Le génie n'a point
passé ses droits.

La forme doit être une. Vous avez commencé sur un ton grave & austere , &
tout-à-coup vous vous jettez dans des
descriptions dignes d'un jeune homme.
Au lieu d'un tissu serré & uniforme , on
voit des découpures de loin à loin , qui
paroissent des ornemens d'attache ,à-peu-
près comme un lambeau de pourpre sur
la toile : cela est beau : mais ce n'étoit
pas le lieu : *Nunc non erat is locus.* L'uniformité manque.

Tout doit sortir du sujet. C'est le sujet
qui fait le centre de l'unité. Vous savez
faire des portraits : mais il falloit raison-
ner , & prouver par des argumens. Vous
faites concerter des antithèses , & c'est le

O ij

pere, le libérateur de la patrie qui eſt mort : vous devriez fondre en larmes, & vous donnez des bluettes à l'eſprit.

Il y a toujours une partie dans l'ar-tiſte plus forte que les autres. Horace avertit de ne pas trop s'y livrer. Celui qui ſait argumenter, argumente ſans fin. Celui qui a de l'eſprit, en met par-tout. L'homme d'imagination met tout en ta-bleau. Mais il faut voir ſi le ſujet le de-mande ; & s'il ne le demande pas, l'ar-tiſte doit faire courageuſement le ſacrifi-ce. On lui demande des flots, il faut pein-dre des flots, & non des arbres.

La proportion ſera dans les parties. C'eſt ce qu'Horace fait entendre par ce vaſe qui a commencé de maniere à faire eſperer du grand & du noble, & qui ſe réduit à un méchant pot à l'eau. Cela peut ſignifier, ou un exorde pompeux, auquel la ſuite ne répond pas pour la di-gnité : ou un frontiſpice trop étendu, & auquel l'édifice ne répond pas pour la grandeur : ou enfin l'orgueil qui promet beaucoup en commençant, & qui donne peu de choſe. Ainſi ce vers contient ce qui regarde le ton d'un ouvrage, qui doit être un, la proportion des parties en-

tre elles en la prenant du côté de l'étendue, enfin la maniere de s'annoncer au
public à la tête d'un ouvrage qu'on lui
présente.

Avant que d'en venir aux deux autres
préceptes qui regardent l'unité, il faut
expliquer le mot *simplex* qu'Horace a joint
à *unum*. *Simplex duntaxat & unum.*

En général *simplex* est l'opposé de *du-
plex*, ou de *multiplex*. Il peut signifier
également *sujet un & sujet non compliqué.*
C'est-à-dire, que quand un sujet ne sera
pas trop chargé d'incidens, que l'action
sera aisée à suivre, on dira qu'il est simple. Et en ce sens l'unité & la simplicité
font deux choses différentes. Ainsi on
peut dire que l'Héraclius de Corneille
est un, & n'est pas simple ; parce que
l'intrigue est fort compliquée. Et de même, que son Horace est simple & n'est
pas un ; parce que l'intrigue se développe
aisément, & que d'un autre côté le combat du héros est une action, & que son
jugement, après avoir tué sa sœur, est encore une autre action. Ce sens est fort
juste en lui-même. Mais il ne paroît pas
que ce soit celui d'Horace, qui place une
espece de principe général entre ce qu'il

O iij

vient de dire, & ce qu'il va dire encore sur l'unité : desorte que ce principe soit, & résultat de ce qui précede, & fondement de ce qui suit. Ainsi *simplex* a, à-peu-près, la même signification que *unum* ; & tous deux ils ne signifient autre chose, sinon que dans un ouvrage d'art, il ne doit y avoir rien qui rompe l'unité.

Celui qui craint trop l'uniformité se jette dans le bizarre & le monstrueux. Avant que de venir au précepte sur l'accord de l'unité avec la variété, le poëte établit un principe général qui est, qu'il y a une apparence du bon qui trompe. Il prouve cette vérité par des exemples, lesquels, par l'art du poëte, deviennent autant de préceptes d'éloquence, quoiqu'amenez seulement pour servir de preuves à la regle qu'il a en vûe. Cette regle est, que l'unité doit se trouver jusques dans la variété : c'est-à-dire, que les parties, quoique variées, doivent avoir entre elles un certain rapport d'uniformité. C'est ainsi que tous les doigts de la main sont différens, & que cependant ils se ressemblent. Voici le raisonnement d'Horace : Rien n'est si aisé que d'aller au-delà, ou de rester en-deçà du point exquis de la regle. Par exemple, un auteur qui polit, qui lime trop, use son ouvrage, & lui ôte les nerfs : *sectantem lævia nervi deficiunt.* De même, celui qui veut varier son sujet, de peur d'ennuyer par l'uniformité, se jette quelquefois dans un merveilleux bizarre & monstrueux, *prodigialiter.* Il faut éviter cet excès. Les vraies beautez ne sont pas loin de nous. Elles sont toutes dans le sujet que nous avons dans les mains. Il ne s'agit que d'avoir des yeux pour voir, & de l'art pour mettre en œuvre.

Cette maxime : *La crainte d'un défaut nous jette dans un autre, si on manque d'art*, est une proposition qui n'a qu'un rapport général avec l'unité. C'est une espece de premier principe. Le dernier mot signifie qu'un artiste tombe souvent dans les extrémitez opposées, lorsqu'il ne suit que son goût & son talent, & qu'il n'est pas guidé par les regles, c'est-à-dire, par la connoissance des observations qu'on a faites dans les différens tems sur le genre dans lequel il travaille, & par celles que lui feront les artistes vivans, sur les fautes qu'il aura faites dans le sujet particulier qu'il aura travaillé.

O iv

Le dernier précepte sur l'unité regarde le finissement de chaque partie. Il faut que dans un ouvrage de l'art tout soit parfait, sans quoi la perfection d'une partie jointe à l'imperfection d'une autre partie rompt l'unité. Les parties ne semblent plus faites pour être unies : elles portent l'image de la duplicité. C'est un bel œil avec un vilain nez. Il y a peu d'arts dont un seul homme puisse achever toutes les parties dans un degré égal. Tel qui charme dans un panégyrique est glacé dans la morale. Phidias peignoit la majesté, Apelle les graces. Dans un grand ouvrage il faut pourtant peindre l'un & l'autre, & le peindre également bien.

Rassemblons sous un même point de vûe toutes ces unitez pour en faire connoître les especes & les degrez.

Un seul tout & non deux : c'est l'unité numérique. Horace suppose que cette unité n'a pas besoin de précepte. S'il la désigne, ce n'est que par le mot *simplex*, qu'il a ajouté à *unum*.

Une seule nature & non plusieurs : c'est l'unité spécifique. Une tête de femme & un cou de cheval rompent cette unité.

Une seule forme qui embrasse tout sans inégalité, même couleur, même ton : c'est l'uniformité.

Un seul principe d'où sort tout ce qu'on dit, c'est l'unité d'objet.

Une seule mesure commune pour l'étendue & la proportion des parties : une grosse tête va mal avec un petit corps : c'est l'unité de symétrie.

Dans la variété même, rapport d'uniformité fondé sur l'unité de nature & de proportion : ce qui rentre dans l'unité spécifique.

Enfin chaque partie sera également finie, sans quoi elle paroîtroit détachée des autres, plus ou moins, à-peu-près comme des piéces de différentes nuances : c'est l'unité de finissement.

Ce morceau est le plus riche & le plus important de l'Art poëtique d'Horace : & tout ce qu'il renferme convient également à l'Eloquence, à l'Architecture, & à tous les beaux Arts.

I I.

» O vous qui entreprenez d'écrire,

Sumite materiam vestris qui scribitis æquam

» choisissez une matiere proportionnée à
» vos talens, & examinez long-tems ce
» que peuvent, ou ne peuvent point por-
» ter vos épaules. Celui qui aura pris un
» sujet proportionné à ses forces, saura
» le rendre en termes convenables & dans
» un ordre clair.

   » L'ordre, ou l'arrangement des par-
» ties (a), pour avoir toute la grace &
» tout l'effet possible, demande, si je ne
» me trompe, qu'on dise dans l'instant
» où la scene s'ouvre, ce qui devoit être
» dit dans cet instant, & qu'on renvoie
» dans une occasion favorable l'exposé des
» autres choses.

   » L'auteur d'un long poëme doit faire
» un choix dans ce qui se présente à lui.

   Reprenons ces préceptes. *Choisissez une*

Viribus, & versate diu quid ferre recusent,
Quid valeant humeri. Cui lecta potenter erit res,
Nec facundia deseret hunc, nec lucidus ordo.

  Ordinis hæc virtus erit, & venus, aut ego fallor,
Ut jam nunc dicat jam nunc debentia dici,
Pleraque differat, & præsens in tempus omittat.
Hoc amet, hoc spernat promissi carminis auctor.

(a) On peut prendre le | l'art d'arranger, la Dispo-
mot *ordinis* activement pour | sition.

maticre proportionnée à vos forces. Cet
avis est très-nécessaire, sur-tout aux poëtes, qui, dès qu'ils ont fait quelque piéce
médiocre, portent tout d'un coup leur
vûe jusqu'aux plus grands ouvrages. Il
faut tourner & retourner long-tems le
genre, le sujet qu'on veut prendre, essayer si on peut le porter, si on peut le
porter assez long-tems, & jusqu'au bout.
Tel peut fournir un acte, qui ne peut
aller jusqu'à trois, moins encore jusqu'à
cinq.

Un homme qui a choisi un sujet dont
il est bien le maître, le porte aisément :
il en arrange les parties avec clarté, &
comme il le veut. Il rend les pensées par
des expressions qui naissent sous sa main.
Au lieu que quand le sujet est plus fort
que l'auteur, que sa matiere le charge,
lui commande ; l'arrangement des parties
est contraint, de mauvaise grace : l'ouvrage est maigre, pauvre, semblable à
ces plantes malades, dont la tige est me-
nue, la feuille pâle & petite, & la fleur
presque fanée avant que d'éclore.

Mais en quoi consiste l'arrangement
des parties dans un tout poëtique, soit
épique, soit dramatique ? Sera-t-il sembla-

ble à celui d'une histoire ? N'y a-t-il pas moyen d'en trouver un autre qui ait plus de grace & qui produise un plus bel effet ? C'est à quoi répond Horace dans les trois vers qui suivent : *Ordinis*, &c.

Ce passage est difficile. Voici comme il me paroît qu'on doit l'expliquer, & toujours par le principe de l'imitation, qui est la source & l'explication de toutes les regles.

Qu'il arrive dans une ville quelque émeute, suivie de quelque combat ; les habitans accourent les uns après les autres pour être spectateurs. Le spectacle ne commence pour eux qu'au moment où ils arrivent : & dès cet instant, ils s'instruisent avidement, par leurs propres yeux, de tout ce dont ils peuvent s'instruire par eux-mêmes : ensuite, quand ils trouvent un instant d'intervalle, où leurs yeux ne leur apprennent rien ; ils s'informent du reste, c'est-à-dire, des causes & des circonstances ; & on leur en fait le récit. Voilà le modéle de l'ordre poëtique.

On veut jouer *Le Malade imaginaire*. On le suppose dans sa maison, occupé à regler des mémoires d'apoticaire. On

ne le voit pas encore. La porte s'ouvre :
ou, ce qui y répond dans les repréſenta-
tions théâtrales, la toile ſe léve, alors on
le voit. Qu'il continue à faire ce qu'il faiſoit, & à dire ce qu'il auroit dit, quand
même on n'auroit pas ouvert ſa porte :
Jam nunc dicat, qu'il diſe, en commençant à être vû, *jam nunc debentia dici*,
ce qu'il auroit dit quand même on ne
l'auroit pas vû. Mais qui eſt cet homme ?
Quelle eſt ſon humeur ? A-t-il des enfans ?
Comment les gouverne-t-il ? Vous le ſau-
rez dans quelque occaſion, que le poëte
ſaura faire naître, *præſens in tempus omittat*.

C'eſt le même arrangement pour le
poëme qui eſt en récit. Virgile ouvre la
ſcene de l'Enéide au départ de Sicile. Il
y avoit déja ſix ans qu'Enée étoit parti :
nous ne le ſavons pas encore, nous ar-
rivons pour être ſpectateurs, dans le moment qu'il part : *Vix è conſpectu Siculæ*.
Suivons-le. Une tempête s'éleve, il eſt
jetté à Carthage : il y ſéjourne : il raconte ſes avantures à une princeſſe qui,
heureuſement pour nous, eſt curieuſe de
les apprendre : le poëte ſaiſit cette occaſion, *præſens tempus*, pour nous inſtruire

de tout ce qui s'eſt paſſé avant le départ
de Sicile : & ſous prétexte d'amuſer Didon, il ſatisfait notre curioſité. Cette ruſe
a été mille fois répétée par tous les poëtes.

L'Auteur d'un long *poëme :* c'eſt ainſi
que nous traduiſons *promiſſi.* Sans quoi
il faudroit conclure que le choix ne ſeroit point néceſſaire , ſi le poëme n'étoit
pas annoncé. Ce qui eſt contre le bon
ſens. Qu'un ouvrage ſoit annoncé, ou
non , l'auteur ne doit point le farcir de
tout ce qui lui vient dans l'eſprit. Si le
poëme eſt court, comme une épigramme,
un madrigal ; il n'y a pas tant de choix
à faire : il faut ôter , ou laiſſer tout.

Hoc amet , hoc ſpernat. Il ſe ſert du
terme générique *hoc,* pour faire entendre que ce choix doit ſe faire pour toutes les parties , ſoit grandes , ſoit petites.
Il faut faire un choix dans les incidens ,
dans les circonſtances , dans les penſées ,
dans les tours , dans les mots , dans l'harmonie.

III.

» Qu'il ſoit réſervé & ſur ſes gardes
» quand il s'agira de faire de nouveaux

In verbis etiam tenuis , cautuſque ſerendis.

» mots. S'il en fait, il faut qu'il ait l'a-
» dreffe d'en fixer le fens par le moyen
» de ceux qui l'accompagnent.

  » Si par hazard un écrivain fe trouve
» dans la néceffité de faire connoître par
» des fignes de nouvelle invention, des
» chofes auparavant inconnues, il fera
» alors dans le cas d'en créer que nos
» vieux Céthegus n'aient pas entendus :
» on le lui permettra ; pourvû qu'il n'a-
» bufe point de la liberté qu'on lui don-
» ne. Et fes mots de nouvelle création fe-
» ront reçûs, s'ils font grecs d'origine,
» & latinifez par une légere altération.
» Et pourquoi Cécilius, Plaute (*a*), au-
» roient - ils eu un droit que n'auroient
» pas Virgile & Varius ? Pourquoi me
» feroit-on un crime d'enrichir ma Lan-

Dixeris egregiè, notum fi callida verbum
Reddiderit junctura novum. Si fortè neceffe eft
Indiciis monftrare recentibus abdita rerum ;
Fingere cincturis non exaudita Cethegis
Continget, dabiturque licentia fumpta pudenter.
Et nova, fictáque nuper habebunt verba fidem : fi
Græco fonte cadant, parcè detorta. Quid autem
Cæcilio, Plautóque dabit Romanus, ademptum

  (*a*) Cécilius & Plaute poëtes Latins qui ont fait des
Comédies.

» gue de quelques mots, si je le puis;
» tandis que les Catons & les Ennius l'ont
» fait avant moi? Il a été, & il sera tou-
» jours permis de produire un mot nou-
» veau, pourvû qu'il soit marqué au coin
» de l'usage régnant.

*Il faut qu'un Auteur ait l'adresse de
fixer le sens des mots nouveaux qu'il in-
vente, par les autres mots qui l'accompagnent.* Voici la construction du latin : *Si
callida junctura reddiderit notum verbum
novum.* Ce vers ne peut pas avoir d'autre sens. Quand un mot nouveau se montre pour la premiere fois; comme il n'a
par lui-même nulle signification, il est dans
le cas d'un inconnu qui se présente dans
une compagnie ; il a besoin de quelqu'un
qui l'annonce. Un mot nouveau a donc
besoin d'être tellement accompagné, que
ses voisins l'expliquent. Ainsi quand on
a fait le mot *urbanité*, on a dû dire, cette

Virgilio, Varióque? Ego cur acquirere pauca
Si possum, invideor, cùm lingua Catonis, & Enni
Sermonem patrium ditaverit, & nova rerum
Nomina protulerit? Licuit, semperque licebit,
Signatum præsente nota producere nomen.

                                              urbanité,

urbanité , cette *politeſſe* qui caractériſe, &c. Le mot *politeſſe* alors expliqua celui d'*urbanité.*

Qu'ils ſoient grecs d'origine. La raiſon en eſt que la plûpart des Latins ſachant le grec , le mot nouveau tiré du grec , n'étoit que demi-nouveau pour eux.

Latiniſez par une légere altération. C'eſt ainſi que de μηχανη des grecs , ils ont fait *machina* , de μητηρ , *mater.* On y voit cette altération légere qui peut latiniſer un mot grec.

Il a toujours été permis de faire de nou- veaux mots. Mais à qui ? Au beſoin , je crois , & au beſoin ſeul. Mais par qui s'expliquera le beſoin ? Avançons.

Les mots ſont comme les hommes & tout ce qui ſort de la main des hommes , expoſez aux différens caprices du ſort.

I V.

» De même que les forêts quittent » leurs feuilles dans le penchant de la ſai- » ſon, & que les premieres venues tombent

---

Ut ſylvæ foliis pronos mutantur in annos :
Prima cadunt ; ita verborum vetus interit ætas ;
Et juvenum ritu florent modò nata , vigentque.

Tome III. P

» les premieres : de même les mots vieux
» périſſent , & les nouveaux brillent avec
» les graces & la vigueur de la jeuneſſe.
» Nous ſommes ſujets à la mort, nous
» & tout ce qui tient à nous. Ces ports
» creuſez par la main des rois, pour met-
» tre les flottes à l'abri des aquilons : ces
» vaſtes marais qui ne portoient que d'i-
» nutiles barques & qui connoiſſent main-
» tenant la charrue, & nourriſſent les
» villes voiſines : ces rivieres incommo-
» des aux moiſſons, & qui ont appris à
» ſuivre un autre cours : tous ces ouvra-
» ges des mortels périront comme eux.
» Et il ſeroit poſſible que des mots conſer-
» vaſſent toujours leurs graces & leur
» éclat ? Il y en a qui ſont tombez & qui
» renaîtront : d'autres qui régnent aujour-
» d'hui tomberont à leur tour, ſi l'uſage

Debemur morti nos , noſtráque : ſive receptus
Tertâ Neptunus claſſes Aquilonibus arcet ,
Regis opus : ſteriliſve diu palus , aptáque remis
Vicinas urbes alit , & grave ſentit aratrum :
Seu curſum mutavit iniquam frugibus amnis ,
Doctus iter melius : mortalia facta peribunt ;
Nedum ſermonum ſtet honos , & gratia vivax.
Multa renaſcentur , quæ jam cecidere , cadentque ,
Quæ nunc ſunt in honore vocabula , ſi volet uſus .

» le vent, lui qui eſt le juge, le ſouverain,
» la regle du langage.

Horace prouve clairement par-là qu'il
doit être permis de faire de nouveaux
mots, puiſque les vieux meurent. Et ſi
les ouvrages les plus ſolides périſſent, à
plus forte raiſon des choſes qui ne dé-
pendent que d'un certain uſage, d'une eſpece de mode, doivent-elles être expo-
ſées à des changemens. Il faut donc perdre, & réparer les pertes.

L'uſage eſt l'arbitre, *arbitrium :* le
ſouverain, *jus :* la regle *norma.* Ces trois
mots ne ſont point ſynonimes. Quand il
y a des différens en matiere de mots ;
c'eſt l'uſage qui en décide, *arbitrium.*
Quand il faut trencher en maître, avec
une autorité deſpotique ; il a le droit,
jus. C'eſt l'uſage, dit-on : & à cela l'on
n'a rien à dire. Enfin quand il faut faire
des loix, ou en abroger ; c'eſt lui qui les
fait ou qui les abroge, il eſt loi lui-même, *norma.* Cet uſage juge, ſouverain,
& légiſlateur, n'eſt que chez les honnêtes
gens, c'eſt-à-dire, chez ceux qui ayant

Quem penes arbitrium eſt , & jus , & norma loquendi.

reçu une bonne éducation, ont toujours vécu dans les lieux où est la source la plus pure du langage.

V.

» Homere nous a montré en quel vers » il falloit chanter les rois, les grands » capitaines, les tristes combats.

» La plainte se renferma d'abord dans » les distiques inégaux. Ensuite on y fit » entrer aussi la joie du succès. Qui a » inventé le petit vers élégiaque ? C'est » un problême parmi les gens de Lettres, » & la question n'est pas encore décidée.

» L'ardeur de la vengeance arma Ar- » chiloque de l'iambe, dont il fut l'in- » venteur (a). Le brodequin (b) & le co-

---

Res gestæ regumque, ducumque, & tristia bella
Quo scribi possent numero, monstravit Homerus.
Versibus imparibus junctis querimonia primùm,
Post etiam inclusa est voti sententia compos.
Quis tamen exiguos elegos emiserit auctor,
Grammatici certant, & adhuc sub judice lis est.
Archilochum proprio rabies armavit iambo.

(a) Archiloque employa avec grand succès le vers ïambique pour se venger de ses ennemis : on dit qu'ils se pendirent de désespoir.

(b) Socci, chaussure plat- te dont on se servoit dans la Comédie. Le cothurne, chaussure haute qui donnoit à l'acteur une taille à-peu- près héroïque.

» thurne majestueux adopterent ce pied,
» parce qu'il est propre au dialogue, &
» qu'il se fait entendre malgré le bruit
» des spectateurs. D'ailleurs il est né pour
» l'action.

.» La lyre chante les dieux & les hé-
» ros enfans des dieux, & l'athléte vain-
» queur, & le coursier qui remporte le
» prix, & les soucis de la jeunesse, & la
» libre gaieté des enfans de Bacchus.

Après avoir parlé des choses & des mots,
Horace parle des vers, & de leurs especes; & il fait sentir que chaque genre a
ses mesures particulieres & ses pieds.

Le vers hexametre est pour les sujets
héroïques : Homere nous en a donné
l'exemple : *Quo numero.* Les Latins entendent par nombre, ou ce que nous appellons *pied*, ou ce que nous appellons
mesures, ou enfin ce que nous appellons
chûtes de phrases. Ce mot a ici ces trois

Hunc socci cepere pedem, grandesque cothurni;
Alternis aptum sermonibus, & populares
Vincentem strepitus, & natum rebus agendis.
Musa dedit fidibus divos, puerosque deorum,
Et pugilem victorem, & equum certamine primum,
Et juvenum curas, & libera vina referre.

P iij

sens. Le spondée est le plus grave de tous les pieds : mais il est lent & lourd. Le dactyle est plus léger à cause de ses deux brèves. Il n'entre dans le vers héroïque que ces deux sortes de pieds ; parce que, si on y eut fait entrer l'anapeste , par exemple , il eût pû arriver qu'on eût trouvé de suite dans un vers quatre brèves, les deux dernieres du dactyle & les deux premieres de l'anapeste. Ainsi le choix des pieds est important pour la dignité du vers. *Numerus* signifie aussi l'étendue du vers ou la mesure. Elle est de douze tems dans le vers hexametre : on a observé que cette étendue étoit noble & majestueuse : nous en parlerons dans le volume suivant. Enfin la chûte du vers hexametre , se faisant par le spondée , a tout ce qu'il faut pour être grave , & en même tems vigoureuse. Le dactyle l'anime , le spondée la soutient & l'appuie par ses deux longues.

Les distiques inégaux : versus impariter juncti. Ce sont les vers pentametres qu'on entrelasse avec l'hexametre. Horace les appelle *exiguos elegos* , ou parce qu'ils sont plus petits , ou par ce qu'ils ont plus de légereté & moins de noblesse que l'hexametre. Chez les Latins le sens de la phrase se termine avec le second vers : mais chez les Grecs ce n'étoit pas une regle.

Le brodequin & le cothurne adopterent l'iambe ; c'est-à-dire, la comédie & la tragédie. L'iambe est composé d'une brève & d'une longue. Il va fort vîte ; parce que la brève chasse la longue. Il se fait entendre ; parce que la brève a de l'éclat & frappe brusquement l'oreille par le contraste du bref & du long. Il est né pour l'action ; parce qu'il est aisé, que ses nombres sont peu sensibles, & qu'il se trouve à tout moment dans le style familier.

La Lyre chante les dieux, &c. Les sentimens sont sa matiere, nous l'avons dit dans l'article de l'Ode.

De-là il faut conclure que chaque genre a sa forme de versification. Mais Horace va plus loin, & à propos des différentes formes & des couleurs que la versification héroïque, ou lyrique, ou dramatique donnent à un poëme, il passe à la couleur du style, qui a aussi ses différences. Il y a le style simple, ou familier, le médiocre, & le haut. Ces trois étages ont outre cela chacun plusieurs degrez. Et ce qui fait le vrai poëte est de

saifir dans le point jufte ces degrez ; de
dire chaque chofe du ton qui lui convient précifément. C'eft fur quoi Horace
donne des leçons dans les vers qui fuivent.

V I.

» Si je ne connois les couleurs & les
» tons de chaque ouvrage , & que je ne
» puiffe les faifir , je ne mérite point le
» nom de poëte. Pourquoi par une mau-
» vaife honte l'ignoré-je , plûtôt que de
» m'en inftruire ?

» Un fujet comique ne doit pas être
» traité en vers tragiques : & réciproque-
» ment, on ne pourroit foutenir le feftin
» de Thyefte (a) en vers familiers , &
» prefque dignes du brodequin. Chaque
» genre doit garder fon rang.

Defcriptas fervare vices , operumque colores ,
Cur ego , fi nequeo , ignoróque , poëta falutor ?
Cur nefcire , pudens pravè , quàm difcere malo ?
Verfibus exponi tragicis res comica non vult.
Indignatur item privatis , ac prope focco
Dignis carminibus narrati cœna Thyeftæ.
Singula quæque locum teneant fortita decenter.

(a) Thyefte fils de Pe- | fon fils, lefquels lui furent
lops mangea les membres de | fervis par fon frere Atrée.

» Quelquefois pourtant la comédie
» éléve aufli le ton. Chremès en colere (*a*)
» gourmande fon fils avec un ftyle vigou-
» reux. Et de même la tragédie s'abaiffe
» dans la douleur. Quand Telephe & Pe-
» lée (*b*) font tous deux bannis, & réduits
» à une extrême indigence, & qu'ils veu-
» lent nous toucher par le récit de leurs
» maux, ils n'ufent point de phrafes pom-
» peufes, ni de grands termes.

*Connoître les tons & les couleurs de cha-
que ouvrage.* Il y a, 1°. le ton du genre :
c'eft par exemple du comique, ou du tragique : 2°. le ton du fujet dans le genre :
le fujet peut être comique plus ou moins :
3°. le ton des parties ; chaque partie du
fujet a, outre le ton général, fon ton
particulier : une fcène eft plus fiere &

Interdum tamen & vocem comœdia tollit :
Iratufque Chremes tumido delitigat ore.
Et tragicus plerumque dolet fermone pedeftri.
Telephus, & Peleus, cum pauper, & exul uterque,
Projicit ampullas, & fefquipedalia verba ;
Si curat cor fpectantis tetigiffe querelâ.

(*a*) Chremès perfonnage des comédies de Térence.
(*b*) Telephe & Pelée font deux Princes qui ayant été chaffez de leurs Etats furent obligez d'aller eux-mêmes demander du fecours chez les différens peuples de la Grèce.

plus vigoureuse qu'une autre : celle-ci est
plus molle , plus douce : 4°. le ton de
chaque pensée , de chaque idée : toutes
les parties, quelque petites qu'elles soient,
ont un caractère de propriété qu'il faut
leur donner , & c'est ce qui fait le poëte :
sans cela , *cur ego poëta saiutor*. On bat
souvent des mains quand , dans une comédie on voit un vers tragique , ou un
lyrique dans une tragédie. C'est un beau
vers : mais il n'est point où il devroit être.

La Comédie éléve quelquefois le ton ,
& la Tragédie l'abaisse. Cela est juste.
Cependant il faut observer que quelque
essor que prenne la comédie, elle ne devient jamais héroïque. On n'en verra
point d'exemple dans Moliere. Il y a toujours quelque nuance du genre, qui l'empêche d'être tragique. De même quand
la tragédie s'abaisse , elle ne descend pas
jusqu'au comique. Qu'on lise la belle scene où Phedre paroît désolée : le style est
rompu , abbatu , si j'ose m'exprimer ainsi ;
mais c'est toujours une reine qui gémit.

VII.

» Ce n'est pas assez que les poëmes

Non satis est pulchra esse poëmata ; dulcia sunto,

» foient dans leur couleur, il faut encore
» qu'ils foient touchans, & qu'ils ménent
» le cœur à leur but. Le vifage de l'hom-
» me devient trifte, ou riant, à la vûe
» de ceux qui pleurent, ou qui rient. Si
» donc vous voulez que je pleure, il faut
» d'abord que vous pleuriez vous-même.
» Ce fera alors, Telephe & Pelée, que je
» ferai touché de vos difgraces. Si vous
» rendez mal votre rôle, vos malheurs me
» feront bâiller, ou rire.

La beauté des poëmes & des vers confifte dans leur convenance parfaite avec
le fujet & l'objet qu'ils expriment, c'eft
ce qu'Horace appelle *defcriptæ vices :* des
modéles retracez dans leurs copies, le
coloris vrai de chaque objet. Mais ce
n'eft pas affez que la figure foit bien deffi-
née, bien peinte ; il faut qu'elle foit animée par le fentiment : *Non fatis eft pul-*

Et quocunque volent, animum auditoris agunto.
Ut ridentibus arrident ; ita flentibus adfunt
Humani vultus. Si vis me flere, dolendum eft
Primum ipfi tibi : tunc tua me infortunia lædent,
Telephe, vel Peleu : malè fi mandata loqueris,
Aut dormitabo, aut ridebo....

chra effe poëmata, dulcia funto. C'eſt une
loi : & qui auſſi eſt prononcée d'un ton
de légiſlateur ,*funto.*

Comment rendre le poëme touchant ?
Il y a deux moyens : le premier eſt , que
l'acteur qui joue un rôle exprime en lui-
même , par ſes geſtes & par ſes tons , les
ſentimens qu'il veut imprimer dans les
autres ; qu'il paroiſſe être réellement dans
la diſgrace , dont il repréſente l'image.
Cela eſt ſi néceſſaire que ſans cela le ſpectateur s'endort , ſi vous n'exprimez que
foiblement ; & que ſi vous exprimez fauſ-
ſement , la contradiction qui ſe trouve
entre vos paroles & vos geſtes , & vos
tons , préſente une difformité qui fait
rire.

Quel eſt le ſecond moyen ? C'eſt que
le ſtyle ſoit conforme à la ſituation de celui qui parle , & qu'il annonce lui-même
par ſon extérieur.

VIII.

» Si l'extérieur eſt triſte & grave , le
» ſtyle ſera de même ſérieux & triſte.

_____

. . . . . Triſtia mœſtum
Vultum verba decent : itatum , plena minarum :

» S'il annonce la colere, ou la gaieté, le
» ftyle fera menaçant, ou enjoué. Car la
» nature a rendu notre extérieur capa-
» ble de toutes fortes de formes, felon
» les différentes fituations où le fort peut
» nous mettre. Elle nous porte, nous
» pouffe à la colere. Elle nous retrécit
» l'ame, nous abbat dans la douleur : &
» enfuite elle fe fert de la langue, comme
» d'un interpréte, pour faire fortir les fen-
» timens.

Voici quelle eft la génération du touchant dans un difcours, felon Horace.
La nature a placé en nous un certain
fentiment qui veille à la confervation de
notre être. C'eft lui qui nous fait connoître ce qui peut nous nuire, ou nous
fervir ; & qui nous pouffe à l'éloigner,
ou à l'approcher de nous. Ce fentiment
fort d'abord par les geftes, *vultu.* (Ce
mot fignifie la même chofe ici que l'extérieur, ce qu'on appelle l'air, foit trif-

---

Ludentem, lafciva : fevetum, feria dictu.
Format enim natura priùs nos intus ad omnem
Fortunatum habitum : juvat aut impellit ad iram :
Aut ad humum moerore gravi deducit, & angit :
Poft effert animi motus interprete lingua.

te, soit gai.) Ensuite il sort aussi par le moyen de la langue qui en est l'interpréte. Le style doit prendre la couleur du sentiment, & avoir le même air que celui qui est dans le maintien de l'acteur. *Tristia mæstum vultum verba decent.* Cette couleur du style consiste dans le choix de certains tours de phrases, de certaines figures, comme l'apostrophe, l'interrogation, l'exclamation, &c. C'est par ces figures que le style est touchant.

La nature a rendu notre extérieur capable de différentes formes, selon les différens états où le sort peut nous mettre. C'est ce qui rend si important l'art de la déclamation. Il y a des expressions naturelles du ton de voix & du geste pour toutes les situations possibles. Il n'y a point d'homme qui n'en ait les modéles en soi. Et si l'acteur ne suit pas ces modéles; il n'y a personne qui ne sente ses fautes. Si au contraire il en remplit toute l'étendue; il n'y a personne aussi qui n'applaudisse. Horace l'a dit lui-même.

I X.

» Si vos discours n'ont pas le ton qui

Si dicentis erunt fortunis absona dicta;

» convient à votre fituation, tous les Ro-
» mains, le peuple auffi-bien que les
» grands, fe moqueront de vous.

» Il y a une grande différence entre
» le difcours d'un valet & celui d'un hé-
» ros. Le vieillard grave & le jeune hom-
» me dans le feu de l'âge, une dame de
» qualité & une tendre nourrice, ont une
» maniere de parler très différente. Il y
» a la même différence dans le marchand
» qui parcourt le monde, & le labou-
» reur qui cultive en paix fon champ;
» dans ceux qui font nez en Colchide, ou
» en Affyrie, qui ont été élevez à Thébes,
» ou à Argos (*a*).

Après avoir pofé le principe, que chaque acteur doit parler felon fon état, le
poëte fait voir combien cet état peut avoir

Romani tollent equites, peditefque cachinnum.

   Intererit multum Davusne loquatur, an heros;
Maturufne fenex, an adhuc florente juventa
Fervidus; an matrona potens, an fedula nutrix;
Mercatorne vagus, cultorne virentis agelli;
Colchus, an Affyrius; Thebis nutritus, an Argis.

(*a*) Les peuples de la Col- | & effeminez: les Thébains
chide étoient cruels & fau- | ignorans & groffiers: ceux
vages: ceux d'Affyrie moux | d'Argos polis, fiers.

de différences felon les conditions, les âges, les qualitez, le fexe, la profeffion, les pays, l'éducation. Il ne donne que quelques branches de cette divifion, & laiffe à entendre le refte.

Mais fi je peins les mœurs d'un pays que je n'ai point vû, que je ne connois pas par moi-même, comment faudra-t-il que je m'y prenne ? Ecoutez Horace.

X.

» Peignez d'après la Renommée : ou,
» fi vous créez, que toutes les parties fe
» conviennent. Si par hazard vous re-
» montrez Achille vengé (*a*); qu'il foit
» actif, emporté, inflexible, ardent;
» qu'il fe croie au-deffus des loix, qu'il
» s'arroge tout par les armes. Medée (*b*)

Aut famam fequere : aut fibi convenientia finge.
Scriptor honoratum fi fortè reponis Achillem;
Impiger, iracundus, inexorabilis, acer,
Jura neget fibi nata; nihil non arroget armis.

(*a*) Le mot *honoratum* a 'un fens qui tient du grec : *venger* & *honorer*, dans cette langue, fignifient prefque la même chofe, parce que la vengeance tirée rétablit l'honneur.

(*b*) Medée eft une magicienne qui époufa Jafon, qu'elle fuivit en Grèce. Pour retarder fon pere, qui la pourfuivoit, elle fema le long du chemin les membres de fon frere Abfyrthe : elle
fera

» sera fiere, inébranlable; Ino gémis-
» sante (*a*), Ixion perfide (*b*), Io er-
» rante (*c*), Oreste mélancolique (*d*).

  » Si vous osez donner au théâtre un
» sujet entierement neuf, & créer un ca-
» ractère ; qu'il soit à la fin tel que vous
» l'aurez montré au commencement ;
» qu'il ne se démente nulle part. Il est
» bien difficile de donner des traits pro-

Sit Medea ferox, invictaque; flebilis Ino,
Perfidus Ixion ; Io vaga ; tristis Orestes.

  Si quid inexpertum scenæ committis ; & audes
Personam formare novam : servetur ad imum,
Qualis ab incœpto processerit : & sibi constet.

empoisonna le pere & la fille de Jason, & deux enfans qu'elle avoit eus de lui, & se sauva ensuite par les airs à Colchos, sur un char traîné par deux dragons.

(*a*) Ino étoit fille de Cadmus & d'Hermione, & troisième femme d'Athamas. S'étant imaginée qu'elle étoit lionne, elle tua ses deux enfans qu'elle croyoit être des lionceaux. Elle se précipita de désespoir dans la mer. Euripide avoit traité ce sujet.

(*b*) Ixion est le premier meurtrier qu'on eut vû dans la Gréce. Il tua son beaupere le jour de ses nôces. Jupiter l'ayant retiré dans le ciel ; il eut l'audace d'aimer Junon. Il fut précipité dans les enfers, & attaché à une roue qui tournoit sans cesse. Eschyle & Euripide avoient traité ce sujet.

(*c*) Io fille d'Inachus, Jupiter la métamorphosa en vache. Junon de jalousie lui envoya un taon qui la fit errer dans différens pays. Eschyle a traité ce sujet.

(*d*) Oreste fils d'Agamemnon, tua sa mere pour venger son pere qu'elle avoit tué. Il fut livré aux Furies. Il est célébre sur tous les théâtres: *Scenis agitatus Orestes.*

Tome III.   Q

» près & individuels, à ce qui n'a rien
» que de générique. Il vaut mieux mettre
» sur le théâtre quelque sujet tiré de l'I-
» liade, que de donner des choses in-
» connues, & dont personne n'ait jamais
» parlé.

» C'est une matiere qui appartient à
» tout le monde : oui : mais elle devien-
» dra votre bien propre, si vous ne vous
» attachez pas à la lettre, ni à rendre
» trait pour trait. Vous n'irez point, par
» une imitation scrupuleuse, vous jetter
» à l'étroit, tellement que vous ne puis-
» siez vous retirer de là, qu'en vous des-
» honorant, ni avancer, qu'en blessant les
» regles.

Ce morceau est rempli de difficultez,
& demande une assez longue discussion.
Peignez d'après la Renommée, ou, si

---

*. Sicile est propriè communia dicere : tuque
Rectiùs Iliacum carmen deducis in actus,
Quàm si proferres ignota, indictaque primus,
Publica materies privati juris erit, si
Nec circa vilem, patulumque moraberis orbem,
Nec verbum verbo curabis reddere, fidus
Interpres : nec desilies imitator in arctum,
Unde pedem proferre pudor vetet, aut operis lex.

vous créez, que toutes les parties se con-
viennent. Voilà le principe, la regle que
donne Horace par rapport aux caractères
poëtiques.

Il n'y a que deux moyens : le premier
est de peindre d'après les idées du public :
le second est de peindre d'après ses propres idées.

Pour expliquer ceci nettement , on
peut distinguer en quelque sorte quatre
mondes : le monde existant, c'est la société de laquelle nous faisons partie :
le monde historique, qui est peuplé de
grands noms & rempli de faits célèbres :
le monde fabuleux, qui est rempli de
héros & de dieux imaginaires : & enfin
le monde possible, où tous les êtres exi-
stent dans les généralitez seulement , &
où l'imagination peut créer des individus caractérisez par tous les traits d'existence & de propriété. Ainsi Aristophane
peignoit Socrate, sujet tiré de la société
alors actuellement existante. Les Horaces sont tirez de l'histoire , Medée est
tirée de la fable, & Tartuffe du monde
possible. Dans les trois premiers mondes ,
le poëte peint d'après la renommée. Dans
le quatriéme , il ne peint que d'après ses
idées. Q ij

Peignez d'après la Renommée. Les choses fuſſent-elles fauſſes, pourvû que la
peinture ſoit conforme à l'opinion qu'on
en a, le public ſaiſira la reſſemblance, &
il dira que vous avez bien peint. Horace
dit, *d'après la Renommée*, & non d'après
la vérité. La vérité, quoique vérité, ne
peut flatter dans la copie qu'on en fait,
qu'autant qu'elle eſt connue elle-même ;
parce que, ſans cela, la copie & le modéle ne peuvent avoir le rapport de reſſemblance pour les ſpectateurs. On ne
peut pas dire que le portrait d'un homme qu'on ne connoît nullement, lui reſſemble, quoiqu'il lui reſſemble en effet.
Ainſi le poëte doit s'embarraſſer moins
de la réalité des choſes, que de l'opinion de ceux qui les croient réelles. Voilà
ce que le poëte doit faire touchant les
caractères tirez de la ſociété actuelle, ou
de l'hiſtoire, ou de la fable.

Quant aux caractères de pure création & dont les ſpectateurs n'ont d'eux-
mêmes aucune idée, voici ce que Horace
veut qu'on pratique : Etabliſſez-les une
bonne fois par des traits frappants, &
qu'ils ſe montrent toujours conformes à
ce qu'ils ont paru être la premiere fois.

C'eſt de-là que partira le ſpectateur pour vous juger : & le caractère ſera vrai, non par ſa reſſemblance avec un modéle, puiſqu'il n'en a de connu, ni par l'hiſtoire, ni par la fable, mais par celle qu'il a avec lui-même ; de ſorte que, pris dans différentes ſcenes, il ſera modéle dans les premieres, & copie fidéle dans les autres.

De ces deux manieres, la premiere, au jugement d'Horace, eſt bien plus aiſée que la ſeconde : parce que *difficile eſt propriè communia dicere*, il eſt difficile de donner un caractère *individuel* à ce qui n'a rien que de générique. Comment donner à l'homme A, ou B, un caractère qui lui ſoit propre ? Le connoît-on ? Dès, que vous dites que c'eſt un homme, je conçois qu'il a les parties eſſentielles de l'homme, que c'eſt un animal doué de raiſon : il a l'eſſence, *communia*, ce qui eſt commun à tous les individus de l'eſpece. Mais n'ayant jamais exiſté, ni dans la fable, ni dans l'hiſtoire, il n'a aucun caractère propre par où je puiſſe le diſtinguer de la maſſe commune : *difficile eſt propriè dicere*. Qu'on me nomme Néron, Achille, auſſitôt je vois non-ſeule-

ment les qualitez qui leur font communes, mais leurs qualitez caractériftiques
& personnelles, *la cruauté & la valeur.*
Si au contraire on eut nommé, il y a
deux cens ans, *Tartuffe* ; on auroit dit,
c'eft un nom d'homme ; mais, n'annon-
çant rien de propre à caractérifer la perfonne, on l'eût regardé comme un être
imaginaire, & qui n'a point de forme
propre. Qu'on le nomme aujourd'hui,
depuis que Moliere lui a donné une exi-
ftence poëtique fur fon théâtre, il a un
caractère individuel, on dit : *Tartuffe eft
un homme hypocrite*, de même qu'on dit :
Néron eft un homme cruel.

Il femble que ce paffage ne peut point
avoir d'autre fignification. *Communia* en
bon latin fignifie chofes génériques, fur-
tout quand il eft oppofé à *proprié*, qui
fignifie chofes particulieres, perfonnel-
les, &, comme nous avons dit, indi-
viduelles. *Ferè*, dit Quintilien, *communia generalia funt.* Et une ligne au-deffus :
à communibus ad propria veniamus. D'ailleurs ce qui précéde & ce qui fuit, le
prouve fuffifamment. Tout ce morceau
étant un, une partie doit expliquer l'autre. Il vaut bien mieux, dit Horace, met-

tre sur le théâtre quelque personnage connu, que d'y montrer des choses dont personne n'ait parlé, *indicta* ; & qu'on ne
connoisse en aucune maniere, *ignota* : tels
sont les êtres qui ne sont que possibles,
& qui n'ont jamais eu aucune sorte d'é-
xistence.

Horace ayant conseillé de prendre des
héros déja connus par la fable, se fait
une objection. Mais, dira-t-on, cette matiere est publique, tout le monde la sait,
je ne donnerai rien qui soit à moi. Horace répond :

Il y a deux moyens de vous l'appro-
prier : le premier, de ne point suivre exactement le tissu des choses : le second, de
donner d'autres pensées & une élocution
toute nouvelle.

Nec circa vilem patulumve moraberis orbem,
Nec verbum verbo curabis reddere, fidus
Interpres. . . . .

Horace parle ici allégoriquement. Homere a peint la querelle d'Achille & ses
suites, avec toutes ses circonstances. Un
tragique qui voudra travailler le même
sujet, ne suivra point Homere scrupuleu-
sement dans tous ses points. Ce seroit se
renfermer dans un cercle tracé : rien ne

seroit si aisé que de traiter ainsi une matiere déja traitée par un autre, tout le
monde pourroit le faire. Il faut donc
vous rendre maître de votre sujet, ajouter, retrancher, transposer, bâtir à votre
gré. Et par ce moyen vous vous rendrez
propre un sujet qui a déja été traité. Corneille a usé de ce droit dans ses Horaces,
en inventant plusieurs circonstances qui
ne sont point de l'histoire ; il l'a fait dans
Heraclius, dans Rodogune, & dans la
plûpart de ses piéces. Racine l'a fait dans
Phédre, dans Alexandre. Tous les poëtes
le font.

Cette liberté même est nécessaire,
parce que le genre dramatique a ses regles, sur lesquelles les sujets doivent se
figurer. Il faut qu'ils s'étendent, se ré-
tréciffent, se composent de maniere qu'ils
remplissent exactement la forme prescrite par la loi. Et si un poëte suivoit
l'histoire ou la fable de point en point,
il s'avanceroit dans un ouvrage, & seroit obligé ensuite de l'abandonner à sa
honte. Il se trouveroit engagé de maniere qu'il seroit honteux de rebrousser,
& cependant impossible d'avancer, parce que les regles du genre s'y oppose-

roient. *Proferre pedem ex arcto,* signifie, se tirer d'un mauvais pas. Ce fut ainsi que le Bouc pour imiter le Renard, sauta dans un puits d'où il ne put se tirer : car c'est de cette fable qu'est tirée l'allégorie : *nec desilies imitator in arctum.* Mais ce n'est pas tout : *proferre pedem* signifie encore *avancer*; ces deux sens du même mot tiennent l'un à l'autre, & sont suffisamment désignez par les deux nominatifs *pudor* & *operis lex. Pudor vetat proferre pedem inde :* la honte vous empêche de vous tirer du mauvais pas où vous êtes, vous n'oseriez reculer. *Operis lex vetat proferre inde pedem.* Les regles de l'ouvrage vous empêchent d'aller en avant. Ainsi vous êtes dans une situation où vous ne pouvez ni avancer, ni reculer.

La seconde maniere de se rendre propre un sujet déja traité par un autre, n'est nullement difficile à expliquer. Vous ne vous mettrez pas en peine de rendre les paroles mot à mot. Supposons un sujet de tragédie, tout taillé dans l'histoire, de sorte que le poëte n'ait pas le moindre changement à faire ni dans l'action, ni dans ses circonstances, ni dans ses progressions. Si le poëte fournit de son fonds les difcours, les penfées, les termes, le fujet eft à lui. Racine s'eft fait un point de religion de fuivre exactement l'hif-toire d'Efther. Sa tragédie lui appartient-elle moins pour cela? Eft-il moins l'au-teur d'Efther, qu'il ne l'eft de Phédre, ou d'Alexandre? La partie oratoire d'un poë-me, eft d'une fi grande étendue, elle contient tant de chofes; qu'un poëte qui la fournit de fon crû, quoiqu'il n'ait pas fourni les fituations, eft cependant poëte, créateur, inventeur. Ce n'eft que la fe-conde invention, il eft vrai, mais elle fuffit pour rendre neuf ce qui étoit vieux, & propre à l'auteur, ce qui a déja été traité par un autre écrivain.

X I.

» Vous ne commencerez pas comme » fit autrefois un poëte cyclique (*a*) : *Je*

Nec fic incipies, ut fcriptor cyclicus olim :
Fortunam Priami cantabo, & nobile bellum.

(*a*) Un poëte cyclique eft felon quelques interpré-tes celui qui met en vers toute la vie d'un héros, com-me l'a fait Nonnus dans fes Dionyfiaques. L'explication de ce terme ne fait rien au texte d'Horace. Il fuffit de favoir que c'étoit un poëte qui avoit fait des vers hé-roïques, & dont le début étoit inepte.

» *chante les fortunes de Priam & cette fa-*
» *meufe guerre.* La fuite répondra-t-elle à
» un début fi pompeux ? La montagne en
» travail accouche d'une fouris. Que j'ai-
» me bien mieux celui qui commence fans
» appareil : *Mufe , entretenez-moi de ce hé-*
» *ros qui , après la prife de Troie , vit les*
» *mœurs des hommes & parcourut leurs vil-*
» *les.* La fumée ne viendra pas après la
» flamme , mais une vive lumiere fuivra
» ce début modefte. Bientôt on verra pa-
» roître des merveilles. Il nous peindra
» Antiphate , Scylla , Charybde , le Cy-
» clope (*a*).

Quid dignum tanto feret hic promiffor hiatu ?
Parturient montes : nafcetur ridiculus mus.
Quantò rectiùs hic , qui nil molitur ineptè ?
Dic mihi Mufa virum , capta poft tempora Trojæ ,
Qui mores hominum multorum : idit , & urbes.
Non fumum ex fulgore , fed ex fumo dare lucem
Cogitat : ut fpeciofa dehinc miracula promat ,
Antiphatem , Scyllamque , & cum Cyclope Charybdim.

(*a*) Antiphate roi des Lef-
trigons qui mangeoit des
hommes : voyez Homere ,
liv. 10 de l'Odyffée.

Scylla & Charybde , deux
monftres horribles. Voyez le
liv. 7 de l'Odyffée.

L'hiftoire de Polyphême
eft racontée par Homere ,
liv. 11. de l'Odyffée , par
Euripide dans la fatyre du
Cyclope , & dans le troifiéme livre de l'Enéide de Virgile.

» Il ne remontera pas jufqu'à la mort
» de Méleagre pour raconter le retour
» de Dioméde (*a*), ni jufqu'aux deux
» œufs de Léda (*b*) pour en venir à la
» guerre de Troie. Il court toujours à
» l'événement & emporte fes lecteurs au
» milieu des chofes, comme fi tout le
» refte leur étoit connu. Il abandonne
» tout ce que l'art ne peut préfenter heu-
» reufement : & dans fes menfonges il a
» foin de mêler tellement le faux avec le
» vrai , que le commencement, le mi-
» lieu , la fin , tout paroiffe de la même
» nature.

Il ne s'agit toujours que de la poëfie

Nec reditum Diomedis ab interitu Meleagri ,
Nec gemino bellum Trojanum orditur ab ovo.
Semper ad eventum feftinat : & in medias res
Non fecus , ac notas , auditorem rapit : & quæ
Defperat tractata nitefcere poffe , relinquit.
Atque ita mentitur , fic vetis falfa remifcet ,
Primo ne medium , medio ne difcrepet imum.

(*a*) C'eft une critique du
poëte Antimachus, qui dans
fon poëme fur Dioméde
commence à la mort de Me-
leagre oncle de ce héros.
Homere n'a pas commencé
ainfi le retour d'Ulyffe.

(*b*) L'Auteur de la petite
Iliade commence fon poëme
par ces deux œufs de Léda ,
dont l'un contenoit Héléne
& Clytemneftre , & l'autre
Caftor & Pollux.

dramatique dans ces vers : les loix que donne ici le poëte ont toujours le même objet. Mais, par l'adreſſe du légiſlateur, ce qu'on fait dans le poëme épique devient le modéle de ce qu'on doit faire dans le poëme dramatique ; &, en traçant la maniere d'Homere dans ſes ouvrages, il donne l'idée du parfait pour tous les ouvrages de goût. Homere ne pouvoit être mieux loué, & l'exemple de l'art heureuſement exécuté, ne pouvoir être plus clair & plus inſtructif. Voyons donc ce que fait Homere.

Il commence comme il convient, *aptè, non ineptè.* Il n'y a point, dit Ciceron, de terme latin qui ſoit plus énergique que celui d'*ineptus.* Un homme inepte eſt celui qui ne voit pas ce que demande de lui la circonſtance où il eſt ; qui en dit plus qu'il ne faut ; qui affecte de ſe montrer ; qui n'a pas tous les égards dûs aux perſonnes ; ou enfin qui, en quelque genre que ce ſoit, reſte en - deçà du point exquis, ou va trop loin ; voilà ce qu'on appelle un homme inepte en latin : en françois, c'eſt ce que nous nommons un ſot. Or il eſt d'un ſot de commencer avec emphaſe un ouvrage où il est difficile de se soutenir ; & s'il est facile de s'y soutenir, il est d'un sot encore d'y entrer avec appareil. C'étoit donc un sot que cet écrivain cyclique, qui ouvroit une grande bouche en commençant son poëme, & qui disoit : *Je chante les fortunes de Priam & cette guerre fameuse.* Il vaut mieux promettre moins & donner plus, que de promettre beaucoup & donner peu. Ainsi la modestie doit regner dans tout début : modestie dans les choses, modestie dans les tours, dans les chûtes, enfin modestie dans la maniere de dire.

Il ne remontera pas jusqu'à la mort de Méléagre. Il a donné plus haut la maniere de commencer : *Dites en commençant ce qui est de l'instant où la scene s'ouvre :* ici il marque le lieu où il faut commencer. On peut remonter jusqu'au premier germe de l'événement, & aller jusqu'aux deux œufs que Léda eut de Jupiter métamorphosé en cigne, & d'un desquels sortit la belle Hélene, dont l'enlévement causa la guerre de Troie. L'histoire peut aller jusques-là. Mais la poësie a une autre marche. Elle se jette tout d'un coup au milieu des choses, elle dit en commençant : *Trois & deux font cinq, & cinq font dix.... A peine nous quittions les côtes de Sicile, lorsqu'une tempête.* Le poëte emporté par le dieu qui l'inspire, se trouve où il le met. Il oublie que ses lecteurs ne savent point ce qui précéde. S'il se présente quelqu'occasion où ils puissent être instruits, (elle ne manque pas de se présenter) ils croiront n'en être redevables qu'au hazard.

Il abandonne tout ce que l'art ne peut présenter heureusement. Il n'y a point d'objet que l'art ne puisse rendre avec succès. Mais il y en a beaucoup, que tel ou tel artiste ne sauroit rendre, parce que son talent n'est pas aussi étendu que l'art. Quand le talent se refuse, il faut abandonner l'objet.

Dans ses mensonges il mêle tellement le vrai avec le faux, &c. Il l'a déja dit plus haut : bâtissez, renversez, faites à votre gré ; mais que les parties soient si bien d'accord qu'elles paroissent faire un tout naturel. Quand Moliere faisoit ses piéces, il y avoit nombre de gens officieux qui lui portoient des traits réels & arrivez dans le monde. Le poëte les mettoit en œuvre ; & il les y mettoit si bien,

que tout paroissoit dans le même degré
de vérité. L'histoire peut entrer dans un
poëme. Elle peut même en fournir toutes les choses ; comme dans l'Esther de
Racine. Mais s'il y a des irrégularitez,
des endroits secs qui ne produisent rien ;
il est permis de les remplacer par des
fictions qui fassent un plus bel effet. L'es-
sentiel est que la partie créée soit de même nature & de même couleur que le
reste.

X I I.

» Voici ce que je veux de vous, aussi-
» bien que le peuple : écoutez : Si vous
» voulez que le spectateur charmé attende
» tous les renouvellemens de scene (a),
» & qu'il demeure assis jusqu'à ce que le
» chœur dise, *Battez des mains*, il faut
» que vous ayez soin de bien marquer
» les mœurs de chaque âge. Elles chan-

Tu quid ego, & populus mecum desideret, audi.
Si plausoris eges aulæa manentis, & usque
Sessuri, donec cantor, vos plaudite, dicat :
Ætatis cujusque notandi sunt tibi mores :

(a) *Aulæa manere*, signifie | soient, sur-tout dans les piè-
atteindre toutes les rénova- | ces à machines.
tions de scene qui se fai- |

gent

» gent avec les années. Il faut leur don-
» ner leur nuance jufte.

» L'Enfant qui commence à rendre les
» mots & à former des pas affurez, aime
» à jouer avec fes pareils : il fe fâche
» pour rien, & s'appaife de même : il
» varie à chaque inftant.

» Le Jeune homme qui fe voit enfin
» délivré de fon gouverneur, veut avoir
» des chevaux, des chiens : il va s'exer-
» cer dans le champ de Mars : il prend
» comme une cire les impreffions du
» vice : il fe cabre contre les avis : il ne
» prévoit point les befoins : il prodigue
» l'argent : il eft vain : il défire tout, &
» un moment après il ne veut plus de ce
» qu'il a défiré.

» L'Age viril a d'autres mœurs. Un

Mobiliba que decor naturis dandus, & annis
   Reddere qui voces jam fcit puer, & pede certo
Signat humum, geftit patibus colludere : & iram
Colligit, ac ponit temerè : & mutatur in horas.
   Imberbis juvenis, tandem cuftode remoto,
Gaudet equis, canibufque, & aprici gramine campi.
Cereus in vitium flecti, monitoribus afper,
Utilium tardus provifor, prodigus æris,
Sublimis, cupidufque & amata relinquere pernix.
   Converfis ftudiis, ætas, animufque virilis

Tome III. R

» homme fait fonge à amaffer, à fe faire
» des amis, à s'élever aux honneurs; il
» prend garde de ne rien faire dont il
» faille bientôt fe repentir.

» Le Vieillard eft affiégé d'une infi-
» nité de maux. N'y eut-il que l'avarice?
» Il entaffe des biens, & le malheureux
» n'ofe en jouir. Toujours timide, glacé
» dans tout ce qu'il entreprend, tem-
» porifeur éternel, efpérant fans fin, in-
» capable d'entreprendre, tremblant pour
» l'avenir, quinteux, plaintif; il vante le
» tems paffé, lorfqu'il étoit jeune; il prê-
» che, & réprimande fans ceffe ceux qui
» font moins âgez que lui.

» Les années croiffant jufqu'à un certain
» point apportent à l'homme plufieurs
» avantages, qu'il perd enfuite à mefure

Quærit opes, & amicitias: infervit honori:
Commififfe cavet, quod mox mutate laboret.

   Multa fenem circumveniunt incommoda: vel quod
Quærit & inventis mifer abftinet, ac timet uti:
Vel quod res omnes timidè, gelidéque miniftrat,
Dilator, fpe longus, iners, pavidufque futuri,
Difficilis, querulus, laudator temporis acti
Se puero, cenfor, caftigatorque minorum.

   Multa ferunt anni venientes commoda fecum:
Multa recedentes adimunt. Ne forte feniles

» qu'il s'éloigne de ce même point. Ne
» donnez pas à un jeune homme les mœurs
» d'un vieillard, ni à un enfant celles d'un
» homme fait. Attachons-nous aux traits
» qui caractérisent chaque saison.

Ce morceau sur les caractères de chaque âge est tiré en partie d'Aristote, &
il est rendu avec toute la force & toute
la justesse possible. Il s'agit d'en reprendre les traits, au moins ceux qui ont besoin de quelque explication.

Écoutez ce que je veux de vous aussi-
bien que le peuple. Horace pouvoit sans orgueil se regarder & se donner comme con-
noisseur en fait de poësie, puisqu'il avoit
entrepris d'en tracer les regles. Cette phrase signifie donc : Écoutez ce que demandent de vous les gens de goût, qui savent
l'art, & le peuple qui ne le sait pas. Savans & ignorans, tout le monde veut que
les caractères de chaque âge soient bien
marquez : *notandi* : que non-seulement
ils soient vrais en eux-mêmes, mais qu'ils
paroissent l'être, & qu'ils le soient d'une

Mandentur juveni partes, pueróque viriles :
Semper in adjunctis, avóque morabimur aptis.

R ij

maniere nette & frappante. Il n'y a rien
qui retienne plus les spectateurs que la
peinture des mœurs. Ils restent tranquil-
les, assis, *sessuri*, tant qu'on leur présente
des tableaux dans ce genre.

Chaque âge a son caractère : & ce
caractère a ses variations, ses progrès,
sa décadence, selon les années : c'est ce
que signifie *mobilibus naturis*, des natu-
res qui s'alterent, s'augmentent, se changent avec les années : *mobilibus* convient
également à *naturis* & à *annis*.

L'enfant qui fait rendre les mots : rendre est un terme propre. L'enfant ne répéte que ce qu'il entend. *Pede certo signat
humum*, signifie *faire dans la terre humide
la trace d'un pas.*

Dans la description des mœurs du jeune homme, *enfin* est très-énergique. Il y
avoit long-tems que ce gouverneur l'in-
commodoit. *Cereus in vitium flecti* : il est
de cire pour prendre l'impression du vice.
Le vice prend chez les jeunes gens plûtôt que la vertu, parce qu'ils se fient aux
apparences, & qu'ils voient dans le vice
une apparence de liberté. *Sublimis*, vain,
plein de confiance, ne doutant de rien,
& le tout faute d'expérience.

Les goûts changent. Dans l'âge mur, trois objets occupent l'homme, les richeffes, les honneurs, les amis. A cet âge on eft attentif à fes démarches, on craint de s'avancer trop, de fe compromettre.

Le vieillard eft afliégé de maux. *Dilator*, il n'eft jamais prêt à agir : il n'a jamais affez déliberé. *Spe longus*, il efpere fans fin, il croit que le tems amene tout, & il attend tout de lui. *Iners, fine arte*, il ne fait pas fe remuer, fe retourner, il a peine à fe mettre en action. *Pavidusque futuri*, il eft prévoyant jufqu'à l'excès, il tremble que le néceffaire ne lui manque, parce qu'il fent fa foibleffe.

Ariftote fonde prefque tous ces traits des différens âges fur ce principe : Les jeunes gens qui n'ont point encore été trompez, fe fient à tout le monde. Les vieillards qui l'ont été fouvent & prefque toujours, ne fe fient à qui que ce foit. Ceux du moyen âge tiennent entre les deux excès un jufte milieu, parce que leur expérience eft elle-même dans le milieu.

Les années croiffant... Il y a en latin : *Les années qui arrivent nous apportent*

R iij

plusieurs avantages , & quand elles s'en vont, elles nous en enlévent plusieurs. On n'entend pas en françois les années qui viennent & les années qui s'en vont. Cela doit s'expliquer ici par la maniere dont les Anciens comptoient les années. Le plus haut période de la vie humaine est environ l'âge de cinquante ans. Jusqu'à trente , c'est l'âge croissant, *œtas crescens* ; de trente à cinquante , c'est l'âge d'un homme fait, *œtas constans* ; & au-delà de cinquante , c'est *œtas declivis.* En trois mots selon Aristote, *juventus, vigor, senectus :* la jeunesse, l'âge fait, la vieillesse. Ainsi l'homme acquiert des avantages jusqu'à cinquante ans ; mais ensuite il les perd peu à peu. Le poëte doit saisir tous les degrez de différence, & prendre garde que Nestor ne parle point en jeune homme, ni Ulysse en enfant. Il y a les propriétez de chaque âge : c'est à quoi les poëtes doivent s'attacher , *Semper in adjunctis œvoque morabimur aptis.*

XIII.

» La chose qui paroît sur la scene est

Aut agitur res in scenis, aut acta refertur.

» en action ou en récit. Ce qu'on voit
» par les yeux agit plus fortement fur l'a-
» me, que ce qui n'entre que par les
» oreilles ; le spectateur y ajoute plus de
» foi : il s'instruit lui-même. Cependant
» il ne faut point mettre fur la scene ce
» qui doit se passer derriere la toile. Il
» y a bien des choses qu'on ôte de devant
» les yeux, & dont un acteur vient ren-
» dre compte un moment après. Medée
» n'égorgera point ses enfans aux yeux
» du parterre. L'horrible Atrée ne fera
» point cuire des entrailles humaines de-
» vant tout le monde. Progné ne se chan-
» gera point en oiseau, ni Cadmus en
» ferpent. Cette maniere de les préfen-
» ter détruiroit l'illusion & déplairoit.

La chofe eft en action ou en récit. Tout

Segnius irritant animos demiffa per aurem,
Quàm quæ funt oculis fubjecta fidelibus, & quæ
Ipfe fibi tradit fpectator. Non tamen intùs
Digna geri, promes in fcenam : multáque tolles
Ex oculis, quæ mox narret facundia præfens.
Nec pueros coram populo Medea trucidet :
Aut humana palam coquat exta nefarius Atreus :
Aut in avem Progne vertatur, Cadmus in anguem.
Quodcunque oftendis mihi fic, incredulus odi.

ce qui se présente au théâtre ne peut se présenter que sous deux formes : ou en montrant la chose elle-même, & alors ce sont les yeux qui instruisent l'esprit ; ou en disant ce qu'est la chose sans la montrer, & c'est l'oreille qui instruit. La première forme est *dramatique*, c'est-à-dire, *active*. La seconde forme se nomme *épique* ou *narrative*.

De ces deux formes, la dramatique est la plus vive & celle qui frappe le plus, pour deux raisons : parce qu'on se fie plus à ses yeux, qu'au récit d'un autre : *oculis fidelibus*, c'est-à-dire, *quibus fides habetur* ; ensuite parce que les yeux entrent dans un plus grand détail, & que l'imagination a tout d'un coup son objet, sans avoir à faire aucun effort.

Mais d'un autre côté, il y a des choses que l'art ne peut contrefaire assez bien pour tromper les spectateurs. Alors il faut prendre la forme épique ou narrative, & dire, par exemple, que les Horaces se sont battus dans la plaine, ou qu'Hippolyte a été emporté par ses chevaux & déchiré en pièces. Ainsi la forme épique se trouve quelquefois nécessairement dans le dramatique. Mais aussi réciproquement, la forme dramatique se trouvera dans les récits de l'Epopée, pour y jetter plus de force & de feu. Nous l'avons dit (a).

Cependant (pour expliquer une fois clairement les degrez de l'épique & du dramatique) on peut dire que le dramatique du théâtre est beaucoup plus complet que celui de l'épopée. Sur le théâtre on entend parler Enée : on l'entend de même, il est vrai, dans le poëme épique de Virgile : mais, sur le théâtre, on voit outre cela la personne d'Enée, on voit ses gestes, ses mouvemens, on entend sa voix ; dans l'épopée on lit seulement ses paroles. Le récit dans le dramatique a de quoi occuper en même tems les yeux & les oreilles ; le dramatique dans l'épopée n'occupe que l'imagination, laquelle ne travaille que d'après les signes artificiels qu'on lui donne, c'est-à-dire, d'après des mots. Ainsi le récit des drames est en partie dramatique ; parce que si on ne voit pas Hippolyte tombant de son char, on voit du moins Theramène pleurant, on l'entend, & son récit est une sorte de spectacle : dans le dramatique de l'épopée, il

(a) Tome 2. pag. 111.

n'y a du drame que la forme du difcours
de l'acteur, laquelle eft directe. En un
mot dans les drames tont eft dramatique
jufqu'aux récits mêmes ; & dans l'épopée,
ce qui eft dramatique l'eft tout au plus à
demi, puifque de trois expreffions direc-
tes, qui font le gefte, le ton de voix, la
parole, il n'y a que cette derniere qui le
foit.

On déplaît quand on détruit l'illufion.
On ne veut point être trompé à demi. Il
femble qu'alors on méprife notre intelligence. C'eft pour cela que Simon dans
Térence reproche à Dave de prendre
mal fes mefures pour le dupper : *O Dave,
ita ne contemnor abs te ?* Pour qui nous
prenez-vous ? Le piége eft trop groffier.
On fe fâche, & on ne croit rien. *Incredulus odi.*

XIV.

» La piéce aura cinq actes, ni plus ni
» moins, fi on veut qu'elle foit rede-
» mandée plufieurs fois. On n'y fera point
» intervenir de Divinitez, à moins que le

Ne ve minor, neu fit quinto productior actu
fabula quæ pofci vult, & fpectata reponi.

„ dénouement n'ait befoin d'un pouvoir
„ furnaturel : & il n'y aura pas plus de
„ trois interlocuteurs.

La pièce aura cinq actes. Cinq actes
renferment quatre repos pour le fpectateur, dans une durée à-peu-près de trois
heures. C'eft une obfervation faite fur la
portée de l'efprit humain. Une attention
d'une heure, de deux heures, ne l'exerce
pas affez long-tems. Si elle paffe trois
heures, elle devient un travail. De ces
cinq actes, le premier contient l'expofition du fujet & forme le nœud : les trois
du milieu contiennent les efforts pour
rompre le nœud : & le dernier améne le
dénouement. Il étoit jufte de donner plus
d'étendue à la partie qui contient l'effort.
Le nœud ne nous intéreffe que parce qu'il
demande de l'effort pour le réfoudre : &
quand il eft une fois réfolu, l'intérêt ceffe.
Ainfi le drame confifte proprement dans
l'effort qui fe fait pour exécuter une en-
treprife difficile.

On n'y fera point intervenir de divi-

Nec deus interfit ; nifi dignus vindice nodus
Inciderit : nec quarta loqui perfona laboret.

nitez. L'intervention des dieux ne doit point se mettre dans une entreprise : ou, si on l'y met, elle doit y regner d'un bout à l'autre. Et en ce cas le drame devient ce qu'on appelle *merveilleux.* Si la divinité ne se présente qu'à la fin pour dénouer la difficulté ; elle marque l'impuissance du poëte, ou celle du héros, dont l'effort a cedé aux obstacles. Le spectateur n'est jamais plus satisfait que quand on lui montre une entreprise difficile, & qui pourtant s'exécute par les seules forces humaines. Cependant, si le merveilleux est regardé comme certain par les spectateurs, on peut le montrer tel qu'il est dans l'opinion reçûe : & c'est par là qu'Euripide a pû, sans aller contre les regles, faire enlever par Diane, Iphigénie qu'on alloit immoler. Quoique, s'il y eût eu un autre moyen à-peu-près aussi hardi de la sauver, je suis persuadé que les Grecs en eussent encore été plus contens.

Il n'y aura pas plus de trois interlocuteurs. On peut mettre vingt acteurs sur le théâtre ; mais il suffit que trois parlent : les autres seront des personnages muets. Le monologue est ennuyeux, & peu vrai-

femblable, fur-tout s'il eſt long. Le dialogue entre deux eſt un peu monotone ;
entre trois, il eſt varié ; entre quatre, il
commence à être rompu. Deux interlocuteurs parlent ; ils ont chacun leur avis :
un troiſiéme vient qui tient le milieu
pour les concilier. Que peut dire un quatriéme ? Rien qui ne puiſſe être mis dans
la bouche des trois autres. Par conſé-
quent on pouvoit ſe paſſer de ſes diſcours.
S'il parle, que ce ſoit par des monoſyl-
labes, & ſeulement pour donner ſon ap-
probation à ce qui a été dit : qu'il ne ſe
fatigue point à nous faire de longs diſcours, *ne loqui laboret.*

X V.

» Le Chœur doit faire l'office d'un ac-
» teur. Jamais il ne chantera rien dans
» les entre-actes, qui n'aide à l'action &
» qui ne ſoit lié avec elle. Il donnera aux
» gens de bien ſa faveur, ſes conſeils. Il
» tâchera d'appaiſer la colere, d'adoucir

Actoris partes Chorus, officiumque virile
Defendat : neu quid medios intercinat actus,
Quod non propoſito conducat, & hæreat apte.
Ille bonis faveatque, & conſilietur amicis,
Et regat iratos, & amet pacare tumentes.

» la fierté. Il louera les mets d'une table
» frugale, les heureux effets de la justice,
» des loix, de la paix qui laisse ouvertes
» les portes des villes. Il gardera scrupu-
» leusement un dépôt confié. Il sera reli-
» gieux, & priera les dieux de rendre
» leur protection à l'innocent qui souffre,
» & de l'ôter au coupable orgueilleux.

Les anciens avoient des chœurs, c'est-
à-dire, un certain nombre de personnes
qui se tenoient à côté des acteurs sur le
théâtre, & qui représentoient les témoins
spectateurs de l'action. C'étoient des
vieillards, des femmes, des guerriers,
des bergers, des satyres, des divinitez,
selon le genre & le caractère de la piéce.
Ces chœurs chantoient dans les entr'actes
des morceaux lyriques. Quelquefois même ils parloient dans les scènes, un seul,
qu'on nommoit coryphée, au nom de
tous : c'est ce que signifie le mot *virile*.
Après avoir dit qu'un quatriéme acteur

Ille dapes laudet mensæ brevis : ille salubrem
Justitiam, legesque, & apertis otia portis.
Ille tegat commissa : deosque precetur, & oret,
Ut redeat miseris, abeat fortuna superbis.

ne devoit point parler long-tems, Horace ajoute que si le chœur parle, il sera
compté pour un acteur.

*Qu'il ne chante rien dans les entr'actes,
qui n'ait rapport au sujet.* Au commencement les chœurs n'étoient point liez avec
l'action. C'étoit une espece d'hymne à la
gloire du dieu dont on célébroit la fête.
Mais ensuite le dramatique étant devenu
un spectacle plus profane que religieux,
le bon goût l'emporta sur l'usage ; & on
voulut que le lyrique des entr'actes ne
fût que l'expression du sentiment que les
scènes précédentes pouvoient avoir produit.

Qu'il donne sa faveur aux gens de bien.
C'est le caractère du chœur. Le considé-
rant comme personnage, il falloit qu'il
en eût un : & c'est la probité, l'amour de
la vertu, de la justice, de la paix. Les
hommes en général aiment la justice. Ils
veulent bien être vicieux ; mais ils aiment
que les autres ne le soient pas. Ainsi quiconque représente le public assistant à
une action juste ou injuste, il doit le
peindre approuvant le juste, & blâmant
l'injuste. Quand le cœur humain est dé-
sintéressé, il préfère le bien au mal.

XVI.

» Autrefois la flute n'étoit pas allon-
» gée par le secours du léton, pour imi-
» ter la trompette guerriere. Douce, sim-
» ple, elle n'avoit que peu de trous ; au-
» tant qu'il en falloit pour accompagner
» le chœur, & remplir un théâtre d'autant
» moins serré que le peuple qui s'y ras-
» sembloit, n'étoit pas nombreux, & qu'il
» étoit sage, modeste & tranquille.

» Mais lorsque ce même peuple eut
» étendu son domaine, & élargi l'en-
» ceinte de ses murs, lorsqu'il eut com-
» mencé à offrir pendant tout le jour des
» libations de vin pur au dieu de la joie ;
» il fallut marquer davantage le nombre
» & le chant. Sans cela ce citoyen rusti-
» que, qui n'avoit nulle idée de l'art, &

Tibia non ut nunc orichalco vincta, tubæque
Æmula, sed tenuis, simplexque foramine pauco,
Aspirare & adesse chorus erat utilis, atque
Nondum spissa nimis complere sedilia flatu.
Quò sanè populus numerabilis, ut pote parvus,
Et frugi, castusque, verecundusque coibat.
  Postquam cœpit agros extendere victor ; & urbem
Latior amplecti murus ; vinóque diurno
Placari Genius festis impunè diebus :

» qui

» qui venant à la ville, abuſoit ſouvent
» de la liberté des fêtes, n'en auroit pas
» ſenti l'impreſſion.

  » Voilà ce qui fit ajoûter au chant un
» certain éclat, & une eſpece de luxe à
» l'art ancien.

  » Bientôt on vit ſur le théâtre les robes
» traînantes. On ajoûta à la flute des tons
» moins graves. Enfin l'élocution prit un
» eſſor extraordinaire, & un enthouſiaſme
» ſemblable à celui des oracles qui an-
» noncent l'avenir.

Après avoir parlé du chœur qui chantoit avec l'accompagnement de la flute,
il étoit naturel de parler auſſi de la flute
& des progrès qu'elle avoit faits. *Tibia*
ſignifie l'os de la jambe, parce que c'é-
toit avec cet os qu'on faiſoit les flutes.

Acceſſit numeriſque, modiſque licentia major.
Indoctus quid enim ſaperet, liberque laborum,
Ruſticus, urbano confuſus, turpis honeſto?
Sic priſcæ motumque, & luxuriam addidit arti
Tibicen: traxitque vagus per pulpita veſtem.
Sic etiam ſidibus voces crevere ſeveris:
Et tulit eloquium inſolitum facundia præceps:
Utiliumque ſagax rerum, & divina futuri
Sortilegis non diſcrepuit ſententia Delphis.

Tome III.   S

On les faisoit aussi quelquefois de buis, de sureau, d'un simple roseau. Dans l'origine de la Poësie dramatique les flutes étoient fort douces, ayant un son grêle, *tenuis*. Il n'y en avoit qu'une, *simplex*: elle n'avoit que peu de trous, *foramine pauco*. Mais ensuite on l'allongea en la terminant en vase comme une trompette, *tubæ æmula* : au lieu d'une, on en mit deux : l'une à droite, dont les sons étoient plus aigus ; l'autre à gauche, dont les sons étoient plus graves : ainsi les flutes étant doublées, les trous furent doublez aussi. Pourquoi ces changemens ?

Autrefois le théâtre étoit petit, le peuple peu nombreux, sobre, par conséquent modeste & tranquille. Ainsi il n'étoit pas nécessaire que les flutes qui accompagnoient, eussent un son si perçant, *Tenuis*, *simplex*, *foramine pauco*, *aspirare choris erat utilis*. Mais ensuite le théâtre étant devenu plus grand, les spectateurs plus nombreux, moins sages & souvent ivres, il fallut que les sons fussent plus élevez & la mesure plus marquée : *Accessit numerisque modisque licentia major*. Le nombre, ou ce qui est la même chose, le mouvement, fut plus marqué, plus

brillant, c'eſt *numerorum licentia.* Le chant
fut plus hardi, plus vif, les intervalles
plus éloignez, c'eſt *modorum licentia.*
C'eſt ce qu'il appelle plus bas *motum &*
luxuriam.

Le luxe ajoûté à la muſique ſe com-
muniqua aux décorations théâtrales. Les
perſonnages du chœur eurent des robes
traînantes. Le ſtyle même du chœur tragique oublia ſa premiere ſimplicité. Les
poëtes ſe perdirent dans leur enthouſiaſme, & parlerent le langage des oracles.
En effet rien n'eſt ſi difficile que les chœurs
des anciens tragiques ou comiques. Ils
ſont ſi ſublimes, qu'il faut preſque être
devins pour les comprendre.

XVII.

» On alla plus loin encore. Le poëte
» qui jadis avoit combattu pour un
» bouc (*a*), montra des Satyres nuds, &
» eſſaya de faire rire en conſervant la

Carmine qui tragico vilem certavit ob hircum,
Mox etiam agreſtes ſatyros nudavit : & aſper
Incolumi gravitate jocum tentavit. Eo quòd

(*a*) Celui qui avoit diſ- | fit bientôt paroître des Saty-
puté le prix du bouc, en | res demi boucs.
vers à l'honneur de Bacchus, |

» gravité tragique, parce qu'il falloit re-
» tenir par le charme de quelque nou-
» veauté un spectateur revenant des sa-
» crifices, plein de vin & incapable de se
» tenir dans les bornes.

» Cependant, quand on voudra intro-
» duire (a) des Satyres badins & mordans
» & allier la gravité avec la plaisanterie,
» il faudra prendre garde que l'acteur
» tragique, soit dieu, soit héros, qui fi-
» gure avec le Satyre, & qui un moment
» auparavant étaloit l'or & la pourpre des
» rois, n'entre pas tout à coup dans les
» boutiques (b) par un style bas & igno-
» ble; ou que, voulant éviter la bassesse,

Illecebris erat, & grata novitate morandus
Spectator, functusque sacris, & potus, & exlex.
Verum ita risores, ita commendare dicaces
Conveniet satyros, ita vertere seria ludo,
Ne, quicunque deus, quicunque adhibebitur heros,
Regali conspectus in auro nuper, & ostro,
Migret in obscuras humili sermone tabernas:
Aut dum vitat humum, nubes, & inania captet.

(a) *Commendare*, ne pourroit il pas signifier *faire figurer avec quelque chose:* man-
dare cum, de même qu'*adhi-
bere* le signifie? En ce sens,
commendare reviendroit à
peu-près à *committere.*

(b) *Tabernas,* les pièces ta-
vernières ou des boutiques;
c'étoit du plus bas comique.

» il ne se perde dans les nues. La Tragédie
» ne doit jamais s'avilir. Quand elle se
» trouve avec les Satyres, elle doit être
» dans le même embarras qu'une dame
» de qualité qui est obligée de danser
» dans les fêtes des dieux.

    » Pour moi, si je faisois des Satyres (*a*),
» je ne me contenterois pas de faire tenir
» à ces acteurs sauvages des discours brus-
» ques & grossiers (*b*). Je m'éloignerois
» tellement du ton tragique, qu'il y eût
» pourtant quelque différence entre le
» ton de Dave, ou de l'effrontée Pithias
» qui escroque à Simon un talent, &

Effutire leves indigna tragœdia versus.
Ut festis matrona moveri jussa diebus,
Intererit satyris paulùm pudibunda protervis.
Non ego inornata, & dominantia nomina solùm,
Verbáque, Pisones, satyrorum scriptor amabo :
Nec sic enitar tragico differre colori ,
Ut nihil intersit Davusne loquatur , an audax
Pithias , emuncto luctata Simone talentum ,

(*a*) *Dominantia verba,* c'est ce qu'on appelle nommer chaque chose par son nom. Les Satyres étoient grossiers, ils vomissoient des ordures, ce qu'Horace désigne plus bas par les mots *immunda ignominiosaque dicta.*

(*b*) *Satyrorum scriptor,* ces Satyres dramatiques se nommoient en latin, *Satyrus, Satyri,* au lieu que les Satires telles que celles d'Horace & de Juvenal se nommoient *Satyræ.*

» celui d'un Siléne serviteur & nourri-
» cier de Bacchus. Je formerois mes dia-
» logues sur le modéle du familier. Cha-
» cun croiroit pouvoir faire la même
» chose ; & s'il osoit l'entreprendre, il
» sueroit long-tems & peut-être sans suc-
» cès : tant la suite & la liaison ont de
» force pour relever ce qu'il y a de plus
» commun.

   » Enfin, selon moi, les Satyres, qui
» sortent des forêts, ne doivent point dire
» des vers trop fins, trop délicats, com-
» me s'ils étoient nez au milieu d'une
» ville, ou presque dans le barreau. Ils
» ne doivent point non plus vomir des
» ordures, ni des grossieretez. Et si la
» canaille, qui se nourrit de poix chiches
» & de noix, les approuve ; le sénateur,

An custos, famulusque dei Silenus alumni.
Ex noto fictum carmen sequar : ut sibi quivis
Speret idem : sudet multum, frustráque laboret
Ausus idem : tantum series, juncturáque pollet :
Tantum de medio sumptis accedit honoris,
   Sylvis deducti caveant, me judice, Fauni
Ne velut innati triviis, ac pene forenses
Aut nimiùm teneris juvenentur versibus unquam ;
Aut immunda crepent, ignominiosáque dicta.
Offenduntur enim, quibus est equus, & pater, & res

» le chevalier, le citoyen qui vit noble-
» ment, s'en offense & ne leur donne pas
» le prix.

On a cherché bien loin l'explication
de ce morceau d'Horace; & je crois que
nous l'avons chez nous dans certaines
piéces Italiennes; puisqu'à peu de choses
près, on retrouve dans Arlequin les caractères d'un Satyre. Qu'on fasse attention à son masque, à sa ceinture, à son
habit collant, qui le fait paroître presque comme s'il étoit nud, à ses genoux
couverts, & qu'on peut supposer ren-
trants; il ne lui manque qu'un soulier
fourchu. Ajoûtez à cela sa façon miévre
& déliée, son style, ses pointes souvent
mauvaises, son ton de voix. Tout cela
fait assurément une maniere de Satyre.
Le Satyre des Anciens approchoit du
bouc: l'Arlequin d'aujourd'hui approche
du chat: c'est toujours l'homme déguisé
en bête. Comment les Satyres jouoient-
ils selon Horace? Avec un dieu, un héros qui parloit du haut ton. Arlequin de

---

Nec, si quid fricti ciceris probat, & nucis emptor,
Æquis accipiunt animis, donantve coronâ.

même paroît vis-à-vis Samſon : il figure en grotesque avec un héros : il fait le héros lui-même : il représente Théſée, &c.

Nous avons heureuſement une de ces piéces de l'antiquité, qui juſtifie ce que j'avance : c'eſt le Cyclope d'Euripide. Les perſonnages de cette piéce ſont Polyphème, Ulyſſe, un Silène, & un chœur de Satyres. L'action eſt le danger que court Ulyſſe dans l'antre du Cyclope, & la maniere dont il s'en tire. Le caractère du Cyclope eſt l'inſolence, & une cruauté digne des bêtes féroces. Le Silène eſt badin à ſa maniere, mauvais plaiſant, quelquefois ordurier. Ulyſſe eſt grave & ſérieux, de maniere cependant qu'il y a quelques endroits où il paroît ſe prêter un peu à l'humeur bouſonne des Silènes. Le chœur des Satyres a une gravité burleſque, quelquefois il devient auſſi mauvais plaiſant que le Silène. Ce que le pere Brumoi en a traduit, ſuffit pour convaincre ceux qui auront quelque doute.

Peu importe, après cela, de remonter à l'origine de ce ſpectacle, qui fut, dit-on, d'abord très-ſérieux. Il eſt certain que du tems d'Euripide, c'étoit un mélange du haut & du bas, du ſérieux &

du bouffon. Les Romains ayant connu
le théâtre grec, introduisirent chez eux
cette espece de spectacle pour réjouïr non-
feulement le peuple & les acheteurs de
noix ; mais quelquefois même les philofophes, à qui le contrafte, quoiqu'outré,
peut fournir matiere à réflexions. C'eft
dans ce fyftême que je vais expliquer Horace ; & j'ofe dire que tout fera clair.

Le poëte tragique montra des fatyres
nuds, & effaya de faire rire, fans quitter
la gravité de fon genre. C'eft-à-dire, qu'un
héros tragique, tel qu'Ulyffe, par exemple, conferva fa gravité, *incolumi gra-*
vitate ; &, que vis-à-vis de lui on mit,
en pendant, un Satyre nud, avec fon maf-
que & fes pieds fourchus : ce qui devoit
faire rire beaucoup des fpectateurs demi-
ivres, & qui ne demandoient que du li-
centieux : *Eo quod illecebris, &c.*

Les Satyres badins & mordans... Rifores
& dicaces : c'eft leur caractère : portez à
rire de tout, même d'une platitude : &
outre cela méchans & mordans, mais avec
groffiereté.

Allier la gravité avec la plaifanterie.
Vertere feria ludo. Ulyffe parle gravement ;
Silène lui répond par une boufonnerie :

c'est renverser le sérieux pour le remplacer par un jeu, *vertere*.

Il faudra prendre garde que l'acteur tragique.... Après avoir défini le spectacle satyrique, il donne des regles pour les deux parties qui figurent ensemble.

L'acteur tragique, soit dieu, soit héros, qui figure, *quicumque adhibebitur*, & qui, soit dans la piéce toute tragique qui a précédé, ou dans quelque autre scene de la même piéce, a parlé d'un ton haut & grave, *Regali conspectus in auro nuper & ostro*, ne doit point descendre au style bas & rampant, ni aussi se perdre dans les nues. La raison de ce précepte est que, le contraste du sérieux & du badin étant le fond de la satyre, si le héros qui représentoit le sérieux eût pris un style bas, le contraste auroit disparu. D'un autre côté, un style d'une élévation outrée auroit été inintelligible. Quel sera donc le ton de la partie tragique ? Horace le montre dans un exemple : Une dame de qualité qui danse publiquement dans les fêtes, a un extérieur décent, mais un peu embarrassé, de voir les yeux de tout un peuple attachez sur elle, & d'entendre les réflexions de toutes especes

qu'on fait fur fon compte. Voilà le modéle de la partie tragique.

Quelles font les regles de la partie
fatyrique ? Les Satyres fortent des bois,
fylvis deducti. Ainfi ils n'auront pas la
fineffe de ceux qui font nez dans les villes :
Ne velut innati triviis ac penè forenfes.
D'un autre côté ils font rieurs & mordans,
rifores & dicaces : cependant ils ne vomi-
ront point d'ordures, ni de groffieretez :
Ne immunda crepent ignominiofaque dicta :
les honnêtes gens s'en offenferoient. Quel
fera donc leur ftyle.

Si je faifois des drames fatyriques, je
ne prendrois pas dans la partie que font
les Satyres, la couleur ni le ton de la
Tragédie, parce que, fans cela, il n'y
auroit plus de contrafte. Je ne prendrois
pas non plus le ton de la Comédie : Da-
vus eft trop rufé : une Courtifanne, qui
excroque un talent à un vieil avare, tout
fin qu'il eft, eft trop fubtile. Ce caractère
de fineffe ne peut convenir à un Silène,
qui fort des forêts, qui n'a jamais été
que le ferviteur & le gardien d'un dieu
en nourrice. Il doit être naïf, fimple : &
ce fera précifément le ton que je pren-
drai, le familier le plus commun. Tout

le monde croira pouvoir faire parler de
même les Satyres ; parce que leur élocution femblera entierement négligée ; cependant il y aura un mérite fecret , &
que peu de gens pourront attraper , ce
fera la fuite & la liaifon même des chofes : *Tantùm feries juncturaque pollet.* Il
eft aifé de dire quelques mots avec naïveté ; mais de foutenir long-tems ce ton,
fans être plat , fans laiffer de vuide , fans
faire d'écart , fans liaifons forcées, c'eft
peut-être le chef-d'œuvre du goût & du
génie.

XVIII.

» Une fyllabe brève fuivie d'une lon-
» gue eft ce qu'on appelle ïambe. Ce
» pied eft rapide. C'eft ce qui a fait fur-
» nommer trimétres les vers ïambiques,
» quoiqu'ils aient fix mefures. Autrefois
» ce vers étoit tout compofé d'iambes.
» Mais depuis quelque tems pour lui
» donner un peu plus de confiftence &

Syllaba longa brevi fubjecta , vocatur iambus,
Pes citus , unde etiam trimetris accrefcere juffit
Nomen iambeis : cum fenos redderet ictus :
Primus ad extremum fimilis fibi. Non ita pridem,
Tardior ut pauló , graviorque veniret ad aures,

» de gravité, l'iambe a fait part de ſes
» droits naturels aux graves ſpondées ; à
» condition cependant qu'il ne leur cé-
» deroit jamais ni la ſeconde, ni la qua-
» triéme place. Cet ïambique moderne ne
» ſe trouve même que rarement dans les
» trimétres ſi connus d'Ennius, & d'At-
» tius. Un vers qui paroît ſur la ſcène
» avec trop de ſpondées, prouve que l'ou-
» vrage a été fait trop vîte, & avec peu
» de ſoin, ou même que l'Auteur ne ſait
» pas ſon art. Il n'eſt pas donné à tout
» le monde de ſentir le défaut de modu-
» lation dans les vers. Et nous avons là-
» deſſus pour nos poëtes une indulgence
» qui va trop loin. Sera-ce pour moi une
» raiſon de me laiſſer aller au hazard,
» & d'écrire ſans m'embarraſſer des re-

Spondeos ſtabiles in jura paterna recepit
Commodus, & patiens : non ut de ſede ſecunda
Cederet, aut quarta ſocialiter. Hic & in Acci
Nobilibus trimetris apparet rarus, & Enni.
In ſcenam miſſus magno cum pondere verſus,
Aut operæ celeris nimium, curáque carentis,
Aut ignotatæ premit artis crimine turpi.
Non quivis videt immodulata poëmata judex :
Et data romanis venia eſt indigna poetis.
Idcirco ne vager : ſcribamque licenter ? an omnes

» gles ? Ou plutôt ne dois-je point me
» perfuader que tout le monde verra mes
» fautes , & par-là être toûjours fur mes
» gardes , comme fi je n'avois nulle grace
» à efpérer ? Et encore avec ce foin , je
» n'ai pas droit aux louanges ; je n'ai fait
» que me mettre à couvert du reproche.
» Lifez les modéles que nous ont laiffé
» les Grecs , & lifez-les jour & nuit.

   » Mais , dira-t-on , nos ayeux ont beau-
» coup vanté les vers & les bons mots
» de Plaute. Ils étoient trop bons, pour
» ne rien dire de plus : du moins , fi vous
» & moi , nous favons faire la différence
» d'un bon mot & d'une mauvaife plai-
» fanterie , & juger par le doigt , & par
» l'oreille , de la régularité des fons.

Une fyllabe brève fuivie , *&c.* Le poëte

Vifuros peccata putem mea ? tutus , & intra
Spem veniæ cautus. Vitavi denique culpam ;
Non laudem merui. Vos exemplaria Græca
Nocturna verfate manu , verfate diurna.
   At noftri proavi Plautinos & numeros , &
Laudavere fales : nimiùm patienter utrumque ,
Ne dicam ftultè , mirati ; fi modò ego , & vos
Scimus inurbanum lepido feponere dicto ,
Legitimumqué fonum digitis caliemus , & aure.

a dit ailleurs que chaque genre a son
style, son harmonie; ses nombres, par
conséquent, sa versification. Le vers ïambique est celui qui convient aux drames :

Hunc socci cepere pedem grandesque cothurni.

Mais quelles sont les regles particulieres
du vers dramatique ? Quelles qualitez
doit-il avoir pour être parfait ? C'est ce
qu'Horace explique dans cet endroit.
L'ïambe va très-vîte, *pes citus*. Il est composé d'une brève & d'une longue. La brève
chasse la longue à tout moment; ce qui
donne au vers ïambique une vîtesse brus-
que & précipitée. C'est pour cette raison
que ceux de quatre mesures ont été appellez dimétres; ceux de six, trimétres;
& ceux de huit, tétramétres; parce que
la mesure étant fort courte, & d'un tems
& demi seulement, on en a joint deux
ensemble; de sorte que le frappé contient la premiere mesure, & le levé la
seconde, & ainsi en suivant : par exemple, au lieu de battre ainsi,

Bea | *tus il* | *le qui* | *procul* | *nego* | *tiis.*

voilà six mesures; on a battu ainsi :

Beatus il | *le qui procul* | *negotiis.*

Par conféquent, quoique ces vers euffent
fix mefures, & qu'on eût pu les appeller
hexamétres, on ne les a appellez que trimétres.

Cette efpece de vers étoit excellente
pour le dialogue ; mais il a paru difficile
de la pratiquer toûjours & à la rigueur.
On a donc cherché des moyens d'adoucir la difficulté, en y faifant entrer le
fpondée, qui a deux tems, ou même le
dactyle, quoiqu'Horace n'en parle point ;
à condition cependant que l'iambe feroit
toûjours aux pieds pairs, 2. 4. 6. 8. Mais
comme ce n'a été qu'un relâchement de
la regle, un poëte qui favoit le principe
de fon art ne devoit en ufer que rarement
& avec réferve. La raifon eft que les fpondées dérangent les nombres, & gâtent
l'harmonie. Ils dérangent les nombres :
l'iambe pur de fix pieds n'a que neuf
tems : l'iambe mêlé de trois fpondées a
dix tems & demi : par conféquent les intervalles font plus longs, & la mefure
ceffe d'être exacte. Ils gâtent l'harmonie ;
parce qu'au lieu du mélange exact des
brèves & des longues, qui s'entrelacent
dans l'iambique pur ; il y a deux fois trois
longues de fuite au troifiéme & au cinquiéme

quiéme pied , & une fois deux au premier
pied. Ce qui donne du poids & de la
maſſe au vers ïambique, lequel alors eſt
lourd plutôt que leger. C'eſt ce qu'Horace
appelle , *verſus miſſus magno cum pon-*
dere.

Il eſt vrai que peu de gens s'en apper-
çoivent : mais ce n'eſt pas une raiſon pour
être moins ſur ſes gardes. Ceux qui
écrivent pour l'immortalité , ne doivent
ſe rien paſſer à eux-mêmes. L'indulgence , ou l'incompétence des juges de leur
ſiécle , ne doit point les raſſurer. Tôt ou
tard il ſe trouve quelqu'un , *naris acu-*
tæ , qui voit les fautes, & les fait voir aux
autres.

Un auteur qui a évité les fautes ne mérite
pas encore d'être loué. Ce n'eſt pas tout
d'être ſans vice : il faut avoir des vertus.

Mais on approuve les bons mots & les
vers de Plaute. Je l'avoue : mais c'eſt par
un excès de bonté ; peut-être même que c'eſt
par ſotiſe. Horace ne blâme ici ni l'élocution de Plaute , ni ſon comique. Il ne
cenſure que ſes bons mots, qui ſouvent
n'étoient que de mauvaiſes plaiſanteries,
des turlupinades : & ſa verſification, où
le nombre des ſpondées & des dactyles

Tome III. T

gâtoit le mouvement & l'harmonie : le mouvement, qui se mesure en levant & abaissant le pouce successivement, *digito* : l'harmonie, dont on juge par l'oreille, *aure*.

Lisez les modèles des Grecs. C'est à propos du style & de la versification qu'Horace exhorte les auteurs à feuilleter jour & nuit les modèles grecs. C'est sans exclure le fond des choses, & la maniere de mettre en œuvre. Il n'y a jamais eu de nation qui ait travaillé avec plus de soin la partie de l'élocution. Ils burinoient, dit Denys d'Halicarnasse, plutôt qu'ils ne peignoient. On sait les efforts prodigieux de Démosthène, lequel s'enterroit des mois entiers, pour forger ces foudres, qui n'avoient tant de force, selon Cicéron, que parce qu'ils avoient la mélodie & la cadence : *Non enim tanto impetu vibrarent fulmina illa, nisi numeris ferrentur.* Isocrate, philosophe autant qu'orateur, a été, selon les uns, dix ans, selon d'autres, quatorze, à polir un seul discours. Platon à quatre-vingts ans polissoit encore ses dialogues. On trouva des corrections sur ses tablettes après sa mort. Ils écrivoient cependant en prose, où les loix laissent une certaine liberté. Quelle idée doit-on avoir d'un auteur tel qu'Homere, qui réunit dans la partie de l'élocution tous les suffrages, & de tous les tems ? Si un discours en prose demandoit dix ans pour être parfait ; quel tems n'a-t-il point fallu pour mettre tant de perfection dans deux poëmes qui contiennent près de trente mille vers ? Mais plûtôt quelle force & quelle richesse de génie, quel goût, pour avoir achevé des choses si admirables, dans un espace aussi court que celui de la vie humaine ?

XIX.

» On dit que Thespis fut le premier
» inventeur du genre tragique, & qu'il
» traîna dans des chars, des acteurs bar-
» bouillez de lie, qui représentoient ses
» pièces. Après lui Eschyle inventa les
» masques plus honnêtes (a), & les robes

Ignotum tragicæ genus invenisse camœnæ
Dicitur & plaustris vexisse poemata Thespis,
Quæ canerent, agerentque peruncti fæcibus ora.
Post hunc personæ, pallæque repertor honestæ

(a) Persona est un masque. Si l'âge en doit point selon ces masques étoient faits l'âge, le caractère & le son comme des masques, & le de celui qui les portoit.

» traînantes. Il éleva un théâtre fur des
» trétaux, & apprit aux acteurs à parler
» avec emphase, & à se tenir ferme fur
» le cothurne. Vint ensuite la vieille co-
» médie qui se fit beaucoup de réputa-
» tion. Mais la liberté ayant dégénéré en
» licence, il fallut une loi pour la répri-
» mer. La loi fut reçue, & cette forte
» de spectacle fut abolie, parce que la
» comédie n'eut plus le droit de nuire.

» Nos poëtes ont travaillé dans tous
» les genres. Ils ont même osé abandon-
» ner les traces des Grecs, & prendre
» des sujets tout Romains, qui leur ont
» fait beaucoup d'honneur, tant dans le
» tragique que dans le comique. On peut
» dire même que le Latium ne seroit pas

Æschylus, & modicis instravit pulpita tignis :
Et docuit, magnumque loqui, nitique cothurno.
Successit vetus his comœdia, non sine multa
Laude : sed in vitium libertas excidit, & vim
Dignam lege regi. Lex est accepta : chorusque
Turpiter obticuit, sublato jure nocendi.
   Nil intentatum nostri liquere poetæ :
Nec minimum meruere decus, vestigia Græca
Ausi deserere, & celebrare domestica facta,
Vel qui prætextas, vel qui docuere togatas.
Nec virtute foret, clarisve potentius armis,
Quàm linguâ, Latium, si non offenderet unum

» moins célebre par les ouvrages d'esprit,
» qu'il ne l'est par sa valeur & par ses ar-
» mes, s'il y avoit aucun de nos poëtes
» qui pût se donner la peine & le tems
» de limer. Illustres enfans de Pompilius,
» défiez-vous d'un poëme qui n'a pas été
» corrigé souvent & long-tems, & repoli
» dix fois avec scrupule.

*Acteurs qui représentoient les piéces de
Thespis.* Le texte latin porte, *cancrent
agerentque.* Les tragédies se chantoient
chez les Anciens : c'étoit une déclamation notée, à-peu-près comme les récita-
tifs de nos opéras. Quand la matiere devenoit lyrique, comme dans les chœurs ;
alors la musique s'élevoit & devenoit plus
hardie. *Agerent*, est ce que nous appellons jouer, imiter par les gestes, contrefaire.

*La vieille Comédie se fit beaucoup de ré-
putation.* La *vieille* comédie étoit comme
la tragédie, une imitation de quelque
action vraie ou fausse ; à cette différence

Quemque poëtarum limæ labor, & mora. Vos, ô
Pompilius sanguis, carmen reprehendite, quod non
Multa dies, & multa litura coercuit ; atque
Perfectum, decies non castigavit ad unguem.

près, que l'action tragique se prenoit dans l'ordre des choses élevées, au lieu que la comique se prenoit dans les conditions médiocres de la société (a).

Les Romains se sont fait honneur dans le tragique & dans le comique. C'est ce que signifient les deux mots *prætextas* & *togatas. Prætexta* étoit la robe des seigneurs de Rome ; elle désigne la Tragédie romaine. *Toga* étoit la robe du peuple, elle signifie la Comédie romaine. *Docuere* veut dire simplement, donner des pièces de théâtre.

Se donner la peine & le tems de limer. Labor & mora. Deux choses essentielles : limer avec soin, se donner beaucoup de peine, revenir sur son ouvrage, jusqu'à s'en dégoûter soi-même, *labor.* Ce n'est pas tout, il faut le tems. Il y a des momens, où ce qu'on avoit cherché long-tems se présente de soi-même. L'occasion, le lieu, un trait qui passe, un livre ouvert par hazard, donne des idées. D'ailleurs tant qu'il reste dans l'imagination quelque partie de la chaleur qu'il falloit pour produire, le goût est moins éclairé & moins libre. L'amour d'auteur, comme celui de

(a) Voyez l'histoire abrégée de la Comédie, tom. 1. p. 341.

mere, est encore trop tendre pour savoir estimer; il ne sait qu'aimer. Il faut donc se donner le soin & le tems, *limæ labor & mora.*

Ce morceau historique tient à ce qu'il a dit plus haut touchant la versification, & il est ici une espece d'épisode pour reposer le lecteur.

Un ouvrage doit être repoli dix fois avec scrupule. Le latin est beaucoup plus fort que la traduction. L'ouvrage étant fini, achevé, *perfectum*; il faut encore passer dix fois l'ongle sur la surface, pour voir s'il n'y a point d'inégalitez. C'est une comparaison tirée de ceux qui polissoient le marbre du tems d'Horace. Ce précepte est d'un grand sens. Ce sont les beautez fines qui font la perfection d'un ouvrage. Les yeux ordinaires ne les distinguent point. Cependant les ignorans même en sentent l'effet. Tel ouvrage, soit en vers, soit en prose n'aura coûté qu'un mois à faire, lequel a besoin d'un an pour être poli. Il y a pourtant des bornes : il faut savoir finir. La lime use : Horace en a averti ailleurs : *Sectantem lævia nervi deficiunt anim: que.*

T iv

X X.

» Parce que Démocrite a dit qu'un gé-
» nie heureux valoit mieux que les efforts
» de l'art, & qu'il chaffe de l'Helicon les
» poëtes qui ont les fens raffis (*a*) ; on
» voit une infinité de gens qui ont foin
» de ne point fe faire les ongles, de ne
» point fe rafer. Ils fe retirent dans des
» lieux écartez, ne vont jamais au bain.
» Vraiment, le moyen de fe faire donner
» le nom de poëte, & d'en avoir les hon-
» neurs, eft de ne confier jamais au bar-
» bier Licinus une tête que trois Anticyres
» ne guériroient pas. Que j'ai grand tort
» de me purger tous les printems! Per-
» fonne ne feroit de meilleurs vers que

Ingenium mifera quia fortunatius arte
Credit, & excludit fanos Helicone poëtas
Democritus, bona pars non ungues ponere curat,
Non barbam, fecreta petit loca, balnea vitat.
Nancifcetur enim pretium, nomenque poëtæ,
Si tribus Anticyris caput infanabile, nunquam
Tonfori Licino commiferit. O ego lævus
Qui purgor bilem fub verni temporis horam!

(*a*) Negat enim fine furore Democritus quemquam Poëtam magnum effe poffe. Cic.

» moi. Mais je renonce à cette gloire. Je
» ferai l'office de la pierre à aiguiſer, qui
» ne coupant point, met le fer en état de
» couper. Sans écrire moi - même, je
» dirai à ceux qui écrivent, ce qu'ils doi-
» vent faire. Je leur indiquerai les four-
» ces. Je leur apprendrai ce qui forme
» & nourrit un poëte : ce qui convient
» ou ne convient pas : quelles ſont les
» vraies beautez & les fauſſes.

C'eſt une ſorte de prélude aux préceptes généraux qui vont ſuivre. Les idées en
ſont gaies, & aſſaiſonnées d'une ſatire
légere ſur certaines gens qui affectent
d'être craſſeux, ſinguliers, ſauvages, &
qui prétendent réuſſir par-là.

Ingenium : Génie heureux. C'eſt-à-dire
une facilité naturelle, qui produit ſans
peine, & dont les productions ont cet
air de liberté qui ſe trouve dans tout ce
qui s'eſt fait aiſément. *Ars miſera*, ſigni--

Non alius faceret meliora poemata. Verùm
Nil tanti eſt. Ergo fungar vice cotis : acutum
Reddere quæ ferrum valet, exors ipſa ſecandi.
Munus, & officium, nil ſcribens ipſe, docebo :
Unde parentur opes : quid alat, formerque poëtam :
Quid deceat, quid non : quò virtus, quò ferat error.

fie un effort douloureux, dans lequel il y a plus de volonté que de talent, plus d'art que de naturel. *Sanos poëtas*, les poëtes qui ont l'ame raisonnable, l'imagination réglée, qui ne connoiffent pas les fecouffes périlleuses de Pégafe.

XXI.

» Pour bien écrire il faut d'abord un
» fens droit. On trouve les chofes dans
» les ouvrages des philofophes ; & quand
» on s'en eft bien rempli, les mots fe pré-
» fentent d'eux-mêmes pour les exprimer.

» Quand on fait ce qu'on doit à fa pa-
» trie, à fes amis ; comment on doit ai-
» mer un pere, un frere, un étranger
» qu'on reçoit ; quels font les devoirs
» d'un fénateur (*a*), d'un juge, les fonc-
» tions d'un militaire qu'on envoie com-

Scribendi rectè , fapere eft, & principium , & fons.
Rem tibi Socraticæ poterunt oftendere chartæ :
Verbaque provifam rem non invita fequentur.
   Qui didicit ; patriæ quid debeat , & quid amicis ;
Quo fit amore parens , quo frater amandus , & hofpes :
Quod fit confcripti , quod judicis officium : quæ
Partes in bellum miffi ducis : ille profectò

(*a*) *Confcripti*, Sénateur : pere confcrit.

» mander ; on fait donner à chaque per-
» fonnage ce qui lui convient.

» Le favant imitateur doit fouvent jet-
» ter les yeux fur les modéles vivans de la
» fociété, & tirer de-là les vrais tons de
» la nature.

» Quelquefois une piéce qui aura des
» caractères frappans & des mœurs exac-
» tes, quoique d'ailleurs écrite fans gra-
» ce, fans force, fans art, fait plus de
» plaifir au public, & attire plus de mon-
» de, que des riens bien écrits & de beaux
» vers vuides de chofes.

» Les Grecs avoient l'un & l'autre :
» beaucoup de génie, & tous les charmes
» de l'élocution. Auffi n'étoient-ils avides
» que de la gloire. Nos jeunes gens ap-
» prennent par de longs calculs à partager

Reddere perfonæ fcit convenientia cuique.
   Refpicere exemplar vitæ, morumque jubebo
Doctum imitatorem : & veras hinc ducere voces.
   Interdum fpeciofa locis, morataque rectè
Fabula, nullius veneris, fine pondere, & arte,
Valdiùs oblectat populum, meliufque moratur,
Quàm verfus inopes rerum, nugæque canoræ.
   Graiis ingenium, Graiis dedit ore rotundo
Mufa loqui, præter laudem nullius avaris.
Romani pueri longis rationibus affem

» un fol en cent parties. Fils d'Albinus
» parlez : Qui de cinq onces ôte une , que
» refte-t-il ? parlez donc : un tiers : à mer-
» veille : vous faurez conferver votre
» bien. Ajoutez une once , combien cela
» fait-il ? une demi livre (*a*). Quand une
» fois cette rouille , cette avidité du gain
» a infecté les efprits, peut-on efpérer
» des vers dignes d'être trempez d'huile
» de cédre , ou ferrez dans des boëtes de
» cyprès (*b*) ?

Pour bien écrire il faut d'abord un fens
droit. Sapere fignifie-t-il *bon fens* ou *bon*
goût ? En général c'eft la faculté de goûter,
de fentir la vraie faveur de chaque chofe.
Je crois que ce mot défigne en même
tems *le bon fens* & *le bon goût* ; d'autant

Difcunt in partes centum diducere. Dicat
Filius Albini , fi de quincunce remota eft
Uncia, quid fuperat ? poteras dixiffe : triens : heus
Rem poteris fervare tuam. Redit uncia , quid fit ?
Semis. An hæc animos ærugo , & cura peculi
Cum femel imbuerit , fperamus carmina fingi
Poffe linenda cedro , & levi fervanda cupreffo ?

(*a*) La livre Romaine étoit | les préferver des vers , & on
de douze onces. | les ferroit dans des tablettes
  (*b*) On frottoit les livres | de bois de cyprès , qui a la
avec de l'huile de cédre pour | même vertu.

plus que le bon fens & le bon goût ne
font qu'une même chofe, à les confidérer du côté de la faculté. Le bon fens eft
une certaine droiture de l'ame qui voit
le vrai, le jufte, & qui s'y attache. Le
bon goût eft cette même droiture, par
laquelle l'ame voit le bon, & l'approuve.
L'homme de bon fens a le bon goût :
l'homme de bon goût a néceffairement
le bon fens : la différence ne fe tient que
du côté des objets. On reftraint ordinairement le bon fens aux chofes plus fenfibles; & le bon goût à des objets plus
fins & plus relevez. Ainfi le bon goût,
pris dans ce fens, n'eft autre chofe que
le bon fens raffiné & exercé fur des objets
délicats & relevez : & le bon fens n'eft
que le bon goût reftraint aux objets plus
fenfibles & plus matériels. Le vrai eft l'objet du goût auffi bien que le bon, & l'efprit a fon goût auffi bien que le cœur.

On trouve les chofes dans les ouvrages
philofophiques : & quand on s'en eft bien
rempli, les mots arrivent aifément. Cette
propofition a deux branches : La premiere
regarde le fond des chofes, & la feconde
l'élocution. Quant aux chofes, on les
trouve dans les philofophes, dans les ou-

vrages focratiques, où on apprend les
devoirs des hommes dans les différentes
conditions, Quand un poëte a appris à
les connoître, il fait les préfenter tels
qu'ils font, & qu'il convient de les préfenter. On peut dire du poëte ce que Cicéron difoit de lui-même, en fe confi-
dérant comme orateur : qu'il doit plus à
la Philofophie qu'à la Poëtique : *Fateor
me oratorem, fi modò fim, non ex offici-
nis Rhetorum, fed ex Academiæ fpatiis ex-
titiffe.* Orat. cap. 3.

Quant à l'élocution, je veux, dit Horace, que le favant imitateur étudie les
hommes, qu'il prenne d'après nature des
expreffions, qui foient non - feulement
vraies, comme dans un portrait qui reffemble, mais vivantes & animées comme
le modéle même du portrait. Cette divifion explique les vers fuivans.

Une fable, c'eft-à-dire, une action,
qui aura des caractères bien peints & bien
marquez en quelques endroits, *fpeciofa
locis :* quoiqu'écrite fans grace, *nullius
veneris :* fans penfées fortes, *fine pondere :*
avec peu de foin & d'art pour le choix &
l'arrangement des mots & des fyllabes,
fine arte : fait plus de plaifir que de beaux

vers, bien fonores, de belles fentences qui ne portent point fur les caractères des acteurs, & qui ne font que du vent, que du bruit qui fe perd, *nugæ canoræ.*

Les Grecs avoient l'un & l'autre : le génie pour les chofes, *ingenium :* & l'art, le foin, le goût pour l'expreffion, *ore rotundo loqui.* Auffi n'avoient-ils en vûe que la gloire. C'eft elle feule qui peut animer, élever les talens. La confidéra-tion fait naître, ou au moins fortir le génie. Et fi on dit qu'il ne faut eftimer les hommes que ce qu'ils valent ; on peut dire auffi que les hommes ne valent que ce qu'on les eftime.

XXII.

» Les poëtes écrivent pour plaire, ou » pour inftruire, ou même pour faire l'un » & l'autre en même tems.

» Si vous donnez des préceptes, en » quelque genre que ce foit, foyez court ; » afin que l'efprit les faififfe vîte, & qu'il

---

Aut prodeffe volunt, aut delectare poeta .
Aut fimul & jucunda, & idonea dicere vitæ.
Quidquid præcipies, efto brevis ; ut citò dicta
Percipiant animi dociles, teneantque fideles.

» les apprenne, & les retienne fidéle-
» ment. Il ne prend que le néceffaire : le
» fuperflu fe répand hors du vafe.

» Les fictions faites pour le plaifir doi-
» vent approcher de la vérité. La fable
» n'a pas droit de nous faire accroire
» tout ce qu'elle veut ; & fi on fait man-
» ger un enfant à une magicienne, il ne
» faut pas qu'un moment après, on le re-
» tire encore vivant de fon eftomac.

» Nos fénateurs rejettent les piéces qui
» ne font pas inftructives (a). Nos jeunes
» chevaliers (b) ne s'arrêtent pas à celles
» qui font trop férieufes. Le point de per-
» fection eft de mêler l'utile à l'agréable,
» de réjouir le lecteur, & de l'inftruire

Omne fupervacuum pleno de pectore manat.
  Ficta voluptatis causâ, fint proxima veris.
Nec quodcunque volet, pofcat fibi fabula credi :
Neu pranfæ Lamiæ vivum puerum extrahat alvo.
  Centuriæ feniorum agitant expertia frugis.
Celfi prætereunt auftera poëmata Rhamnes.
Omne tulit punctum, qui mifcuit utile dulci,
Lectorem delectando, pariterque monendo.

(a) Le peuple Romain étoit , | les qui partageoient le peu-
diftribué par claffes & par | ple Romain, les deux autres
Centuries. | s'appelloient les Tatiens &
  (b) Rhamnès eft le nom | les Lucetes. Voy. Tite-Live,
d'une des trois anciennes tri- | liv. I, Decad.

                                        » en

» en même tems. C'est alors qu'un ou-
» vrage enrichit les freres Sofies (*a*); qu'il
» passe les mers, & qu'il immortalise son
» célébre auteur.

Il s'agit ici de l'objet que doivent se
proposer les poëtes dans leurs ouvrages.
C'est l'agréable ou l'utile, ou plûtôt l'un
& l'autre. Car, comme le dit Phedre, il
n'y a qu'un sot qui puisse se glorifier d'a-
voir fait un ouvrage inutile, *Nisi utile
est quod facimus, stulta est gloria.* Il y a
deux sortes de poëmes, les uns destinez
à instruire, les autres à plaire; c'est-à-
dire, que dans les uns l'auteur se pro-
pose principalement d'instruire, & dans
les autres de plaire, sans qu'un objet ex-
clue l'autre. L'utile domine dans le premier genre, l'agrément dans le second.
Mais dans l'un, l'utile a besoin d'être
paré de quelque agrément; & dans l'autre,
l'agrément doit être soutenu par l'utile;
sans quoi, le premier paroît dur, sec,
triste; & l'autre fade & vuide.

Hic meret æra liber Sosiis : hic & mare transit ;
Et longum noto scriptori prorogat ævum.

(*a*) Les Sosies Libraires fameux de ce tems-là.

La fable n'a pas droit, &c. Le mot de *fable* ne signifie pas ici l'histoire des dieux & des héros poëtiques ; mais l'action même qui fait le fond, le sujet du poëme. Tous les traits de la mythologie ont droit d'entrer dans la poësie, & ils y ont une vérité de supposition que personne ne s'avise de leur contester. Mais des traits de l'invention même du poëte, qui n'auroient aucune vraisemblance, déplaisent, & ne doivent jamais entrer dans un ouvrage fait pour l'agrément. Il y a pourtant dans les grands poëtes, dans Homere, dans Virgile, quelques endroits où il semble qu'ils aient porté trop loin la fiction : que faut-il en penser ? Ecoutons Horace.

XXIII.

» Cependant il y a des fautes qu'il » faut pardonner. La corde de l'instru- » ment ne rend pas toûjours le son que » l'esprit & le doigt lui demandent. Sou-

---

Sunt delicta tamen , quibus ignovisse velimus :
Nam neque chorda sonum reddit , quem vult manus &
mens ,
Poscentique gravem persæpè remittit acutum :

» vent pour un fon grave, elle rend un
» fon aigu. La fléche qui part, ne frappe
» pas toûjours fon but. Quand, dans un
» poëme, le grand nombre eft celui des
» beautez, je ne m'offenfe pas de quel-
» ques taches échappées par négligence,
» & dont la foibleffe humaine n'a pû fe
» garantir. Mais de même qu'un copifte
» ne mérite point de grace, fi, quoiqu'a-
» verti, il fait toûjours la même faute, &
» qu'on fe moque d'un joueur d'inftru-
» ment qui fe trompe toûjours au même
» endroit : de même un auteur qui fe
» trouve fouvent en défaut, devient pour
» moi un autre Chérile, ce poëte qui a
» deux ou trois endroits où je l'admire,
» en riant ; au lieu que je fouffre, quand
» il arrive au bon Homere de fommeil-

Nec femper feriet quodcunque minabitur arcus.
Verùm ubi plura nitent in carmine : non ego paucis
Offendar maculis, quas aut incuria fudit,
Aut humana parum cavit natura. Quid ergo ?
Ut fcriptor fi peccat idem librarius ufque,
Quamvis eft monitus, veniâ caret ; & cithareodus
Ridetur, chordâ qui femper oberrat eadem ;
Sic mihi, qui multùm ceffat, fit Choerilus ille,
Quem bis, terve bonum, cum rifu miror : & idem
Indignor quandoque bonus dormitat Homerus.

» ler. Mais dans un ouvrage de longue
» haleine, il eſt permis de s'oublier un
» moment.

Horace demande grace ici pour les
grands écrivains. Mais il marque en même
tems les bornes de l'indulgence. Un auteur qui fait beaucoup de fautes, mérite
d'être comparé à Chérile, ce mauvais
poëte qu'Alexandre payoit ſi bien pour
chanter ſes exploits. Il y a deux ou trois
endroits où il eſt beau. On rit d'étonne-
ment : il eſt ſingulier, ſe dit-on, qu'un
ſi méchant auteur ait fait une choſe ſi
belle : & on le dit en riant. Au lieu qu'on
ſent du dépit, quand il arrive à Homere
de ſommeiller un inſtant. *Quandòque* eſt
le même que *quando-cumque*, *ſi quando*;
Quand, *S'il arrive que*. Horace a tant de
reſpect pour Homere qu'il n'oſe rien aſ-
ſurer ſur ſes défauts. Il ſe contente de
jetter un léger ſoupçon, pour avertir ſes
lecteurs que tout n'eſt point parfait dans
les plus grands hommes ; & auſſi-tôt il
excuſe ſa foibleſſe. *Verùm opere in lon-*
go, &c... Bonus, doit, ce ſemble, être

Verùm opere in longo fas eſt obrepere ſomnum.

traduit tout fimplement ; ce n'eft pas une épithete pour ajoûter au nom propre. *Homere* dit plus que *l'excellent Homere*, & *César* feul, plus que *l'illuftre César*. Le terme *bon* n'a rien de méprifant dans cette occafion. Il exprime bien l'amour tendre, le refpect que fes lecteurs ont pour lui. Cet auteur eft par-tout fi vrai, fi fimple, fi naïf, fi modefte, que fon caractère femble être là bonté. Quand on dit, *Le bon la Fontaine*, eft-ce une critique ? Ou plutôt n'eft-ce pas une expreffion du cœur, qui marque qu'on aime autant la fimplicité du poëte, qu'on admire fon efprit ?

XXIV.

» Il en eft de la Poëfie comme de la » Peinture (*a*). Il y a des morceaux qu'il » faut voir de près, d'autres de loin. » Ceux-ci ne veulent qu'un demi-jour ;

Ut pictura, poefis erit quæ, fi propiùs ftes,
Te capiet magis ; & quædam, fi longiùs abftes.
Hæc amat obfcurum : volet hæc fub luce videri,

(*a*) Il me femble qu'il faut lire comme autrefois : *Ut pictura, poefis erit quæ*, &c. Le tour eft plus latin, plus Horatien, & l'expreffion plus jufte : *Ut pictura, fic quædam erit poefis quæ....*

» ceux - là s'expofent à la plus vive lu-
» miere, & ne craignent point les yeux
» du plus fubtil critique. Il y en a qui
» font faits pour être vûs une fois; d'au-
» tres font redemandez dix fois, & ils
» font toûjours plaifir.

*Il en eft de la Poëfie comme de la Pein-
ture.* Il n'y a de différence entre ces deux
arts qu'en ce que l'un s'exprime par les
couleurs & les traits, & l'autre par la parole & l'harmonie. C'eft dans l'un & dans
l'autre même invention, même difpofi-
tion, même génie, même goût.

Il y a des morceaux.... Je ne fens la
juftelle de la comparaifon d'Horace que
fuppofé qu'on explique le mot *poëfis*, par
un morceau de quelque poëme. Car je
ne vois point de poëme, qui pris dans
fa totalité, foit fait pour être vû feulement de loin, dans un demi-jour, & une
feule fois. Ne fût-ce qu'une épigramme,
quand elle eft bien faite, elle plaît toûjours. L'idée d'Horace eft donc, que de
même que dans la peinture il y a des
tableaux qui font faits pour être vûs de

Judicis argutum quæ non formidat acumen.
Hæc placuit femel : hæc decies repetita placebit.

loin, & pour l'effet, comme difent les
peintres ; il y a auffi des peintures dans
un poëme, qui ne doivent pas être con-
fidérées avec tant de foin, qui ne font
que d'un gros deffein plutôt que d'une
peinture finie. Il y en a qui font feulement variété, & qui n'intéreffent point
par elles-mêmes, qui ne fe montrent que
dans le lointain. C'eft M. Dacier qui
donne cette explication. J'aime mieux la
donner, que de dire qu'il me femble
qu'on ne retrouve pas dans cet endroit
toute la netteté d'Horace.

Il y a des tableaux qui font faits pour
être vûs de loin, dans un demi-jour, une
fois, on le conçoit : mais on ne voit point
de poëfie, ni de morceau de poëfie, qui
foit fait pour n'être vû que de loin, qu'une
fois, & qu'à demi, ou bien ces morceaux feront mauvais ou médiocres. Il
eft vrai que les poëmes ont leurs points
de vûe auffi bien que les tableaux ; qu'il
y a des morceaux de poëmes qui ne peuvent être détachez des autres morceaux
qui les accompagnent. Il auroit donc fallu
fe contenter de dire : Il en eft des peintures comme des tableaux : il faut les voir
dans leurs points de vûes. Ainfi il faut voir

un drame fur le théâtre, & non fur le papier; une fcène avec celles qui la précédent, ou qui la fuivent, & non ifolée, & dénuée de tous fes rapports. Si on y regarde de près, on verra que c'eft le fens de la penfée d'Horace. C'eft un avis qu'il donne à ceux qui veulent juger des poëmes, & qui ne fe mettent pas toûjours dans la fituation où il faut être pour en bien juger.

XXV.

» Aîné des Pifons, quoique vous foyez » né avec un fens droit, & cultivé outre » cela par les leçons de votre pere, écou- » tez bien ce que je vais vous dire, & ne » l'oubliez jamais.

» Il y a des genres où il eft permis d'ê- » tre médiocre : un jurifconfulte, un avo- » cat, n'a pas le talent du célébre Meffala, » ni la profondeur de Caffelius ; cepen- » dant ils ont leur prix. Mais un poëte

---

O major juvenum, quamvis & voce paternâ
Fingeris ad rectum, & per te fapis, hoc tibi dictum
Tolle memor : certis medium & tolerabile rebus
Rectè concedi. Confultus juris, & actor
Caufarum mediocris, abeft virtute difetti
Meffalæ, nec fcit quantum Caffellius Aulus ;

» qui n'est que médiocre, ni les dieux,
» ni les hommes, ni même les colom-
» nes, qui retentissent de ses vers (a), ne
» lui pardonnent. Dans un repas de plai-
» sir, une mauvaise symphonie, des par-
» fums grossiers, les pavots mêlez avec le
» miel de Sardaigne (b) font un mauvais
» effet. Pourquoi ? Parce que le repas
» pouvoit s'en passer. De même la poësie
» étant née pour produire le plaisir, si
» elle ne monte au plus haut point, elle
» tombe au plus bas degré. Celui qui ne
» sait point s'escrimer, ne manie point
» le fleuret. Quand on n'a point appris
» à lancer la balle, le palet, le cercle ; on

Sed tamen in pretio est. Mediocribus esse poetis
Non homines, non dî, non concessere columnæ.
Ut gratas inter mensas symphonia discors,
Et crassum unguentum, & Sardo cum melle papaver,
Offendunt ; poterat duci (c) quia cœna sine istis :
Sic animis natum, inventumque poema juvandis,
Si paulùm summo discessit, vergit ad imum.
Ludere qui nescit, campestribus abstinet armis :

(a) Ce sont les colomnes qui retentissoient, lorsque les poëtes récitoient leurs vers, & qui gémissoient quand les vers étoient mauvais ; *rupta lectore columna.*

Il peut signifier aussi les colomnes revêtues d'affiches.

(b) Le miel de Sardaigne étoit fort mauvais : *Sardois videar tibi amarior herbis.*

(c) *Duci,* durer long-tems.

» se tient en repos, de crainte d'être la
» risée des spectateurs ; & , sans être poë-
» te, on veut faire des vers. Pourquoi
» non ? Ne suis-je pas de bonne famille ?
» N'ai-je pas les rentes qu'il faut avoir
» pour être chevalier (a) ? D'ailleurs je
» suis honnête-homme.

    » Pour vous, Pison, vous êtes trop sa-
» ge, & trop sensé pour faire aucune en-
» treprise, sans avoir le talent qu'elle de-
» mande. Si cependant vous faisiez jamais
» quelque ouvrage, ne manquez pas de
» le soumettre à la critique de Metius (b),
» à celle de votre pere, à la mienne mê-
» me, si vous le voulez : & gardez-le
» long-tems dans vos tablettes. On peut

Indoctusque pilæ , discive , trochive quiescit,
Ne spissæ risum tollant impune coronæ.
Qui nescit , versus tamen audet fingere. Quid ni ?
Liber & ingenuus , præsertim census equestrem
Summam nummorum , vitioque remotus ab omni.
    Tu nihil invitâ dices , faciesque Minervâ :
Id tibi judicium est , ea mens. Si quid tamen olim
Scripseris , in Meti descendat judicis aures,
Et patris , & nostras ; nonumque prematur in annum.

(a) Il falloit environ 30000 livres de rente pour être Chevalier.
(b) Spurius Metius Tar- pa , grand critique & juge établi pour examiner les ouvrages qui concouroient pour les prix.

» faire des changemens dans un manuſ-
» crit qu'on n'a pas publié. Mais quand
» une fois il a pris ſon eſſor, il ne revient
» plus.

Un homme qui donne des vers au public eſt préciſément dans le cas du conteur
qui dit, *Oyez une merveille.* S'il s'agit de
nous inſtruire d'une choſe qui nous importe ; qu'on parle en proſe, la choſe ſera
plus claire, & l'intérêt ſuffira pour nous
rendre attentifs. Mais vous nous parlez
en vers ; c'eſt donc que vous voulez nous
réjouir ? Nous le voulons bien : mais te-
nez parole ; & ſouvenez-vous que nous
voulons du beau. *Itaque in iis artibus in
quibus non utilitas quæritur neceſſaria, ſed
animi libera quædam oblectatio, quàm di-
ligenter & quàm propè faſtidiosè judica-
mus ! Neque enim lites, neque controverſiæ
ſunt quæ cogant homines ſicut in foro, non
bonos oratores, item in theatro actores malos
perpeti.* Cic. de Or. l. 1. c. 26.

Horace paſſe à l'éloge de la Poëſie, &
fait voir qu'elle ne peut deshonorer un

Membranis intus poſitis delere licebit
Quod non edideris. Neſcit vox miſſa reverti.

feigneur , un homme fage qui s'y ap-
plique.

XXVI.

» Les hommes vivoient dans les forêts.
» Orphée, cet interprête des dieux , leur
» apprit à refpecter le fang (a) , & à fe
» refufer une nourriture indigne de l'hom-
» me. Ce fut pour cela qu'on dit qu'il
» avoit apprivoifé les tigres & les lions
» cruels. On a dit de même d'Amphion ,
» qui fonda la ville de Thèbes (b) , qu'il
» attiroit les pierres par les doux fons de
» fa lyre, & qu'il les menoit où il vou-
» loit. La Poëfie étoit autrefois l'organe
» de la fageffe. Ce fut elle qui diftingua
» entre le bien public & l'intérêt parti-
» culier, entre le facré & le prophane ;

Sylveftres homines facer , interprefque deorum
Cædibus & victu fœdo deterruit Orpheus.
Dictus ob hoc lenire tigres , rabidofque leones.
Dictus & Amphion Thebanæ conditor arcis ,
Saxa movere fono teftudinis , & prece blandâ
Ducere quò vellet. Fuit hæc fapientia quondam ,
Publica privatis fecernere , facra profanis ;

(a) Victu fœdo , les hom-
mes fauvages fe nourriffoient
de viandes crues, & buvoient
le fang.

(b) Cadmus bâtit Thèbes
1400 ans avant J. C. Am-
phion l'environna de murs
& y bâtit une citadelle.

» qui arrêta le brigandage des mœurs,
» & fixa les gens mariez ; qui bâtit les vil-
» les, & grava les loix fur le bois. C'eſt
» ainſi que les vers & les poëtes ont été mis
» en honneur. Enſuite parut Homere, qui
» ſurpaſſa tous les autres, & Tyrtée (*a*),
» dont les vers animoient au combat les
» cœurs guerriers. Les Oracles ne répon-
» dirent qu'en vers. La Morale prit le
» même langage. On employa la douce
» voix des Muſes pour gagner la faveur
» des rois. Enfin on inventa les jeux, qu'on
» célébra à la fin des longs travaux. Pour-
» roit-on rougir après cela de toucher la
» lyre, & de chanter avec Apollon ?

Concubitu prohibere vago ; dare jura maritis ;
Oppida moliri ; leges incidere ligno.
Sic honor, & nomen divinis vatibus, atque
Carminibus venit. Poſt hos inſignis Homerus,
Tyrtæuſque mares animos in Martia bella
Verſibus exacuit. Dictæ per carmina ſortes :
Et vitæ monſtrata via eſt : & gratia regum
Pieriis tentata modis : ludusque repertus,
Et longorum operum finis : ne forte pudori
Sit tibi muſa lyræ ſolers, & cantor Apollo.

(*a*) Tyrtée fut donné par dériſion aux Lacédémoniens, qui fur un oracle d'Apollon vouloient avoir un Athénien pour les commander dans la guerre contre les Meſſé-niens. Cet homme les ani-ma tellement par ſes vers, qu'ils remporterent la vic-toire.

Rien n'eſt plus beau que la Poëſie, quand elle ſe conſacre à la vérité & à la vertu. Comme elle exprime parfaitement l'ivreſſe de l'ame, elle rend bien les ſentimens de reſpect, d'admiration, de reconnoiſſance qui ſont dûs à l'Etre ſuprème, & à tous les hommes qui ont porté en eux-mêmes l'image de ſa juſtice & de ſa bonté. Mais quand elle ſe proſtitue au vice, elle commet une ſorte de profanation qui la dégrade, & la deshonore. Les poëtes licencieux ne méritent aucune grace. S'ils ont des beautez d'élocution, il ne faut pas les blâmer, de peur d'être injuſte; mais il faut ſe garder de les louer, de peur de donner du crédit au vice.

XXVII.

» On a mis en queſtion, ſi un bon poëme
» étoit l'ouvrage de la nature, ou celui
» de l'art. Pour moi je ne vois pas ce que
» peut faire le travail ſans le génie, ou
» le génie ſans l'étude. Ils doivent s'en-
» tr'aider mutuellement, & concourir au
» même but.

Naturâ fieret laudabile carmen, an arte,
Quæſitum eſt. Ego nec ſtudium ſine divite vena,
Nec rude quid proſit video ingenium: alterius ſic
Altera poſcit opem res, & conjurat amicè.

» L'athléte qui souhaite ardemment
» de remporter le prix de la course, a
» travaillé & souffert beaucoup dans sa
» jeunesse. Il a supporté le chaud, le
» froid. Il a renoncé aux plaisirs.

» Le flutteur qui joue aux fêtes d'Apol-
» lon a appris long-tems son art, & craint
» les réprimandes d'un maître.

» Aujourd'hui, c'est assez qu'on dise,
» je fais des vers admirables. Malheur à
» celui qui sera le dernier. Je serois hon-
» teux de l'être, & d'avouer que j'ignore
» ce que je n'ai jamais appris.

C'est un avis important qu'Horace
donne à ceux qui veulent se mettre sur
les rangs pour être poëtes. Il faut être né
avec du talent, *naturâ*, & l'avoir cultivé
avec soin, *arte*. Il faut avoir une veine
riche, qui coule avec abondance; mais

Qui studet optatam cursu contingere metam,
Multa tulit, fecitque puer : sudavit, & alsit :
Abstinuit Venere, & vino. Qui Pythia cantat
Tibicen, didicit priùs, extimuitque magistrum.
Nunc satis est dixisse, ego mira poemata pango.
Occupet extremum scabies : mihi turpe relinqui est,
Et quod non didici, sanè nescire fateri.

ce n'eſt pas aſſez, il faut aller encore puiſer aux ſources célébres.

XXVIII.

» Un homme riche en fonds, & qui a
» des rentes, quand il fait des vers,
» amaſſe autour de lui des flatteurs in-
» téreſſez, à peu-près comme un huiſſier
» qui vend des meubles à l'encan. Qu'ou-
» tre cela, il ſoit homme à donner des re-
» pas, à cautionner celui qui n'a point
» de crédit, à le tirer d'un mauvais pro-
» cès, je ſerai bien ſurpris s'il a le bon-
» heur de diſtinguer le flatteur de l'ami
» ſincere.

» Si vous avez fait, ou que vous veuilliez
» faire quelque préſent, gardez-vous de
» réciter vos vers tandis qu'on eſt encore
» plein de joie. On s'écriera : cela eſt beau,

Ut præco ad merces turbam qui cogit emendas,
Aſſentatores jubet ad lucrum ire poeta
Dives agris, dives poſitis in fœnore nummis.
Si vero eſt unctum qui rectè ponere poſſit ;
Et ſpondere levi pro paupere, & eripere atris
Litibus implicitum, mirabor, ſi ſciet inter
Noſcere mendacem, verumque beatus amicum.
Tu ſeu donaris, ſeu quid donare voles cui,
Nolito ad verſus tibi factos ducere plenum

» très-beau, admirable. On pleurera de
» tendreſſe, on pâlira, on ſautera de joie,
» on frappera du pied. A peu-près comme
» ceux dont on paie les larmes aux funé-
» railles ; ils montrent la douleur plus que
» ceux qui la reſſentent. De même un flat-
» teur qui ſe moque de nous, fait plus
» de démonſtrations qu'un approbateur
» ſincere. Quand les rois veulent connoî-
» tre un homme à fond, & ſavoir s'il eſt
» digne de leur confiance, on dit qu'ils
» le font boire. Le vin eſt une ſorte de
» torture, qui fait ſortir la vérité. Si vous
» faites des vers, défiez-vous de ces re-
» nards trompeurs qui s'enveloppent.

Voilà les avis qu'on peut donner à tout
auteur qui cherche un cenſeur. La pre-

Lætitiæ. Clamabit enim, pulchrè, bene, rectè !
Palleſcet ſuper his ; etiam ſtillabit amicis
Ex oculis rorem : ſaliet : tundet pede terram.
Ut qui conducti plorant in funere, dicunt
. Et faciunt prope plura dolentibus ex animo : ſic
Deriſor vero plus laudatore movetur.
Reges dicuntur multis urgere cucullis,
Et torquere mero, quem perſpexiſſe laborent
An ſit amicitiâ dignus. ſi carmina condes,
Nunquam te fallant animi ſub vulpe latentes.

miere condition que doit avoir celui-ci,
est d'être désinteressé : qu'il n'ait rien à
espérer, ni à craindre. Viennent ensuite
les qualitez d'un bon censeur.

XXIX.

» Quand on lisoit quelque morceau à
» Quintilius, il disoit : corrigez ceci, &
» cela encore. Si on disoit qu'on ne pou-
» voit mieux faire, qu'on avoit essayé
» deux fois, trois fois, il faisoit effacer,
» & refondre de nouveau la matiere,
» pour essayer une quatriéme fois. Si, au
» lieu de changer ce qu'il avoit blâmé,
» on entreprenoit de le défendre ; il ne
» répliquoit plus, & ne se fatiguoit pas
» mal-à-propos, pour empêcher un au-
» teur de s'aimer lui-même & ses ouvra-
» ges, tout seul, & sans rival.

» Un critique qui a la droiture & les

Quintilio si quid recitates, corrige sodes
Hoc, aiebat, & hoc. Melius te posse negares,
Bis, terque expertum frustrâ ; delere jubebat,
Et malè tornatos incudi reddere versus.
Si defendere delictum, quàm vertere, malles ;
Nullum ultra verbum, aut operam sumebat inanem,
Quin sine rivali teque & tua solus amares.
Vir bonus & prudens versus reprehendet inertes :

» lumieres, blâme un vers lâche, un au-
» tre qui est dur. Il crayonne celui qui
» est raboteux : il retranche les ornemens
» affectez, fait éclaircir ce qui est obscur,
» vous arrête sur un mot équivoque, mar-
» que ce qu'il faut changer : enfin il fait
» le devoir d'un Aristarque (*a*). Il ne dira
» point, pourquoi faire peine à un ami
» pour des riens ? Ces riens peuvent avoir
» des suites fâcheuses, si votre ami est
» sifflé & mal reçu du public.

On dira, si on veut, *tornatos* ou *ter natos*, l'un & l'autre font à-peu-près le même sens. On tourne le fer aussi bien que le bois ; & avant que de le tourner, il faut qu'il ait été ébauché sur l'enclume. Ainsi un vers a été trois fois au tour, &

Culpabit duros : incomptis allinet atrum
Transverso calamo signum : ambitiosa recidet
Ornamenta : parum claris lucem dare coget :
Arguet ambiguè dictum : mutanda notabit :
Fiet Aristarchus : nec dicet, cur ego amicum
Offendam in nugis ? Hæ nugæ seria ducent
In mala derisum semel, exceptúmque sinistrè.

(*a*) Aristarque a donné son nom à la Critique même. Il l'exerça avec une pénétration & une droiture ad-mirable. Il vivoit du tems de Ptolomée Philadelphe. C'est lui qui a revu & corrigé Homere.

X ij

trois fois il en est sorti imparfait; il faut remettre la pensée au feu, la refondre, ou du moins la réformer, lui donner sur l'enclume une autre configuration, qui peut-être se prêtera mieux à la versifica-tion. Il est inutile de commenter ici Ho-race, il est clair par lui-même. Mais ce qui suit aura peut-être besoin de com-mentaire. On y verra les leçons de doci-lité dont la plûpart des auteurs, & sur-tout les poëtes, ont besoin.

XXX.

» De même qu'on évite un homme qui
» a quelque maladie contagieuse, ou à
» qui le fanatisme, la colere de Diane
» ont troublé les sens; de même un hom-
» me sage évite un poëte qui est fou de
» lui-même. Il n'y a que les enfans qui
» l'approchent, & qui le poussent, parce
» qu'ils ne connoissent pas le danger.

» Si donc ce poëte, tandis qu'il en-

Ut mala quem scabies, aut morbus regius urget,
Aut fanaticus error, & iracum la Diana :
Vesanum tetigisse timent, fugiuntque poëtam,
Qui sapiunt : agitant pueri : incautique sequuntur.
Hic, dum sublimes versus tuctatur, & errat,

» fante (*a*) des vers fublimes, & qu'il
» s'emporte au hazard, tombe dans un
» puits ou dans une foffe, comme un oi-
» feleur qui guette les merles ; & qu'il crie
» d'une voix plaintive : au fecours, chers
» citoyens ! qu'on ne s'avife point de l'en
» tirer. Si quelqu'un , par pitié, vouloit
» lui jetter une corde & le fecourir, que
» favez-vous, lui dirois-je, s'il ne s'y eft
» point jetté de deffein formé, & s'il
» veut qu'on le fauve ? Et à ce propos je lui
» raconterois l'avanture du poëte Empe-
» docles, qui, voulant paffer pour un
» dieu, fauta de fang froid dans l'Ætna
» enflammé. Qu'il foit permis à un poëte
» de fe détruire. Le fauver malgré lui,

Si, veluti merulis intentus decidit auceps,
In puteum, foveamve : licet, fuccurrite, longùm
Clamet, io cives : non fit, qui tollere curet.
Si quis curet opem ferre, & demittere funem ;
Qui fcis, an prudens huc fe dejecerit, atque
Servati nolit ? dicam : Siculique poëtæ
Narrabo interitum. Deus immortalis haberi
Dum cupit Empedocles, ardentem frigidus Ætnam
Infiluit. Sit jus, liceatque perire poetis.

(*a*) *Rabâtter. Roter.* Le
terme eft fingulier. Il y a
des poëtes qui font des vers
pour faire des vers, fans
s'embarraffer de ce que demande leur genre, leur fujet, & l'objet qu'ils expriment.

X iij

» c'eft lui faire autant de peine que de lui
» ôter la vie. Ce n'eft point la premiere
» fois qu'il l'a fait ; & quand on l'en reti-
» reroit aujourd'hui, il n'en deviendra pas
» plus fage , ni moins avide d'un genre
» de mort dont il foit parlé. On ne fait
» pas trop pourquoi il fait des vers, s'il
» a deshonoré les cendres de fon pere,
» ou profané quelque lieu faint ; il eft
» certain au moins qu'il y a une Furie qui
» le tourmente. Il eft comme un ours ,
» qui a forcé les barreaux de fa loge. Armé
» de fes vers, il met en fuite le favant
» & l'ignorant. Malheur à celui qu'il a
» faifi : il ne le lâche pas : il faut qu'il
» expire. C'eft une fang-fue qui ne quit-
» te pas prife , qu'elle ne foit gonflée de
» fang.

Invitum qui fervat , idem facit occidenti.
Nec femel hoc fecit : nec fi retractus erit , jam
Fiet homo, & ponet famofæ mortis amorem.
Nec fatis apparet cur verfus factitet : utrum
Minxerit in patrios cineres , an trifte bidental
Moverit inceftus. Certè furit : ac velut urfus ,
Objectos caveæ valuit fi frangere clathros ,
Indoctum , doctumque fugat recitator acerbus.
Quem verò arripuit , tenet , occiditque legendo ,
Non miffura cutem nifi plena cruoris hirudo.

Tout ce morceau, qui eſt fort gai, eſt en même tems allégorique. Horace peint un mauvais poëte, né ſans talent, qui fait des vers, qui les montre, & qui ne veut pas être cenſuré. S'il n'eût eu d'autre deſſein que de peindre un poëte extravagant, qui ſe jette réellement dans une foſſe ; il auroit terminé ſon Art poëtique, le plus grand de ſes ouvrages, en écolier plûtôt qu'en maître.

Levons l'enveloppe allégorique. Après avoir marqué les qualitez d'un bon critique : il s'adreſſe aux poëtes mêmes, dont les ouvrages ſont ſoumis à la critique ; & il leur peint leur indocilité, qui tient ſouvent de la folie. On diroit qu'ils ſont frénétiques. Auſſi un cenſeur prudent, *qui ſapiunt*, n'a-t-il garde de toucher à leurs ouvrages, *tetigiſſe timent*. Il n'y a que les ſots, les ſimples, *pueri*, qui n'ont pas d'expérience, qui ne ſont point ſur leurs gardes, *incauti*, qui les écoutent, *ſequuntur*, & qui les critiquent, *exagitant*. Si donc un poëte de cette eſpece, tandis qu'il ſe croit un Phébus, qu'il ſouffle avec emphaſe, *ructatur*, des vers qu'il croit ſublimes, s'égare, ſe perd, ſort de ſon ſujet, *errat*, & qu'il tombe dans une lourde faute, *in*

X iv

puteum, il aura beau dire : « Mes amis, » aidez-moi de vos confeils : je vous en » prie : je vous en conjure, » *Io cives, fuccurrite :* gardez-vous bien de lui donner un bon avis pour lui faire corriger fa fotife, *non fit qui tollere curet :* ne lui ouvrez point d'iffue. Peut - être même qu'il regarde fa faute comme quelque chofe de beau, il l'a faite à tête repofée, de fang froid, *prudens.* Les poëtes ont des travers : témoin l'avanture d'Empédocles, qui pour fe rendre célébre, s'eft jetté dans l'Æthna. Un poëte a donc le droit de faire des fotifes, de fe noyer, de perdre fa réputation, *liceat perire poetis.* Vous lui faites autant de tort en lui épargnant de faire mal, qu'en lui ôtant un beau morceau. Du moins il fe l'imagine. D'ailleurs il eft incorrigible. Vous le tirerez aujourd'hui d'un mauvais pas, il s'y rejettera demain : il veut faire parler de lui, fût - ce en mauvaife part, & à fes dépens, *non ponet famofæ mortis amorem.* Il veut de l'extraordinaire. Il a l'efprit troublé. Il faut qu'il ait commis quelque grand crime ; & que les dieux, en punition, lui aient envoyé la fureur de faire des vers. Car il eft furieux :

voyez-le : on diroit une bête féroce qui
a forcé sa loge : il fait mourir les gens,
en leur récitant ses vers. Et il ne les lit
point pour être critiqué, comme le font
les auteurs sages; mais pour se gonfler de
louanges ; & quand il est plein, il tombe,
& vous laisse aller.

Rien n'est plus fort, plus riche, plus
juste, & par conséquent plus beau que
cette peinture d'un poëte orgueilleux,
sot, enthousiaste, entêté de tout ce qu'il
fait. Il y a beaucoup d'auteurs qui pour-
roient profiter des leçons qu'elle renferme. Mais dans ce genre plus le besoin est
grand, moins on le sent.

Quoique cet ouvrage ait pour titre
l'Art Poëtique, il ne faut pas croire pour
cela qu'il contienne les regles détaillées
de tous les genres. L'Auteur a traité sa
matiere en homme supérieur. S'élevant
par des vûes philosophiques au - dessus
des menues analyses, il s'est porté tout
d'un coup aux principes, & a laissé au
lecteur intelligent à tirer les conséquences. Il ne parle ni de l'Apologue, ni de
l'Eglogue, ni de l'Epopée, ni même de
la Comédie; ou, s'il en parle, ce n'est
que par occasion, & rélativement à la

Tragédie, qu'il a choisie pour en faire l'objet de ses regles. Ayant étudié sa matiere à fond, il avoit compris qu'un seul genre renfermoit à-peu-près tous les autres ; que le vraisemblable seul contenoit l'Univers poëtique, & toutes les loix qui le reglent ; & qu'ainsi en traitant bien cet objet, quoique sur un seul genre, il expliqueroit assez les autres, sur-tout si ce genre étoit de nature à les renfermer presque tous : c'est ce qu'il a trouvé dans la Tragédie. Héroïque comme l'Epopée, dramatique comme la Comédie, en vers comme tous les autres poëmes, formant tous ses caractères d'après nature, & prenant un style décent selon les caractères, elle a toutes les parties qui font l'objet de la Poëtique : par conséquent elle suffisoit pour en porter toutes les regles.

Quant à l'ordre de cet ouvrage, Horace n'a point voulu le partager par chapitres, pour n'avoir point cet air magistral & trop philosophique, qui est ordinairement à charge à ceux qu'on instruit. Cependant s'il eût traité cette matiere sans méthode, il eût fait un cahos plûtôt qu'un art, & brouillé les idées de ses lecteurs plûtôt que de les éclairer. L'ordre y est, mais il faut le chercher avec un peu d'attention. Il sera présenté clairement dans la table de ce volume, où on verra les regles qui regardent l'Art; ensuite celles qui sont faites pour l'Artiste.

Daniel Heinsius prétend qu'il y a plusieurs morceaux qui ne sont point à leur place. Mais ce déplacement est si peu de chose en lui-même, que quand il seroit démontré, ce qui n'est pas, & qu'au lieu de l'attribuer à l'incapacité des copistes, on l'attribueroit à Horace même; il ne feroit pas le moindre tort, ni au bon goût du poëte, ni à la droiture de son jugement. Ainsi on peut prendre sur ce point l'un ou l'autre parti, sans courir aucun risque.

XXXI.

Idée de la Poëtique de Vida.

Marc-Jerôme Vida nâquit à Crémone ville d'Italie, l'an de Jesus-Christ 1507. Il fut évêque d'Albe, & mourut en 1566. Il vivoit dans le beau siécle de Leon X. qui avoit pour les Lettres tous les sentimens qui étoient héréditaires dans la Maison des Médicis. Et ce fut à la solli-

citation de ce Pontife, & de Clément VII.
qu'il entreprit d'écrire un Art poëtique.

Il a fait aussi des Hymnes sacrez, un
poëme sur la Passion de notre Seigneur;
un autre sur les vers à soie, & un sur
les échets.

On reconnoît dans ses ouvrages un esprit aisé, une imagination riante, une
élocution légere, facile, mais quelquefois trop délayée, peut-être même trop
nourrie de la lecture de Virgile : ce qui
donne à quelques endroits de ses piéces
une apparence de centons.

Son Art poëtique est agréable par sa
versification; mais il semble fait pour les
maîtres moins que pour les commençans.
Il prend au berceau l'éleve des Muses;
il lui forme l'oreille, lui montre des modéles, & l'abandonne ensuite à son propre génie. Horace a fait beaucoup mieux;
il remonte jusqu'aux principes, & se place
dans un point si élevé, qu'il peut donner la loi à tous les Artistes, quelque
grands qu'ils soient : il donne les regles
mêmes de l'art, au lieu que Vida n'offre
que la pratique des artistes. Cependant on
ne laisse pas de trouver chez ce dernier
des préceptes & des conseils, qui sont

très-bons. Ce qu'il dit fur l'élocution poëtique, eft rendu avec une netteté & une
évidence, qu'on ne trouve nulle part ailleurs ; & nous efpérons que les jeunes
gens, fur-tout, nous fauront gré de leur
avoir fait connoître cet élégant verfifi-
cateur.

Il a pris le ton de la haute poëfie. Il
invoque les Mufes. Il eft, par conféquent,
en droit d'employer leur langage, & d'ê-
tre, dans fon ftyle, poëte autant qu'il peut
l'être.

XXXII.

» Qu'il me foit permis, Vierges du
» Pinde, de révéler vos myfteres, & d'ou-
» vrir vos fontaines facrées. J'entreprends
» de former, dès fa tendre enfance, un
» poëte digne de chanter les exploits des
» héros, & les louanges des dieux, & de
» le placer fur la cime du mont que vous

Ex Lib. 1.

Sit fas veftra mihi vulgare arcana per orbem,
Pierides, penitufque facros recludere fontes,
Dum vatem egregium teneris educere ab annis,
Heroum qui facta canat, laudefve Deorum,
Mente agito, veftrique in vertice fiftere montis.

» habitez. Enfans généreux, qui de vous,
» enflammé de l'amour de la gloire, &
» laissant sous ses pieds le lâche vulgaire,
» tentera avec moi de s'élever sur ces ro-
» ches escarpées, qui retentissent des ac-
» cords d'Apollon, & où les muses toû-
» jours riantes célébrent des danses &
» chantent des vers ?

　　» Vous paroissez le premier, FRANÇOIS.
» Ne méprisez pas les Muses, vous qui
» êtes fils de roi ; le sceptre de l'Empire
» des Gaules vous attend, quand votre
» main sera affermie par les années. Re-
» cevez ces légeres consolations que vous
» offrent les déesses du Pinde, aujourd'hui
» qu'un sort funeste, ô douleur ! vous a
» arraché, vous & votre frere, aux em-
» brassemens d'un pere, & qu'il vous re-

Ecquis erit juvenum segni qui plebe relicta
Sub pedibus . pulchræ laudis succensus amore,
Ausit inaccessæ mecum se credere rupi,
Lætæ ubi Pierides, cithara dum pulcher Apollo
Personat, indulgent choreis, & carmina dicunt ?
　　Primas ades, FRANCISCE, sacras ne despice Musas,
Regia progenies, cui regum debita sceptra
Gallorum, cum firma annis accesserit ætas.
Hæc tibi parva ferunt jam nunc solatia dulces,
Dum procul à patria raptum, amplexuque tuorum,

» tient fur les rives Efpagnoles. Ainfi le
» voulurent les deftins de ce héros, quand
» il lutta contre fes ennemis, malgré la
» fortune. Retenez cependant vos larmes,
» généreux Prince : peut-être que le fort
» cruel s'adoucira. Il viendra un jour heu-
» reux où rendu à votre patrie, après un
» trifte exil, vous entendrez les cris de
» joie & les applaudiffemens des peu-
» ples, & où les meres attendries s'ac-
» quitteront de leurs vœux. Cependant
» les Mufes feront vos compagnes : ofez
» vous élever avec moi fur ces côteaux
» revêtus de forêts.

Voilà le ton de la vraie poëfie. Le poëte
a invoqué les Mufes : il a annoncé, avec
une confiance toute furnaturelle, fon

Ah dolor! Hifpanis fors impia detinet oris
Henrico cum fratre. Patris fic fata tulerunt
Magnanimi dum fortuna luctatur iniqua.
Parce tamen, puer, ô, lacrymis. Fata afpera forfan
Mitefcent, aderitque dies lætiffima tandem,
Poft trifte exilium, patriis cùm redditus oris
Lætitiam ingentem populorum, omnefque per urbes
Accipies plaufus, & lætas undique voces,
Votaque pro reditu perfolvent debita matres.
Interea te Pierides comitentur. In altos
Jam te Parnaffi mecum aude attollere lucos.

projet ; il adresse son discours au prince
François, fils de François I. tandis qu'il
étoit prisonnier en Espagne au lieu de
son pere, après la fameuse défaite de
Pavie ; c'est son éleve : ce sera celui des
Muses qui vont lui dicter leurs leçons.

» Quelque matiere que vous entrepre-
» niez de traiter, qu'elle soit de votre
» goût, & qu'elle vous ait plû. Ne chan-
» tez pas un sujet qu'on vous impose, à
» moins que vous n'y soyez forcé par l'or-
» dre de quelque grand Roi ; s'il en est
» encore qui daignent prendre ce soin.
» Dans un sujet de notre choix tout coule
» de source ; & à peine peut-on atteindre
» aux autres par les plus grands efforts.
» Cependant, dès qu'un sujet vous aura
» plû, & qu'un feu subit se sera allumé

Atque ideo quodcunque au les, quodcunque paratus
Aggrederis, tibi sit placitum, atque arriserit ultro
Ante animo. Nec jussa canas, ni forte coactus
Magnorum imperio regum, si quis tamen usquam est,
Primores inter nostros qui talia curet.
Omnia sponte sua, quæ nos elegimus ipsi,
Proveniunt, duro assequimur vix jussa labore.
Sed neque cùm primùm tibi mentem inopina cupido,

» dans

» dans votre ame, ce ne sera pas assez
» pour entreprendre aussi-tôt un grand
» ouvrage. Différez quelque tems, & con-
» sultez-vous en vous-même ; considérez
» bien toutes les faces, jusqu'à ce que ce
» premier feu soit passé.

Ces préceptes sont si clairs, qu'ils n'ont
pas besoin d'être développez.

» Il ne sera pas inutile d'en tracer en
» prose une esquisse, qui soit comme le
» dessein de tout l'ouvrage ; afin d'en as-
» sortir les parties, de les lier, & de fixer
» les bornes, de maniere qu'il n'y ait
» plus qu'à suivre la route, sans crainte
» de s'égarer.

C'étoit la pratique de Despréaux & de
Racine. On a donné il y a quelque tems

Atque tepens calor attigerit, subitò aggrediendum est
Magnum opus. Adde moram, tecumque impensiùs antè
Consule, quidquid id est, partesque expende per omnes
Mente diu versans, donec nova cura senescat.
 Quin etiam prius effigiem formare solutis,
Totiusque operis simulactum fingere verbis
Proderit, atque omneis ex ordine nectere partes.
Et seriem rerum, & certos tibi ponere fines,
Per quos tuta regens vestigia tendere pergas.

Tome III. Y

la neuvième Satire du premier, en profe, telle qu'il l'avoit crayonnée. Et on fait que, quand le fecond avoit écrit en profe une Tragédie, il difoit, *ma tragédie eft faite.* Si on ofoit citer Chapelain à côté de Racine & de Defpréaux, on diroit qu'il a fuivi la même méthode. Mais comme fon ouvrage étoit fort long; quand il commença à le rimer, le feu qui avoit produit l'ébauche en profe, étoit tellement éteint, qu'il n'en reftoit aucune étincelle. Il eût fallu faire comme faifoient Racine & Defpréaux : verfifier, tandis que l'imagination étoit encore échauffée ; par la raifon, que le génie même fournit beaucoup à l'élocution, puifque la verve du ftyle poëtique n'eft autre chofe que l'invention même, qui fe décharge avec feu & impétuofité par l'expreffion.

Après avoir parlé des foins que demande l'enfance d'un poëte, pour ne point lui gâter l'oreille par de mauvais fons ; l'auteur introduit cet enfant dans les chœurs des Mufes. Tout ce qu'il dit à cette occafion eft gracieux.

» Que l'enfant qui est l'objet de mes
» soins, fasse son entrée dans les temples
» des poëtes, & qu'il se baigne dans la
» fontaine d'Aonie; qu'il sache dès ses
» plus tendres années respecter le Poëte
» sacré que les Muses nourrirent elles-
» mêmes dans les grottes verdoyantes du
» Mincio; & qu'admirant son art, ses in-
» ventions merveilleuses, il prie les dieux
» de lui accorder des vers qui ressem-
» blent aux siens. Bientôt il s'attachera à
» Ascagne; & touché de douleur, il lira
» les jeunes guerriers que l'impitoyable
» Mars a moissonnez avant le tems, &
» plongez dans le tombeau. Déja il fait
» mille questions sur Lausus, sur Pallas,
» qui vient d'être tué, il verse des larmes à

Jamque igitur mea cura puer penetralia vatum
Ingrediatur, & Aonia se proluat unda.
Jamque sacrum teneris vatem veneretur ab annis,
Quem Musæ Minci herbosis aluêre sub antris;
Atque olim similem poscat sibi numina versum,
Admirans artem, admirans præclara reperta.
Nec mota jam favet Ascanio, tactusque dolore
Impubes legit æquales, quos impius hausit
Ante diem Mavors, & acerbo funere mersit.
Multa super Lauso, super & Pallante perempto
Multa rogat; lacrymas inter quoque singula fundit

» chaque vers, quand il lit la malheu-
» reufe avanture d'Euryale, que la mort
» ravit à une mere qui fe défefpere. Ah !
» il le voit qui fe roule en mourant : fon
» fang de pourpre a fouillé fon beau
» corps.

L'auteur ne veut pas que fon éleve s'en
tienne à Virgile ; il lira Homere, & com-
parera les deux poëtes ; & felon lui, ce
ne fera que chez Virgile, & chez les auteurs de fon fiécle, qu'il trouvera la pu-
reté du langage. Les autres font pleins de
défauts.

Voici ce qu'il dit au fujet du maître
qu'on doit donner à fon éleve.

» C'eft à vous, parens, que j'adreffe
» cette leçon. Vous devez chercher un pré-
» cepteur, & le choifir entre mille, s'il eft
» quelque homme ami des Mufes, & fa-
» vant dans l'art, qui veuille fe charger

Carmina, crudeli cùm raptum morte parenti
Ah ! miferæ legit Euryalum pulchrofque per artus
Purpureum, letho dum volvitur, it cruorem.
    Interea moniti vos hîc audite, parentes.
Quærendus rector de millibus, èque legendus,
Sicubi Mufarum ftudiis infignis, & arte,

» de ce foin, & prendre les fentimens
» d'un pere tendre.

Il y a encore d'excellens précepteurs;
mais comme ils font fenfez, & qu'ils connoiffent tout le prix de leur liberté, ils ne
peuvent fe réfoudre à la facrifier, qu'on
ne leur donne des dédomagemens convenables, c'eft-à-dire, un peu de fortune,
& beaucoup de confidération : fouvent
ils ne trouvent ni l'un ni l'autre.

Tout ce premier chant eft employé à
donner au jeune poëte des avis pleins de
fageffe, & de bon fens; mais qui fe trouvent par-tout : ce qu'ils ont de particulier ici, c'eft d'être rendus clairement,
& avec les ornemens du ftyle poëtique.

X X X.

Le fecond chant renferme quelques
regles fur l'Epopée; mais comme nous
en avons traité ci - deffus, nous paffons
tout de fuite au troifiéme chant, qui eft
tout entier fur l'élocution.

Qui curas dulces, cariquè parentis amorem
Induat, atque velit blandum perferre laborem.

» Généreux enfant, voilà les Muses qui
» vous appellent du haut de leur rocher,
» qui vous montrent la verdoyante cou-
» ronne des vainqueurs, qui vous aiguil-
» lonnent & vous animent. Déja elles vous
» jettent des roses à pleines corbeilles ; un
» nuage de fleurs vous couvre, & répand
» autour de vous les parfums de l'am-
» broisie. Sur-tout évitez l'obscurité dans
» les mots.

Il faut, dit Quintilien, non seulement
qu'on puisse nous entendre, mais qu'on
ne puisse pas ne pas nous entendre. La
lumiere dans un écrit doit être comme
celle du soleil dans l'Univers, laquelle
ne demande point d'attention pour être
vûe : il ne faut qu'ouvrir les yeux.

Ex Lib. 3.

Jam te Pierides summa en de rupe propinquum
Voce vocant, viridique ostentant fronde coronam
Victori, atque animo stimulos hortatibus addunt.
Jamque rosas calathis spargunt per nubila plenis
Desuper, & florum placido te plurima nimbo
Tempestas operit, gratumque effusus odorem
Ambrosiæ liquor aspirat, divina voluptas.
Verborum in primis tenebras fuge, nubilaque atra.

Ce qu'il dit sur la métaphore est très-
heureusement rendu.

» Voyez-vous comme ils abandonnent
» les termes naturels pour en prendre d'é-
» trangers qu'ils empruntent d'ailleurs ?
» Les objets qu'ils en revêtent sont sur-
» pris de leurs nouvelles décorations, &
» ne savent d'où leur vient cet éclat nou-
» veau, qu'ils préferent à leur véritable
» nom : ainsi, quand on chante les com-
» bats, on croit voir un incendie.... Tel
» est le langage des dieux dans l'Olympe.

C'est ici sur-tout qu'il va dévoiler tous
les mystères de la vraie versification, de
celle qui ne dépend point du méchanis-
me de l'art métrique, mais de l'oreille
seule, & de la délicatesse du versificateur.

Nonne vides verbis ut veris sæpe relictis
Accersant simulata, aliundeque nomina porrò
Transportent, aptentque aliis ea rebus, ut ipsæ
Exuviasque novas, res, insolitosque colores
Indutæ, sæpe externi mirentur amictus
Unde illi, lætæque aliena luce fruantur,
Mutatoque habitu, nec jam sua nomina mallent ?
Sæpe ideo cùm bella canunt, incendia credas
Cernere . . . . . .
Hunc fandi morem (si vera audivimus) ipsi
Cælicolæ exercent cœli in penetralibus altis.

» Approchez : je vais vous ouvrir tous
» les secrets de l'Hélicon. Les Muses dai-
» gnent vous admettre dans leur sanctuai-
» re le plus intime ; Apollon vous y in-
» vite. De tous tems les dieux ont accordé
» à l'homme amateur des vers, d'avoir
» commerce avec les Cieux : mais le Pere
» immortel ne voulut point que cet art
» céleste fût à la portée du vulgaire, qui
» n'est pas digne de le posséder. Pour l'é-
» carter, il voulut que le chemin fût étroit,
» & qu'un petit nombre pût y arriver.

    » Il y a donc beaucoup de choses que
» doivent observer les vrais poëtes. Ce
» n'est pas assez pour eux de mesurer un
» vers exactement, & de rendre les idées
» par des termes propres ; il faut encore

Hûc ades. Hîc penitùs tibi totum Helicona recludam.
Te Musæ, puer, hîc faciles penetralibus imis
Admittunt, facrifque adytis invitat Apollo.
Principio, quoniam magni commercia cœli
Numina conceffère homini cui carmina curæ,
Ipfe Deûm genitor divinam noluit artem
Omnibus expofitam vulgò, immeritifque patere.
Atque ideo, turbam quo longè arceret inertem,
Anguftam effe viam voluit, paucifque licere.
    Multa adeò incumbunt doctis vigilanda poëtis.
Haud fatis eft illis utcumque claudere verfum,

» qu'il y ait un certain accord entre les
» expreſſions & les choſes. Il faut que cha-
» que ſon, chaque mot, chaque vers, ait
» une forme, un rapport de reſſemblance
» avec l'objet.

C'eſt-à-dire que pour les choſes triſtes,
dures, traînantes, vives, il faut que les
ſons ſoient ſecs, ſourds, ou légers, que
les mots ſoient longs, courts, doux, ou
chargez de conſonnes, & que le vers ait
plus ou moins de longues ou de brèves, des articulations plus ou moins dures ou douces, ſelon les objets. Il eſt
certain que, ſans cela, le vers n'eſt vers
qu'à demi. Il ne doit pas y avoir deux vers
dans tout un poëme, dont l'harmonie ſe
reſſemble, parce qu'il n'y a pas deux fois
dans tout un poëme la même penſée préciſément. Or, ſi les vers doivent avoir
chacun une harmonie différente, cette
différence doit ſortir de la penſée, & de
l'objet que le vers renferme. Ainſi il y a
tel poëme qu'on admire du côté de la

Et res verborum propria vi reddere claras.
Omnia ſed numeris vocum concordibus aptant,
Atque ſono quæcumque canunt imitantur, & apta
Verborum facie, & quæſito carminis ore.

» Approchez : je vais vous ouvrir tous
» les fecrets de l'Hélicon. Les Mufes dai-
» gnent vous admettre dans leur fanctuai-
» re le plus intime ; Apollon vous y in-
» vite. De tous tems les dieux ont accordé
» à l'homme amateur des vers, d'avoir
» commerce avec les Cieux : mais le Pere
» immortel ne voulut point que cet art
» célefte fût à la portée du vulgaire, qui
» n'eft pas digne de le poffeder. Pour l'é-
» carter, il voulut que le chemin fût étroit,
» & qu'un petit nombre pût y arriver.

    » Il y a donc beaucoup de chofes que
» doivent obferver les vrais poëtes. Ce
» n'eft pas affez pour eux de mefurer un
» vers exactement, & de rendre les idées
» par des termes propres ; il faut encore

Hûc ades. Hîc penitùs tibi totum Helicona recludam.
Te Mufæ, puer, hîc faciles penetralibus imis
Admittunt, factifque adytis invitat Apollo.
Principio, quoniam magni commercia cœli
Numina conceffère homini cui carmina curæ,
Ipfe Deûm genitor divinam noluit artem
Omnibus expofitam vulgò, immeritifque patere.
Atque ideo, turbam quo longè arceret inertem,
Anguftam effe viam voluit, paucifque licere.
   Multa adeò incumbunt dictis vigilanda poëtis.
Haud fatis eft illis utcumque claudere verfum,

» qu'il y ait un certain accord entre les
» expressions & les chofes. Il faut que cha-
» que fon, chaque mot, chaque vers, ait
» une forme, un rapport de reffemblance
» avec l'objet.

C'eft-à-dire que pour les chofes triftes,
dures, traînantes, vives, il faut que les
fons foient fecs, fourds, ou légers, que
les mots foient longs, courts, doux, ou
chargez de confonnes, & que le vers ait
plus ou moins de longues ou de brèves, des articulations plus ou moins dures ou douce, felon les objets. Il eft
certain que, fans cela, le vers n'eft vers
qu'à demi. Il ne doit pas y avoir deux vers
dans tout un poëme, dont l'harmonie fe
reffemble, parce qu'il n'y a pas deux fois
dans tout un poëme la même penfée précifément. Or, fi les vers doivent avoir
chacun une harmonie différente, cette
différence doit fortir de la penfée, & de
l'objet que le vers renferme. Ainfi il y a
tel poëme qu'on admire du côté de la

Et les verborum propria vi reddere claras.
Omnia fed numeris vocum concordibus aptant,
Atque fono quæcunque canunt imitantur, & apta
Verborum facie, & quæfito carminis ore.

versification, qui par-là même, péche presque par-tout : *Non quivis videt.* Ce poëte insensé, dont parle Horace, faisoit de beaux vers ; mais ils lui sortoient de l'esprit comme les rapports indigestes sortent de l'estomac, par une secousse convulsive, *sublimes versus ructatur*, sans qu'il eût auparavant consideré ni le genre, ni le sujet, ni l'objet. Un bon vers se fait avec beaucoup de réflexion, & d'art : il faut le pétrir, & le pétrir avec effort, *operosa carmina fingo.* C'est Horace encore qui le dit. Nous avons cité la suite de ces vers dans le premier volume.

S'il est un Poëme françois qui ait droit d'entrer dans l'étude des Belles Lettres, c'est l'Art Poëtique de Despréaux. Horace n'a traité que la Tragédie ; Vida, à proprement parler, ne traite que le style de l'Epopée ; mais Despréaux fait connoître en peu de mots, tous les genres séparément, & donne les regles générales qui leur sont communes. Il nous suffit de dire aux jeunes gens, qu'ils doivent nonseulement le lire, mais l'apprendre par cœur comme le code, la regle, & le modéle du bon goût.

Fin du Tome troisiéme.

TABLE
DES MATIERES

Renfermées dans le Tome troisiéme.

Poesie Lyrique.

Elle est soumise au principe de l'imitation, *pag.* 1

Ce que c'est que la poësie Lyrique , 5
Enthousiasme de l'Ode , 9
Le sublime de l'Ode , 10
Sublime des sentimens , 11
Il faut le distinguer de la vivacité du sentiment, *ibid.*

Génération du Sublime lyrique , 12
Le sublime des sentimens est froid , 13
Il doit être fondé sur la vertu , 16
Début de l'Ode hardi , pourquoi , 17
Ecarts de l'Ode , 18
Digressions : elles sont de deux especes , 19
Désordre de l'Ode , 20
L'Ode sera courte , 21
Elle aura unité de sentiment , *ibid.*
Différentes especes d'Odes , 22
Forme de l'Ode , 23
Pourquoi la poësie de l'Ode est si forte , & celle de Quinaut si molle , 25
Origine de la poësie lyrique , 28
Pindare , son caractère , 31
Anacréon , son caractère , 37

348   T A B L E

Horace, son caractère,   40
Malherbe, son caractère,   51
Racan,   62
Rousseau,   64
Lyrique sacré,   66
Pourquoi si supérieur au Lyrique profane,   82
Cependant il imite la nature,   83
De l'Elégie,   85

POESIE DIDACTIQUE.

La Poësie change d'objet dans ce genre,   88
Origine de la poësie didactique,   89
Sa définition,   90
Différentes especes de poëmes didactiques,   91
Poëmes historiques,   92
Poëmes philosophiques,   ibid.
Poëmes proprement didactiques,   ibid.
Forme de la poësie didactique,   95
Regles générales de la poësie didactique,   96
Regles particulieres,   99

LA SATIRE.

Histoire de la satire,   102
Définition de la satire,   106
Deux sortes de satires,   108
Forme de la satire,   112
Caractères des poëtes satiriques,   ibid.
Lucilius,   ibid.
Horace,   114
Perse,   116
Juvenal,   145
Regnier,   147
Boileau,   158
Jugement sur ses ouvrages,

Paralléle d'Horace, de Juvenal, de Perse & de
    Boileau, 162
De l'Epitre en vers, 165

L'EPIGRAMME.

Origine de l'Epigramme, 167
Ce que c'est que l'Epigramme, 171
Elle doit être courte, 173
Intéressante, 175
Heureusement présentée, 181
Comment le sera-t-elle ? 182
Défauts de l'Epigramme, 187
Du Madrigal, 192
Du Sonnet, 193
Du Rondeau, 195
Du Triolet, 196

ART POETIQUE D'HORACE.

Ce que c'est qu'un Art, 198
Inventeur des Arts, 199
Arts de nécessité, Arts d'agrémens, 200
Objet de tous les Arts, 201
La plûpart de leurs regles leur sont communes en-
    tre eux, 202
L'unité ou concert des parties, 209
Bornes de la liberté, 210
Proportion, 212
Simplicité, 213
Eviter la bigarrure, 214
Choix de la matiere, 219
Explication du passage *ordinis*, &c. 220
Des mots nouveaux, 224
De la différence des genres ; 228
Tons & couleurs de chaque genre, 232

350 TABLE DES MATIERES.

Du Touchant , 235
Maniere de Toucher , 236
Peindre d'après la Renommée , 240
Explication du paſſage *Propriè comunia* , &c. 243
Le début ſera modeſte , 251
Art de mentir en Poëſie , 255
Caractères des Acteurs , 257
Deux formes dans la Poëſie , 263
Combien d'actes dans un Drame , 266
Combien d'Interlocuteurs , *ibid.*
Fonctions du Chœur , 269
Des Drames ſatyriques , 275
Nous en avons une idée dans la Comédie Ita-
   lienne , 279
Régles de ce Poëme , 283
Vérſification , ſes défauts , 285
Hiſtoire de la Poëſie dramatique , 291
Qualité d'un Poëte , 296
Objet de la Poëſie , 303
Graces qu'on peut eſpérer du ſpectateur , 306
Conſulter des gens inſtruits , & vrais , 313
Effets de la Poëſie , 316
L'Etude doit ſe joindre au génie , 318
Diſtinguer la voix du Flateur , 320
Caractère d'un bon Cenſeur , 322
Indocilité des Poëtes , 324
On doit les abandonner à leur mauvais ſens , 325
Idée de la Poëtique de Vida , 331

Fin de la Table du Tome troiſième.

www.ingramcontent.com/pod-product-compliance
Lightning Source LLC
Chambersburg PA
CBHW050142030726
47505CB00005B/1200